Noël à Glenmoray

Mary Simple enquête, t3

Coline Gatel

City
Roman

Retrouvez tous les titres City Éditions :

www.city-editions.com

ISBN : 978-2-8246-2787-8
Code Hachette : 32 7531 7
Illustration de couverture et de début de chapitre : © Lancelot Gatel
Illustrations intérieures : Freepik
Collection dirigée par Christian English & Frédéric Thibaud
Catalogues et manuscrits : city-editions.com

Dépôt légal : Novembre 2024

À ma belle-sœur Danielle,
dont j'admire la résilience
face à la maladie.

Qui cache sa colère
assure sa vengeance,

PIERRE CORNEILLE,
L'ILLUSION (THÉÂTRE COMPLET)

Personnages principaux

Mary Simple : notre soixantenaire de choc !

Didou : vieux van Volkswagen des années 1970 de couleur vert salade ou vert pomme (selon les avis). Il appartenait au père de Mary et elle en a hérité.

Léopold Mallet, dit Léo, mais aussi Commandant sans nom et Tattooed Man : commandant de police français, *« sexfriend »* de Mary. Déjà présent dans les deux premiers tomes.

Finlay MacLitha : fils aîné de Mary, journaliste pour la Couronne Royale. Veuf d'Élisabeth, puis mari de Kate en secondes noces.

Kate MacLitha : nouvelle (et seconde) épouse de Finlay. Elle gère des chambres d'hôtes.

Suzy MacLitha : belle-mère de Mary. Peintre excentrique, adepte, par tous les temps, du naturisme, véritable plaie pour Kate.

George MacLitha : beau-père de Mary. Aussi conservateur que sa femme est fantasque. Malheureusement pour lui, il perd un peu la boule.

Ruby MacLitha : petite-fille de Mary et fille de Finlay, issue de son premier mariage avec Élisabeth.

James : majordome *so British…* pardon *so Scottish* !

Bonnie : employée chez les MacLitha.

Fiona MacAllister : tient un salon de thé/librairie, amie de Mary. Ex-femme de Ronald.

Angus MacAllister : antiquaire un peu excentrique, frère de Fiona.

Tommy Stewart : unique pâtissier du village. Fait de délicieux *shortbread* dont tout le monde raffole.

Eliott Campbell : ancien rugbyman, actuel propriétaire du pub *Le Cerf d'Or*.

Ronald Scott : propriétaire de la distillerie de whisky (celle qui flambe).

Amy Scott : seconde femme de Ronald.

Allan Junior Wilson : fils de Allan le Vieux (décédé), éleveur de moutons.

Wallace Wilson : frère jumeau de Allan. Parti à 16 ans pour le Brésil.

… si vous n'avez pas lu les tomes précédents

(grave erreur)

Tempête dans un encrier – 1

Mary Simple (à prononcer *Simepeul*) a peut-être la soixantaine, mais n'a rien d'une retraitée pépère. Elle joue de la cornemuse (du Centre), est flexitarienne et boit du vin rouge… bio.

Depuis qu'elle a quitté l'Écosse pour s'installer en France, dans le Morvan, elle écrit des bouquins sur les plantes, qu'elle vend autour d'elle.

Un week-end, alors qu'elle participe à un salon du livre régional, elle tombe sur le cadavre d'un écrivain. Son amie Alice est accusée du meurtre. Pour la sortir de ce pétrin, ni une ni deux, elle décide de mener l'enquête avec l'aide de Jules Martige, un fringant auteur de polars.

À ce duo de choc se greffe un étranger policier, Léo Mallet, amateur de sexagénaires en goguette.

Le méchant n'est pas toujours celui que l'on croit…

Crocodile Dandy – 2

Mary et Léo sont devenus amis, et pour lui faire plaisir, ce dernier l'invite à fêter ses 40 ans en sa compagnie, en Autriche, dans un chalet, en tête-à-tête. Sauf que ce n'est pas au ski que Mary se retrouve, mais sur un… bateau de croisière en Égypte.

La soirée au coin du feu se transforme en course contre la montre, aux aurores, pour visiter les monuments antiques. Le charmant tête-à-tête devient un bain de foule suant et bruyant.

Tout pourrait s'arranger, si une jeune influenceuse ne se faisait pas dévorer par un crocodile.

Un crocodile dans cette partie du Nil ? Impossible !

Le duo de choc reprend donc du service, avant qu'un autre passager ne finisse sous les crocs du croco…

Non, décidément, on n'est pas dans Mort sur le Nil, *c'est certain !*

1

Fàilte gu Glenmoray

« *Fàilte gu Glenmoray*[1] »

Devant la pancarte un peu rouillée, plantée à l'entrée de la bourgade où j'ai habité pendant plus de quarante ans, mon petit cœur se serre.

Glenmoray. Ce nom représente la plus grosse partie de ma vie !

Mon mari y est né et j'y ai mis au monde nos quatre enfants.

Mon mari y a vécu et j'ai partagé son existence, entre peines et bonheurs.

Mon mari y est mort et j'ai quitté Glenmoray.

M'y voici de retour pour fêter mes 60 ans en famille ! Oui, je ne le raconte pas souvent, mais je suis née un 25 décembre. D'où mon prénom : Mary !

Si j'avais été un petit mec ? Jésus, je me serais appelée !

Je frissonne. Le lac de Pannecière, dans le Morvan, où je me suis installée il y a plus de trois ans, n'est pas connu pour son climat sec et chaud. Toutefois, je dois avouer

1. Bienvenue à Glenmoray en gaëlique.

que la morsure de la bise qui me saisit est bien pire que la pluie bourguignonne !

Le soleil n'est pas encore levé, mais il commence à faire jour. Je rabats les pans de ma doudoune sur ma poitrine et croise les bras. Au loin, en fond, les montagnes enneigées des Highlands m'offrent leur image de carte postale. Un ciel bas, prêt à vous engloutir. Un lac sombre sur lequel courent une multitude de légendes. Une petite bourgade nichée entre les deux, avec les murs de ses cottages peints à la chaux. Ses jardinets de contes de fées, ses barrières en bois, son dédale de ruelles pavées. Son pub dans lequel se réunit la moitié des habitants (l'autre se regroupant à l'église épiscopalienne écossaise… mais, parfois, aussi dans les deux). Ses fantômes, ses secrets cachés…

L'Écosse, quoi !

Alba, Terre de Légendes.

Vous y êtes ? Parce que moi, j'y suis !

Je prends une grande inspiration.

L'Écosse, que j'ai quittée et où je reviens.

Fàilte gu Glenmoray !

Mes pieds sont engourdis. Je les tape au sol. Autour de moi, une brume cristalline s'envole telle une fée blanche qui s'évanouirait dans le vent.

Voilà que les hallucinations écossaises commencent !

J'émets un ricanement qui fait fuir la biche qui approchait dans le champ. Oui, parce qu'ici, plus que partout ailleurs, les cervidés sont rois. On en voit dans les rues, au petit matin. Un peu comme s'ils prenaient possession de la ville et vivaient leur vie, avant le réveil des habitants. Bien entendu, des légendes courent aussi à leur sujet.

Mais quelle légende ne court pas en Écosse ? Hein ?

Un haussement d'épaules.

Par exemple, certaines racontent que les vieux *lairds*[1] du clan des MacLitha ne meurent jamais et qu'ils restent à demeure dans leur manoir pour surveiller leurs proches et leur descendance.

Imaginez ! Toutes ces paires d'yeux qui vous scrutent !

Didou, mon van des années 1970, attend sagement, garé derrière moi. Sa couleur vert pomme Granny Smith et ses rideaux orange détonnent dans ce décor en noir et blanc. Malgré son grand âge, il est encore solide, puisqu'il a pu effectuer la route pour venir jusqu'ici.

En fait, je déteste l'avion. Première raison, la plus logique selon moi : ce n'est pas normal de faire confiance à un gros truc qui tient tout seul dans le ciel. Seconde raison : mon empreinte écologique. Soit, le carburant avec lequel je nourris Didou ne provient pas d'une fontaine. Ça se saurait ! Soit, son vieux moteur pollue pas mal. Avec sa mécanique d'une autre époque, c'est certain. Mais je préfère. Point.

Et puis, conduire à gauche ne me pose aucun problème !

J'étouffe un bâillement. J'ai roulé une bonne partie de la nuit. Quelques minutes encore, et je retrouverai le confort de ma chambre. J'imagine déjà le thé chaud qui me sera servi (un Christmas Tea, *of course !*), avec son nuage de lait crémeux et quelques *shortbread* au beurre et à la cannelle.

Tommy, le pâtissier du village, met toujours de la cannelle dans ses shortbread au moment de Noël.

---

1. Terme identique à celui de lord.

Bonnie m'apportera cet en-cas, pour me faire plaisir, avant que je rejoigne toute la famille pour un *full Scottish breakfast* digne de ce nom, dans la petite salle.

Cette fois-ci, je bâille sauvagement. Sans retenue. C'en est assez des atermoiements et des hésitations !

Mary, il est l'heure de retourner chez toi !

*

Juste eu le temps d'embrasser les miens, de partager un plantureux petit-déjeuner, de piquer un petit roupillon, de me rendre au cimetière sur la tombe de Duncan et d'aller acheter des *shortbread* chez un Tommy identique à lui-même, timide et dépressif... qu'un SMS est arrivé pour brouiller mon esprit et changer la donne de mon séjour en Écosse.

J'atterris à l'aéroport de Glasgow à 15 h 30, heure locale.
Tu peux venir me chercher ?

Et si je ne voulais pas ? Hein ? Il serait resté à Glasgow, le monsieur ?

« IL » !

L'olibrius qui m'a dit, lorsque je l'ai invité à mon anniversaire, quelques mois auparavant, qu'il avait d'autres chats à fouetter ! En résumé, cela signifiait qu'il n'avait toujours pas envie de me voir.

Je « récacapitulule » pour « ceusses » qui n'ont pas suivi toute l'affaire.

Mars. Fin de notre croisière en Égypte. Gros fiasco. Nous rentrons chez moi, dans le Morvan, avec l'idée de faire la paix, lui et moi. Sauf que ! Sauf qu'une carte postale m'y attendait.

Un bouquet de myosotis en photo : *Forget me nots*[1].

Wow !

Jules – le *Jules*, celui qui occupe mes pensées depuis l'instant de notre première rencontre – a ressurgi dans un claquement de doigts. Finies les galipettes intergénérationnelles escomptées, entre Tattooed Man et moi. Froide comme du marbre de Carrare, la p'tite Mary !

« IL » n'a pas aimé la blague.

Cela fait neuf mois que je ne l'ai pas croisé ! Le temps d'une grossesse.

Cent ans de solitude.

Et là, il m'envoie un texto ! Comme une fleur.

« IL » va m'entendre !

Soixante-deux miles plus tard, me voici à l'aéroport de Glasgow. Comme neuf mois, c'est long, et qu'à mon âge canonique ça peut vite provoquer des dégâts, je lui ai fait la surprise de fabriquer une pancarte. Idem que pour les voyages organisés !

Derrière la barrière qui nous sépare des arrivants du vol en provenance de Paris, je l'attends de pied ferme, ma jolie petite affiche au-dessus de ma tête. J'y ai écrit :

Failte gu Tattooed Man !

---

1. Littéralement : « Ne m'oublie pas. » C'est le nom du myosotis en anglais.

… et pour cause ! Celui que je suis venue chercher, mon Commandant sans nom – mon gendarme qui n'est pas de Saint-Tropez – a été affublé de ce surnom par mes soins, rapport au nombre de ses tatouages. Il en a de partout, partout !

Je peux attester, pour avoir pu juger de visu.

Soudain, je le vois apparaître et mon petit cœur de midinette tressaute dans ma poitrine. C'est qu'il est beau gosse, mon policier préféré ! La quarantaine active, grand, la peau mate, les yeux noirs, il fait tourner les têtes sur son passage. Et pas que des dames ! Il porte une doudoune foncée, un jean et des rangers. Un sac à dos kaki à l'épaule et une grosse valise à roulettes à la main. Il a l'air content de me revoir et m'adresse un signe, puis éclate de rire en lisant ma pancarte.

Double wharf!

Léopold Mallet, en chair et en os !

Léo, pour les intimes.

— Salut Mary !

En deux enjambées, il est près de moi et se penche. Il me serre *in petto* contre lui, et les effluves de sa peau me reviennent aux narines. Bien à mon insu, je dois admettre que j'adore. Les yeux fermés, je revis d'autres scènes plus confidentielles. Et je m'abandonne quelques secondes, emportée par la chaleur qui émane de son corps.

Toutefois, très vite, un truc me chipote. Quelque chose a changé, en neuf mois, chez lui. Je bugue alors que je sens la *chose* en question me chatouiller la joue.

Léo s'est laissé pousser la barbe !

Je recule et il rit encore une fois.

— Tu n'aimes pas ?

Son menton est maintenant recouvert de longs poils noirs, soyeux et épais, parfaitement brossés, luisants comme le dessus d'un éclair au chocolat.

— Si… heu… Non… heu… Pourquoi ?

Dans un mouvement souple, il se redresse (oui, je suis petite !) et me toise :

— Ben, Mary, voyons ! C'est évident ! Pourquoi, à ton avis, ai-je une barbe ?

L'idée de Noël me vient à l'esprit. Mais la sienne n'est pas blanche. Et puis Léo n'a pas la silhouette de Santa Claus. Alors ?

Pour me ramener à la vie, il claque des doigts vers mon oreille. Mais rien n'y fait. Dans le but de m'aider, il me donne des indices :

— Glenmoray. Marché de Noël. Barbe.

— Quoi ?

Freeze-frame[1].

La connexion reprend soudain dans mon cerveau. Plus de bips d'attente.

Léo veut participer au concours de la plus belle barbe de Glenmoray !

Je crie :

— Tu veux participer au concours de la plus belle barbe de Glenmoray ?

Autour de nous, les gens se retournent. J'ai dû parler trop fort. Pour contrebalancer, il souffle :

— Voui…

Les bras m'en tombent.

---

1. Arrêt sur image.

— Comment le sais-tu ?

Il ricane :

— Ben, je le sais. Lorsque tu m'as invité, j'ai refusé, car j'imaginais te faire une surprise. J'avais vu le concours sur Internet. Je me suis dit que j'allais débarquer sans crier gare avec… ça ! Il a fallu près de six mois pour obtenir un résultat pareil ! Une véritable barbe de *hipster !*

Ha ! Pour une surprise, c'est une surprise !

Pour confirmer ses paroles, il descend la fermeture éclair de sa veste et me montre qu'il porte toujours ses fameuses chemises à carreaux. Je souris, tout en admettant que ça lui va bien.

Nous sortons de l'aéroport. Dehors, le froid le saisit et il remonte son col. Je ne vais pas lui faire visiter la ville, on nous attend pour dîner à 18 h 30.

— C'est loin, chez toi ?

— Une centaine de bornes.

— Ah, tout de même !

Je lui tourne un regard torve. Oui, tout de même. L'Écosse n'est pas très bien desservie, et, quitte à me faire une surprise, il aurait pu poursuivre en train.

Nous arrivons vers Didou, mon van, garé sur le parking visiteurs. Léo balance sac et valise à l'arrière, par la porte coulissante, et s'assoit à l'avant, à mes côtés.

— Il roule toujours, celui-là ?

Comme s'il pouvait en être autrement !

Je ne réponds pas à cet outrage et préfère démarrer sans un mot. Mais avant de quitter ma place de parking, je lui jette, sans plus de formalités, un paquet en carton rouge sur les genoux. Il me regarde. Puis porte ses yeux sur la boîte, dont il tire le nœud.

— Un cadeau ?

Je hausse les épaules.

— Pour te souhaiter la bienvenue.

À l'intérieur, mon passager découvre des biscuits sablés en forme de doigts, piqués de trous et saupoudrés de sucre glace et de cannelle.

— C'est étrange.

Il parle sans doute de la forme, qui surprend toujours. J'explique tout en rejoignant la route.

— Des *shortbread*. Spécialité de Glenmoray. C'est un ami pâtissier, Tommy, qui les fabrique. C'est dingue comme c'est bon ! Les gens se les arrachent. Goûte !

Léo s'exécute, presque à contrecœur. Manger des doigts, comme si on les avait coupés d'une main, ça étonne toujours ! Lorsqu'il en croque un, enfin, il laisse échapper un sifflement :

— Waouh ! Délicieux !

— Je te l'avais dit.

Une grande partie du parcours se déroule dans le calme. Je conduis en silence. Mais, à l'intérieur de moi, je frétille comme une gamine qui va jouer un bon tour à son copain d'école. Si Léo a voulu me surprendre en arrivant barbu, je vais le scotcher, je le sens, en lui dévoilant un pan de ma vie.

— C'est beau !

— Oui.

— Il fait nuit tôt, ici.

Il cherche à établir le dialogue. Normal ! Au loin, mes chères montagnes aux formes bizarres se profilent, en ombre chinoise, sur fond de ciel gris-anthracite.

— Seize heures.

— Vrai ! Et le matin, le jour se lève à…

— Neuf heures.

— Ah ! Ça fait court !

— Oui, nous sommes au nord. Par contre, en été, le soleil se couche peu.

S'il me demande comment je vais, nous allons atteindre le summum des banalités. Et il me le demande.

— Bien. La vie, quoi. Et comme je ne rajeunis pas, je te confirme que tout est OK. Et toi ?

— Bien aussi… bien ! Tim grandit. Cet été, je suis parti quinze jours, avec lui, en Grèce. Il a adoré !

Tim, ou du moins Timothée, c'est son fils.

— Oui, ce doit être chouette. Dis-moi, tu te dépayses, cette année. L'Égypte en mars, la Grèce en août, et l'Écosse en décembre ! Tu ne te refuses rien. Bonjour l'empreinte carbone !

Là, nous frôlons la stratosphère de la phrase inutile. Si nous continuons sur cette voie malaisante, je vais lui demander ce qu'il a mangé dans l'avion.

Heureusement pour nous, Glenmoray se dessine au loin. Le doigt que je pointe lui montre le lac, puis le village, illuminé à l'occasion des fêtes de fin d'année. Comme un enfant, il s'extasie :

— Avec la neige tout autour, on croirait découvrir une carte postale de Noël. Tu sais, les vieux trucs que les gens s'envoyaient avant. Avec des gosses qui patinaient sur le lac.

— Les gosses, ici, patinent sur le lac.

— Vraiment ?

— Oui.

— Magique…

Nous venons de franchir la pancarte d'accueil. Re-tentative de dialogue de sa part.

— C'est du gaélique ?

Il parle de la phrase de bienvenue.

— Du gaélique écossais, oui.

— Comme l'affiche que tu brandissais à l'aéroport ?

— C'est ça.

Silence lourd. Mais à l'intérieur, je jubile. Tellement fort que je crierais presque :

— *Tu vas voir la surprise que je te réserve !*

Mais je n'en fais rien. Et alors que les premières maisons apparaissent, je le regarde de biais. Il se dandine sur son siège. J'ai l'impression qu'il pressent quelque chose. Ou bien, il craint, tout simplement, d'entrer de plein fouet dans ma sphère privée. Ma vie intime.

Je rigole en sourdine et l'entends s'inquiéter. Il ne sait pas ce qui l'attend !

— Ça ne te gêne pas ?

— Quoi ?

— Que je sois là.

Je lui retourne une œillade narquoise.

— Je te rappelle que c'est moi qui t'ai incité à me rejoindre, même si tu as refusé dans un premier temps.

Retour logique après ton invitation en Égypte pour tes 40 ans.

— Oui, bien sûr. Mais…

— Mais quoi ?

— C'n'est pas pareil. Là, je viens chez toi. Enfin, dans ton ancien chez-toi. Je vais rencontrer ta famille. Tes amis. D'ailleurs, je ne me suis même pas posé la question : les cottages, c'est petit, non ? Est-ce qu'il y a assez de place dans le tien ? Ne devrais-je pas loger à l'hôtel ?

Je ris bêtement :

— Il n'y a pas d'hôtels à Glenmoray.

— Ah…

— Seulement un *bed and breakfast*. Pas terrible. Vieillot. Avec l'escalier qui grince et un fantôme dans la salle de bain commune, qui refuse de sortir de la baignoire. Pas pratique pour se laver. Il faut s'asseoir sur ses genoux.

Je l'entends ravaler sa salive et s'écrier sur un ton sceptique :

— Rien que ça ?

— Je te rappelle que nous sommes en Écosse.

Imaginant une blague, il éclate d'un bon rire, puis se calme avant de poursuivre avec le plus grand sérieux :

— Rassure-moi. Vous n'y croyez pas ?

— À quoi ?

— Aux fantômes ?

— Non, tant que nous n'en avons pas vu.

— Et vous en voyez souvent ?

— Des fantômes ? Tous les jours.

Je pense qu'il se figure que je me moque de lui. Tous les touristes pensent qu'on se moque d'eux, d'ailleurs, lorsqu'on parle de fantômes.

… jusqu'à ce qu'ils en croisent un…

Dans la lumière jaune des phares de Didou, les derniers cottages du village apparaissent. Le pub du Cerf d'Or est éclairé. On entend des chants et des rires.

— C'est tous les soirs la fête, ici.

— Presque ! Eliott sait mettre l'ambiance avec sa cornemuse. Et comme c'est un ancien rugbyman, ça finit souvent en troisième mi-temps.

— Ah, d'accord !

L'intonation de sa voix est incrédule. Il pense que je fabule. Toutefois, la visite n'est pas encore terminée. Un morceau de choix s'annonce.

Nous passons devant l'église. Puis traversons la vaste place où les bonhommes de neige foisonnent.

Je sens Léo de plus en plus mal à l'aise. Comme s'il craignait une mauvaise surprise.

— Tu habites en dehors ? En pleine campagne ?

— C'est ça.

— Ne t'inquiète pas pour moi, soupire-t-il, je peux me contenter d'un canapé pour dormir. Du moment, que je suis près de toi.

Je ne sais pas ce qu'il s'imagine, à l'instant T, mais je n'en peux plus. Ma jubilation atteint son paroxysme et mon excitation le nirvana. Je dois me contenir pour ne pas rigoler. D'ailleurs, je rigole, tout en mettant mon clignotant. Pour rien, puisque personne ne passe sur cette voie paumée, à peine goudronnée.

— Où allons… ?

Il ne finira jamais sa phrase. Au fond du chemin, un manoir vient de lui apparaître, avec sa façade géorgienne, son allure élégante, ses fenêtres symétriques et ses colonnes parfaitement alignées.

— Terrible ! Tu as loué un château pour tes 60 ans !

Je tourne vers lui mon plus charmant visage et souris dans le noir.

— C'est chouette, hein ?

— Mais ça a dû te coûter une fortune !

— Même pas…

Je le vois froncer les sourcils. Il doit penser que je mythonne et que mon cottage se trouve en fait derrière la gentilhommière, style maison forestière, où un truc comme ça. Aussi, lorsque je m'arrête devant le perron, il ne sait plus s'il descend ou attend pour découvrir la suite.

La suite ? Je la lui offre sur un plateau, tout en immortalisant cet instant dans un coin de mon cerveau. Clic, fait la photo. Ben quoi ? Ce n'est pas tous les jours qu'on fait franchir le seuil d'un manoir écossais à un policier français !

— On entre ?

— On ne va pas rester dehors par ce froid.

— OK. Vous avez loué les chambres avec. C'est chouette ! La classe. J'en suis pantois.

Il récupère son sac à dos.

— Laisse ta valise, James viendra la prendre plus tard.

— James ?

Sans plus d'explication, je l'entraîne vers la lourde porte en chêne sculpté. James est déjà là et l'ouvre. Grand, imposant, la crinière blanche et le visage fermé, James est toujours dans les parages, même lorsqu'on ne l'attend pas. Il se saisit, avec autorité, du bagage de Léo, qui résiste.

— Si Monsieur veut bien me donner son sac ? Je souhaite à Monsieur un très agréable séjour à Glenmoray.

— Bonjour ! Merci, mais c'est bon... je peux le porter moi-même.

Puis il poursuit à mon oreille :

— Bordel ! Vous êtes même allés jusqu'à embaucher un majordome, avec la tenue de pingouin, et tout et tout ! Vous faites les choses en grand dans votre famille. À fond dans l'illusion. J'ai honte, avec ma petite croisière *low cost* sur le Nil.

— Tu ne devrais pas.

Mon visage doit être rouge de plaisir, car il me fixe drôlement. Il est un peu gauche. Emprunté. Je pense à ma valise pleine de vêtements d'hiver quand je suis arrivée en Égypte. À l'Autriche, que je ne connais toujours pas.

La vengeance est un plat qui se mange froid, dit-on.

Son regard passe de ma charmante personne au hall d'entrée spacieux. De ma bouche, qui menace d'exploser de rire, au grand escalier qui monte, en courbe, jusqu'à l'étage. De mes yeux, qui brillent de mille feux, au lustre en cristal qui scintille comme un arbre de Noël.

— On se croirait dans *Downton Abbey*, souffle-t-il.

Je ne le pensais pas friand de ce genre de série télévisée. C'est alors que l'apothéose arrive. L'extremum de la félicité. L'acmé de l'exultation. James, qui a enfin réussi à arracher le sac à dos de la main de Léo, me lance d'une voix suave, cette voix inimitable que seuls les majordomes peuvent obtenir au prix d'années d'entraînement continu et intensif :

— Lady Mary, votre famille est déjà dans le petit salon et vous y attend avant de passer à la salle à manger.

Lady Mary.

Léo hoquette. Ses yeux révulsés me fixent comme si j'étais devenue un fantôme écossais.

Hou ! Hou !

Il cherche les caméras.

On est dans une émission grand public. J'ai été piégé. L'équipe va apparaître dans le décor en applaudissant.

Tout ceci est une phénoménale blague, dit son regard, qui quémande une réponse logique.

Soudain, un flot d'affection monte en moi. La moquerie a assez duré ! Je l'aime, mon petit Léo. Aussi, je le serre dans une accolade émue et lui murmure, la bouche dans son cou :

— Bienvenue chez moi, Léo.

2

Mortelle flambée

Une bonne heure a été nécessaire à Léo pour qu'il se remette de ses émotions. Au dîner, il était encore tout chamboulé, le pauvre chéri !

Il a marmonné :

« Pince-moi ».

Et je l'ai pincé.

D'autant plus que ma famille, toute guillerette à l'idée de faire la connaissance d'un de mes amis français, en a rajouté une couche.

Finlay lui a demandé si ses homologues aimaient le nouveau roi. Kate l'a trouvé trop commun et l'a snobé. George l'a pris pour un de mes fils. Quant à Suzy, fidèle à elle-même, drapée dans son grand châle en cachemire, un pantalon des années 1970 en dessous pour tout autre vêtement, m'a lâché, comme si de rien n'était :

— Tu baises avec ?

Seule Ruby, ma petite-fille, a été adorable. Comme toujours.

— La nuit a été bonne ? Tout se passe bien ?

Léo, debout au beau milieu de la cour devant le manoir, se retourne vers moi en bâillant.

— Si on occulte le fait que j'ai dormi pour la première fois dans un lit à baldaquin qui gémit quand je bouge. Et que j'ai dû m'empiffrer d'une quantité astronomique de haricots blancs à la sauce tomate, pour faire plaisir à ton beau-père… Oui, tout va bien ! Mon estomac n'étant pas habitué à un tel régime, je vais péter toute la matinée.

Je ne peux retenir un rire compatissant :

— Je zappe la salle du petit-déjeuner dès que je peux… surtout si George est dans les parages. Il a un faible pour les *beans* et pense que tout le monde est comme lui !

— Merci de m'en informer seulement maintenant.

Je le sens grognon. Le choc de m'entendre appeler *lady* par le personnel, peut-être ?

— Tu ne m'en veux pas ?

— De quoi ?

— De tout ça.

D'un geste large, je lui montre le château et le jardin sous la neige.

— Tu aurais peut-être pu me le dire. J'ai l'étrange impression d'avoir été pris pour un con.

— Tout comme tu aurais pu me dire que nous nous rendions en Égypte, alors que je me sentais bien bête avec ma valise pleine de pulls ?

Il sursaute :

— Oh, c'est mesquin ! Tu te venges ?

— N'allons pas si loin ! J'ai voulu te faire une blague.

Dans un grommellement d'ours qui a trouvé de la moutarde dans son pot de miel, il rétorque :

— Réussie, ta blague ! De quoi ai-je l'air, au milieu de tous ces gens ?

— D'un Léo, mon ami, que j'aime et qui m'aime. Rien de plus. Rien de moins. Regarde-les un peu. Mon fils, journaliste pour la Couronne, ne cause que de la royauté, alors qu'il est écossais et qu'un de ses ancêtres est mort à la bataille de Culloden. Kate, une roturière anglaise – la pire insulte que Finlay pouvait faire à ses origines –, qui snobe tout ce qui ne porte pas de titre. Elle a gagné le Saint-Graal en devenant une lady. George, puisqu'on en parle, qui perd la boule et croit encore que l'indépendance de l'Écosse est proche. Et Suzy, ma très chère illuminée, peintre à ses heures, qui passe son temps à se balader à poil… en particulier devant les touristes que Kate accueille. Tu les trouves normaux, eux ?

Le descriptif de mon tableau familial est croustillant au point que Léo ne peut contenir, malgré sa grogne, un gloussement amusé.

— Tu vois ? Tu ris !

— En fait, ils sont tous barjots ?

— Plus ou moins, si on retire Ruby de l'histoire.

— C'est pour ça que tu les as quittés ?

Dans un soupir, je marque un temps d'arrêt avant de lui apporter ma réponse. Pourquoi suis-je partie, voilà plus de trois ans ?

— Une légende dit que les *lords Simple du clan MacLitha de Glenmoray* continuent à hanter le manoir après leur mort, pour surveiller leur descendance.

— Tu ne voulais pas que ton mari te regarde, c'est ça ?

Malgré moi, je pouffe.

— Pas trop, non… Et puis, sans Duncan, je n'avais plus grand-chose à vivre ici, sous la coupelle de ma nouvelle bru et de mon fils Finlay, l'héritier de la Couronne.

— Tu n'aimes pas Kate ?

— Elle me fatigue… elle est plus snob que les nobles ! Même si j'ai bien conscience qu'avec ses touristes et ses animations, elle est en train de sauver le manoir.

— À ce point ?

— Oh oui ! Y a plus un rond dans les escarcelles du clan MacLitha, mon bon monsieur ! L'époque où les métayages et les biens acquis nous faisaient vivre est révolue. George a été le dernier lord à s'occuper du domaine sans avoir à travailler à l'extérieur.

Léo hoche la tête. Tout ce petit monde lui est étranger, et il me découvre, frayant au milieu de ce microcosme, avec stupéfaction.

— Tu es tout de même une sacrée cachottière.

Tout en riant à mon tour, je glisse ma main dans ses cheveux.

— Tu me vois te dire, lors de notre première rencontre : « Bonjour, je m'appelle *Lady Mary Simple du clan MacLitha de Glenmoray.* ». J'aurais eu l'air de quoi ?

— De quelqu'un qui me faisait confiance.

— *Mary Simple* suffisait amplement.

D'autorité, je passe mon bras sous le sien.

— D'ailleurs, il est toujours possible d'obtenir le titre de lord en Écosse. Il faut seulement acheter quelques mètres carrés de terre, du côté de Glencoe[1]. Ça te tente ?

1. Information véridique. ☺

Je pouffe de rire et je le sens se raidir contre moi. Il n'y a rien de plus à cheval sur les titres que les Français ! C'est connu !

— Allez, viens ! dis-je en changeant de conversation. Je vais te faire découvrir le parc.

Il se laisse entraîner sans réticence, presque heureux de s'éloigner un peu de la façade imposante du manoir et de ce qu'il contient. Nous marchons sur la couche de glace matinale, qui a emprisonné la fine pellicule de neige tombée ces derniers jours. Elle craque sous nos pieds, et il faut prendre garde à ne pas glisser. Je n'entends que ses pas. La nature autour de nous est muette. Encore étourdie par une température négative qui l'engourdit.

— Ici, en été, tout est luxuriant. D'un vert indéfinissable, qui danse sous une lumière exceptionnellement belle. On se croirait alors dans une carte postale en 3 D.

Il s'étonne :

— Pourquoi as-tu quitté cette région si tu l'aimes autant ?

— Je te l'ai dit… les fantômes !

— Non, sérieusement.

Je marque un temps de pause et en profite pour lever le nez vers les grands arbres nus, qui laissent apparaître un bout de ciel chargé entre leurs branches.

— Sans Duncan, je ne me sentais plus à ma place ici. Ma famille ne m'a pas montré la sortie. Rassure-toi ! Au contraire, ils étaient tous attristés par mon départ. Enfin tous, sauf Kate, qui se voyait mal supporter deux douairières ! Suzy lui rend la vie déjà assez dure pour que, moi, j'en rajoute une couche !

— Elle ne l'aime pas ?

Je m'esclaffe.

— Suzy ne sait pas ce que veut dire aimer… ou ne pas aimer. C'est un personnage fantasque qui n'en fait qu'à sa tête ! Vers la quarantaine, elle est partie vivre à l'île du Levant, sur la Côte d'Azur. C'étaient les années hippies. Elle en est revenue égérie du naturisme, fumeuse de joints patentée, et peintre d'œuvres abstraites à ses heures. La seule résolution qu'elle n'a pas pu conserver de cette époque, c'est le végétarisme. L'appel du haggis a été le plus fort, à son retour au manoir. Depuis quelques mois, elle s'est trouvé une nouvelle occupation. Elle s'amuse à offusquer les touristes un peu snobinards de Kate, qui s'imaginent que séjourner dans un tel lieu, auprès de véritables lords, va les transformer en futurs hôtes royaux. Tu peux donc considérer, sans problème, que le pantalon pattes d'eph qu'elle portait hier pour le dîner attestait d'un très grand respect à ta personne !

Léo ne peut retenir un fou rire.

— Sérieux ?

— Sérieux.

— Mais elle n'a jamais froid ? À son âge !

— Non. À croire que sa vieille peau s'est tannée. Quatre-vingt-trois printemps, tout de même, au compteur !

— Waouh ! Ah oui ! Elle ne les fait pas ! Et George ?

— Quatre-vingt-dix ! Des durs à cuire ! On les a mariés jeunes, sans amour. Depuis plus de soixante-cinq ans, ils se côtoient sans jamais se croiser. George est l'antithèse de Suzy. C'est un conservateur qui a toujours vu s'affronter en lui la passion pour son pays et le respect de la royauté. Finalement, ça lui a bouffé le ciboulot ! À force de s'emmêler les pinceaux dans ses propres convictions, il a fini par ne plus savoir où il en était.

— Et ton fils ?

Je tourne vers mon interlocuteur un regard amusé.

— Il m'a fait Ruby. Pour cela, je lui suis reconnaissante. Nous n'avons que très peu de points communs. Il est journaliste pour la Couronne Royale, c'est tout dire. Souvent à Londres. Veuf de la mère de Ruby. La coutume veut que les descendants voient le jour au château. Élisabeth y a laissé la vie. Hémorragie. Lorsque les secours sont arrivés, il était trop tard. Le vieux médecin de famille n'a rien pu faire. Kate, qu'il a épousée en secondes noces au printemps, pour ses 40 ans, envisage de donner un héritier au domaine, mais elle a déjà annoncé la couleur ! Cela se fera à la maternité, même si la tradition doit prendre du plomb dans l'aile.

Je me moque :

— Je crois surtout qu'elle ne projette pas d'accoucher sans péridurale.

— Mauvaise langue !

— Pas du tout. Je suis objective. D'ailleurs, je lui donne raison !

Sans lâcher son bras, j'enfonce ma main libre dans ma poche.

— Et tes autres enfants ?

— Lachlan nous rejoindra pour le réveillon de Noël. Il travaille en Angleterre, dans la publicité. Quant à Rory et Moïra, ils ne seront pas des nôtres. Moïra est dans la finance à New York. Et Rory fait un tour du monde à la voile.

Un sourire se dessine sur le visage de Léo, alors qu'il découvre des détails qu'il ignorait.

— Il n'y a que l'aîné qui hérite du domaine ?

— Oui. Ce qui ne se passe pas sans heurts, à notre époque.

Je lui tais le ressenti de Moïra et de Lachlan, un peu fâchés tout de même d'être des laissés-pour-compte dans cette histoire de lignée familiale. Rien n'est simple lorsque les choses ne sont pas équitables et que les traditions ne correspondent plus à notre manière de vivre actuelle.

— La seule concession que Finlay doit faire, c'est de tous nous loger et de tous nous nourrir au manoir si nous le souhaitons, jusqu'à la fin de nos jours.

— Et bien entendu, personne ne le veut !

— Oh que non ! Rory revient parfois, lorsqu'il ne voyage pas. Le domaine reste un peu son pied-à-terre, même s'il vit, la plupart du temps, sur l'eau.

Sans nous en rendre compte, nous sommes arrivés sur la route et avons quitté l'enceinte du château. Nous longeons la petite chaussée cabossée qui conduit au village. Autour de nous, le paysage, entre vallons, collines et montagnes, est grandiose. Droit devant, au loin, les premiers cottages se détachent sur fond neigeux. Leurs murs blanchis à la chaux se confondent avec le décor hivernal.

— Je ne connaissais pas l'Écosse du Nord. Ici, tout est… comment dire ?

— Comme sorti d'un livre de contes.

— C'est exactement ça !

— C'est ce qui vaut à ce pays le surnom de Terre des Légendes.

J'aime l'enthousiasme de Léo. Il me fait plaisir. Au fond de moi, je suis heureuse de lui permettre de découvrir un endroit qui me tient à cœur.

— Lorsque tu as suivi ton mari, tu avais quel âge ?

— Dix-sept ans.

— Mineure ?

— Oui. Pour la France. Pas pour l'Écosse.

— Comment as-tu fait pour la douane ?

— Un coup de chance. Nous sommes arrivés avec le bus de l'équipe des sonneurs, dont Duncan et ses amis faisaient partie. Au milieu du groupe, je suis passée inaperçue. Pas de contrôle aux frontières !

— Et tes parents ?

— Mes parents ? Lorsque les recherches ont été lancées, j'étais déjà loin…

Je sens le *pourquoi* poindre sur ses lèvres. Il resserre son bras contre le mien, mais ne dit rien. Une vague de félicité me submerge. Ma vue se trouble d'émotion. Cet homme, tout contre moi, est quelqu'un de bien. Et s'il n'avait pas l'âge de mon fils, je crois que je l'épouserais !

J'hésite entre lui confier mon bonheur d'être en sa compagnie et me taire, quand soudain il me lâche. Le vide de lui me fait trébucher. Je glisse et me rattrape contre son épaule au moment où il me montre une lueur du doigt.

Malgré l'heure encore matinale, il fait déjà très gris. L'étrange lumière dansante qui se trémousse à l'horizon est aussi anachronique qu'inquiétante. Et que penser de l'odeur ? Un parfum qui nous envahit et nous flatte les narines. Agréablement. Oui, agréablement est bien le mot.

— On dirait qu'on flambe des crêpes sur un feu de vieux bois.

— Sauf qu'on est à Noël, corrige mon compagnon au moment où les premières sirènes deviennent perceptibles.

Nous nous regardons, médusés, tout en comprenant qu'il s'agit d'un incendie.

— Un incendie qui sent la crêpe…

Je sursaute.

— Putain ! La distillerie !

Léo me lance un coup d'œil interloqué. Je ne sais pas si c'est le gros mot, rare dans ma bouche, ou l'idée qu'une distillerie puisse flamber, qui le surprend le plus !

— Une distillerie de… ?

— Whisky, voyons ! Au patelin, il n'y en a qu'une, et c'est celle de Ronald Scott !

— Tu le connais ?

— Oui, c'est un ami. Vite. Allons-y !

Le chemin se fait dans la précipitation. Je ne crains plus de glisser. L'inquiétude me donne des ailes. Léo me suit à grandes enjambées.

Une distillerie qui brûle, ce n'est vraiment pas banal !

*

Lorsque nous arrivons en vue du village, l'odeur devient vite intolérable. Elle gratte la gorge et fait pleurer les yeux. Nous sommes venus à pied, et ce que nous découvrons, en pénétrant dans le centre, relève de l'irréalité. Le long de la route principale, celle qui traverse Glenmoray, une rivière boueuse glisse maintenant sur le goudron. Un torrent mêlé de cendres, de bouts de bois… et de whisky !

— Les cuves ont explosé, me susurre un quidam au nez bien rouge (sans doute de froid, je ne veux pas faire de commérages). Si ce n'est pas malheureux, tout ce gâchis !

J'opine du chef. Le whisky n'est pas ma tasse de thé, mais ce n'est pas une raison pour le bousiller ! Et puis je pense à Ronald, qui est en train de perdre son entreprise.

— Que s'est-il passé ?

Le même quidam, visiblement bien renseigné, me répond :

— L'incendie a pris dans le dépôt. Un court-circuit, sans doute. La chaleur a fait flamber l'alcool, les cuves ont explosé et le whisky s'est répandu à l'extérieur. Imaginez ! Plus ça chauffe, et plus ça brûle ! Y paraît qu'un canadair va venir de Glasgow. Sauf qu'il n'peut pas remplir ici ses six mille litres d'eau. Le lac est gelé. Il a dû les pomper sur place, et gros comme il est, y n'est pas près de se pointer.

Mon imagination fertile me suggère un oiseau un peu lourdaud, qui volerait jusqu'à nous en frôlant la cime des arbres.

— Il a été question d'évacuer le village, complète mon informateur. Ce n'est pas dit que ça n'arrive pas ! Si tout pète…

Et les points de suspension me laissent entrevoir une explosion dantesque. Véritable feu d'artifice dans le ciel bas de décembre.

J'en frémis.

Je me tourne vers Léo, qui a capté la moitié des mots de mon interlocuteur, celui-ci mélangeant, sous le coup de l'émotion sans doute, le gaélique avec l'anglais. Je résume :

— Court-circuit. Cuves qui brûlent. Whisky dans la rue. Canadair. Peut-être évacuation du village.

— Ah ! C'est sûr que le whisky, c'est une sacrée bombe à retardement !

Tu parles, Charles ! Qui n'a pas fait chauffer d'alcool pour flamber quelque chose ? Une petite allumette, et pchou !

Je transmets ma pensée basique à mon Tattooed Man, qui opine du chef.

— Vaudrait peut-être mieux retourner en lieu sûr. Au manoir, par exemple.

D'autant plus que l'odeur se fait entêtante, et que, dans une poignée de minutes, on va tous finir torchés, à chanter des chansons paillardes et à laper l'asphalte dégoulinant, vautrés dans le ruisseau de whisky chaud qui se déverse.

Une nouvelle fois, j'imagine la scène et un sourire canaille illumine mon visage.

Quel bordel ce serait !

Le seul point positif, dans toute cette histoire, c'est que l'incendie tempère l'atmosphère et hausse de quelques degrés la température ambiante. J'en descendrais presque la fermeture éclair de ma doudoune ! Ce brusque réchauffement climatique, très localisé, n'a toutefois pas de quoi nous faire exulter. Pas plus que l'autre, le vrai, d'ailleurs…

J'en suis à ce genre de réflexion, lorsqu'une vague d'émotion s'abat sur le public. Une sorte d'ola triste. Certains doivent être plus informés que d'autres et transmettent des nouvelles qui ne semblent pas réjouissantes. Un mot en ressort. Presque obsédant.

Un corps... Un corps...

J'interroge, cette fois-ci, ma voisine.

— Ils auraient découvert des restes humains dans les décombres, me glisse-t-elle sur le ton de la confidence hypothétique. Pas sûr, hein ? Les gens disent des bêtises pour faire leurs intéressants.

Mais elle n'a pas le temps de finir sa sobre réflexion que le renseignement macabre fuse. Un cadavre carbonisé a bien été trouvé dans la distillerie !

— Ronald ?

L'inquiétude me gagne, mais ma voisine me réconforte.

— Non, non. Il vient juste d'arriver de Glasgow. Il va bien.

Alors c'est qui, le disparu ? Un employé ? Un visiteur ?

— Avec la chaleur qu'il fait dans ce brasier, poursuit-elle, on ne va pas le savoir de sitôt.

Je regarde Léo. Il hausse les épaules. Une distillerie écossaise en feu, de quoi se faire des souvenirs. Mais ce n'est toutefois pas une raison pour sauter le déjeuner.

— On retourne au manoir ? J'ai les haricots sur la patate, me glisse-t-il en catimini. Et l'odeur du whisky chaud n'arrange rien. J'ai besoin de me soulager et de manger un truc pour tasser tout ça. On ne va rien apprendre de plus. Le corps doit être méconnaissable.

Sage homme qui cherche à calmer ses flatulences dans un petit coin intime, avant un en-cas salvateur.

— Le midi, c'est simple ici.

— Je sais. Mais il faut que j'avale quelque chose pour digérer.

Le concept est intéressant.

Plutôt que de rentrer, je lui propose un *fish and chips* au pub du coin. Eliott est aussi une ancienne connaissance.

Peut-être arriverons-nous à obtenir plus d'informations sur l'incendie qui met le bourg en émoi ?

Eliott.

Une bouffée d'émotion me saisit, alors que Léo acquiesce. Comme s'il avait senti mon trouble, il me prend d'autorité le bras. Nous nous éloignons ainsi du groupe, en direction du Cerf d'Or, proche de l'église.

*

Le *fish and chips* est croustillant à souhait, mais Eliott, par contre, est peu bavard. Il a été l'une de mes incartades passées.

Nous sommes restés amis, un peu comme si nous nous étions fréquentés, adolescents, au lycée (ce qui n'est bien sûr pas le cas). Me voir revenir au pays, au bras d'un type *beau gosse* de l'âge de mon fils, ne lui met, sur l'instant, pas le sourire aux lèvres.

Après mon veuvage, tout divorcé qu'il était, il a tiré des plans sur la comète et espérait refaire sa vie avec moi. Lorsque je me suis envolée, il m'en a voulu et me l'a écrit.

Me retrouver indifférente à son charme d'Écossais prospère de 60 ans, bedonnant et jovial, la moustache rousse conquérante, le désarçonne sans doute. Pourtant, je dois admettre qu'il m'est toujours aussi sympathique.

— Tu couches avec lui, *lassie*[1], me glisse-t-il à l'oreille, alors que Léo est parti tenir un siège digne de celui de Wark[2] dans les toilettes.

1. Gamine, en gaëlique écossais.
2. Le siège de Wark a eu lieu en juillet 1385.

— Ma parole ! C'est une obsession, Eliott ! Je crois entendre Suzy !

Ma réplique le rend encore plus bougon. Après tout, je ne lui apporte pas une réponse simple et claire sur ma vie intime.

— J'aimerais qu'on se voie, soupire-t-il avec un regard de cocker. Ça me ferait plaisir ! On peut se retrouver comme avant, ce soir, après la fermeture. Tu passes par la porte arrière. Tu connais les lieux. J'ai un truc important à te dire.

Comme avant ? Qu'insinue-t-il, au juste ?

— Un truc important ?

— Oui.

Un long frisson me parcourt.

— OK.

Une fois dehors, Léo tourne vers moi une mine de renfrogné de service.

— Quoi, tu n'as pas aimé le poisson ?

Un laconique *si* fait écho à ma question.

— Alors ?

— T'as couché avec lui, c'est ça ? Avoue qu'il te plaît toujours !

Là, les bras m'en tombent ! Mais c'est quoi, cette obsession à faire de tout et de rien une histoire de sexe ? Je glapis :

— Faites chier, les mecs !

Et j'active le pas, abandonnant derrière moi un Tattooed Man entre deux eaux.

3

Shortbread City

Quand la cohue cessa, il fallut bien compter les vivants. Eh bien, oui ! Lorsqu'on se retrouve avec un macchabée rôti comme une grosse saucisse oubliée sur le barbecue, le plus simple est encore de dénombrer ceux qui restent pour procéder par élimination.

Les tests ADN ayant quitté notre petite bourgade pour se diriger, à pas de sénateur, vers la capitale, certains se crurent plus malins et firent le point sur la population du village. Parmi les plus représentatifs, il ne manquait qu'une seule personne.

Pas de shortbread. Pas de shortbread !

Bourdonnement général devant la pâtisserie. Le stock de biscuits sablés à la cannelle avait fondu, mais leur créateur en chef ne semblait pas pressé de réapparaître.

Très vite, on en conclut, avec effroi, que le mort de la distillerie, baignant dans des vapeurs d'alcool, n'était autre que Tommy Stewart, le magicien de nos Noëls ! Un abattement suivit cette terrible découverte. Qu'allions-nous devenir si Tommy n'était plus là pour enchanter nos préparatifs festifs ?

— Tu as baisé avec lui aussi ? s'enquiert Léo.

— Léo ! Pour qui me prends-tu ?

Sans le savoir, il n'a pas tort. Lorsque, vers la vingtaine, après ma première grossesse, je me suis remise en question et ai voulu tester les galipettes avec un autre membre actif que celui de Duncan, mon mari, Tommy a fait partie des heureux élus.

Relation sans lendemain, comme avec Ronald.

Oui, Ronald aussi...

Nous étions tous amis. Nous le sommes restés.

Moi, je suis retournée à mon existence de mère et d'épouse, rôle dans lequel j'ai excellé durant toutes les années qui ont suivi. En toute sincérité, j'aimais Duncan.

En deux mots, j'en révèle les tenants et les aboutissants à Léo.

— Et après, plus rien ?

— Plus rien que mon mari, jusqu'à toi.

Il semble digérer l'information et marmonne :

— Ah... je comprends mieux... ton...

— Mon inquiétude, ce jour-là ? Lorsque tu me disais que c'était comme faire du vélo... qu'on n'oubliait pas[1] ?

Nous rions de bon cœur en évoquant notre relation éphémère, qui n'a pas porté ses fruits, par manque de transcendance. Je sais que Léo aimerait reprendre notre histoire là où nous l'avons laissée, en y mettant un peu plus de formes. Sauf que depuis, ma route a croisé celle de Jules, un écrivain de polars, et même si je ne vis rien avec lui (pour cause d'éloignement inopiné), je ne peux envisager, pour le moment, une aventure avec mon Commandant

1. Voir Tempête dans un encrier chez le même éditeur.

sans nom. D'autant plus que notre différence d'âge représente un frein énorme dans ma tête.

Pourtant, je l'aime. Sans trop savoir si c'est d'amour ou d'amitié. Mais je l'aime.

Assis dans l'autre fauteuil, face à la cheminée dans laquelle brûle un bon feu de bois, il finit par me lancer un regard presque attendri.

— Pourquoi as-tu fait ça ?

— Ça quoi ?

— Tromper ton mari avec ses copains.

— Ah ! Eh bien… mon mari a été le premier homme dans ma vie de femme. Comme je te l'ai dit, je l'ai rencontré en France, en même temps que Ronald, Tommy, Angus et Eliott, tous des joueurs de cornemuse. Ils formaient un groupe de sonneurs auquel ils m'ont intégrée. Souvent, je me suis demandé pourquoi Duncan ? Pourquoi lui, et pas un autre ? J'étais une gamine, avec mes longs cheveux blonds qui me bouffaient le visage et ma moue désabusée d'adolescente. Je pense que j'ai désiré me prouver que je pouvais plaire.

— Et tu es revenue vers Duncan ?

— Oui. Il faut croire que c'était le bon.

— Et les autres ? Comment tu as fait pour… rester amie avec ? Enfin… comment dire ? Duncan était au courant ? Il ne t'en a pas voulu ?

— Pourquoi l'aurait-il fait ? Je trouve que je lui ai donné, au contraire, une belle preuve d'amour en le choisissant.

— Si l'on veut. Tu as tout de même testé… toute l'équipe.

Je me moque.

— Que tu es vieux jeu !

— Vieux jeu ? Personnellement, je n'aurais pas souhaité tenir ce rôle. Duncan devait passer pour un cocu.

Malgré moi, j'éclate de rire.

— Oh mon Dieu ! Duncan n'était pas trompé. Je n'ai fait que suivre un programme expérimental. À l'âge que j'avais, je n'aurais pas dû être mariée ! J'aurais dû papillonner d'un mec à l'autre, en attendant de trouver le bon. C'est ce que j'ai fait…

— Puisque tu le dis.

Malgré moi, j'éclate de rire tout en lui saisissant la main.

— Tu n'es jamais sorti avec une fille et puis avec une autre, dans le même groupe d'amis ?

Il réfléchit et fronce les sourcils.

— Si, ado. J'ai eu une histoire avec une jolie brune qui s'appelait Clara. Ça a duré un mois, et après notre séparation, je me suis mis avec une de ses copines. Elle était dans notre classe de terminale. Lucile. Oui, c'est ça, Lucile Valmont. Elle était rousse et voulait devenir actrice.

Je ris sous cape en l'écoutant évoquer ses souvenirs :

— Ah, tu vois ! Et tu t'entendais toujours avec Clara ?

— Oui. Il me semble.

— C'est un comportement classique chez les jeunes. Et j'avais l'âge d'être en terminale, moi aussi.

Mon compagnon regarde dans le vague. Ses réminiscences se baladent-elles, sur l'instant, vers l'image de la jolie Lucile qui désirait faire du cinéma ?

— OK. Toutefois, tu étais…

— … mariée ? Oui, mais pas dans ma tête. D'ailleurs, j'ai mis Duncan au courant. Pour qu'il n'y ait pas de duperie.

— Couple libre !

— Mais non ! Qu'est-ce que tu peux être collet monté, parfois ! Couple qui souhaitait ne rien se cacher.

— Et lui ?

Mon esprit s'évade à son tour. Je revois Duncan. Sa chevelure rousse un peu longue. Son torse large. Ses mollets puissants dépassant de son kilt, sous ses chaussettes blanches en fil d'Écosse. Ses grands yeux d'un bleu délavé, les mêmes que ceux de notre fils Lachlan.

— Rien. Les Écossais sont très attachés au mariage. Il appréciait Fiona. Elle riait de ses blagues. Mais ils ne sont jamais allés jusqu'à… coucher.

— Tu en es sûre ?

Je lance vers Léo un regard défiant.

— Certaine ! Duncan avait eu des aventures avant moi. Mais lorsque nous sommes tombés amoureux et qu'il m'a demandé de l'épouser, plus aucune femme n'a compté pour lui. Il était… comment dire… très à cheval sur les principes.

— Et il a toléré tes incartades ?

— Pour me garder, oui. Il savait que ça ne mettait pas en danger notre couple.

— Quel homme intelligent !

— Il l'était.

Une petite pause silencieuse s'impose. Après cela, nous cessons les régressions dans mon passé. Je me sers un autre thé et l'interroge du regard. Il cligne des yeux pour acquiescer. La délicate tasse en porcelaine ornée d'une guirlande de roses et d'un liseré or paraît bien fragile entre ses doigts. Pour l'inciter à faire attention, je glisse :

— C'est un cadeau de George V[1] pour le mariage des parents de mon beau-père. Il porte d'ailleurs le même prénom que ce roi pour cette raison.

— À cause d'un service à thé ?

Je pouffe.

— Non, parce que le roi en personne l'a réclamé. Un grand honneur. Signe de réconciliation avec la famille MacLitha, dont le clan s'était illustré, par le passé, durant les batailles contre l'Angleterre en s'alliant avec les Français.

— Ah, je vois.

Avec un air dubitatif, Léo contemple la modeste tasse qu'il tient entre ses doigts.

— Offrir un service à thé en signe de trêve, il faut être grand-breton pour trouver ce geste plein de sollicitude. Moi, j'aurais eu l'impression qu'il se moquait de moi, le Père George V, avec sa porcelaine à deux balles.

— Léo, voyons… Un peu de respect.

Un instant, avec notre conversation à bâtons rompus, nous passons outre l'incendie de la distillerie et le mort non identifié. L'atmosphère du petit salon, tendu de tissu bordeaux sur les murs, est cosy à souhait. Les sièges fleuris, assortis aux tentures, font oublier le caractère pompeux de cette demeure, à l'instar des plaids jetés sur

1. Roi du Royaume-Uni, né le 3 juin 1865 et mort le 20 janvier 1936, petit-fils de la reine Victoria.

les dossiers et des tapis qui recouvrent le plancher gorgé de cire, en point de Hongrie. Je dois admettre que Kate a du goût, puisque c'est elle qui a su apporter une touche accueillante, dans le style cottage anglais, à cette pièce autrefois bien froide.

Les touristes de passage aiment s'y retrouver. Surtout en hiver, lorsqu'un bon feu réchauffe leurs corps peu habitués aux courants d'air d'un vieux manoir géorgien. Heureusement pour nous, la fournée attendue pour les fêtes de Noël n'a pas encore franchi le seuil. Nous l'avons devancée.

Je me penche vers le guéridon et attrape un de ces délicieux *shortbread*, en forme de doigt, dont Tommy a le secret. Je vais pour le porter à ma bouche, tout parsemé de sucre et de cannelle qu'il est, piqué de petits trous comme le veut la tradition, lorsque je déglutis et le repose. Une agitation s'empare de moi. Le diable me serait-il apparu à travers ces délicats biscuits ?

— Tommy… Tommy…

— Quoi, Tommy ?

L'évidence me saute soudain aux yeux. Si Tommy est mort, ce sont là les derniers *shortbread* que nous mangeons !

Quelle horreur !

Ma main, qui jusqu'alors tenait le gâteau, se porte à mes lèvres. Des larmes me viennent, sans que je parvienne à saisir si c'est le décès présumé de Tommy qui me les provoquent, ou bien la fin de ces succulentes pâtisseries, dont nous devrons désormais nous passer ?

Je psalmodie un :

— Tu ne peux pas comprendre.

Plainte qui laisse Léo pantois. Il s'enfile sa tasse de thé cul sec, grimace, car il a oublié de sucrer, puis finit par essuyer le liquide qui coule d'un revers de manche de chemise à carreaux.

— Tu crois que c'est lui, le macchabée ?

J'écarquille les yeux. La question est tellement saugrenue que l'entendre la poser me surprend.

— Bien évidemment ! Même dépressif, Tommy Stewart ne se serait pas absenté sans raison valable aux moments des fêtes ! Nous abandonner sans un stock de biscuits ne lui serait jamais venu à l'idée.

— Alors, d'après toi, s'il n'y a plus de... vos machins au beurre en rayon, et si votre pâtissier local n'est pas en train d'en fabriquer d'autres, c'est qu'il est mort ?

Avec le plus grand sérieux, je lui confirme que tel est mon avis.

— Il y a des choses, dans notre village, qui ne sont pas admissibles, et qui, de ce fait, ne se font pas.

Je crois qu'il a bien noté le *notre,* placé avant le mot village.

— Comme laisser les habitants sans... vos trucs, là ?

— Shortbreads. Oui, c'est bien ça. Surtout au moment de Noël.

Léo acquiesce mollement. Il semble avoir du mal à comprendre où se loge le code de déontologie au sein de notre microsociété.

— Il avait peut-être d'autres chats à fouetter, et il se sera dit qu'il n'avait pas de comptes à vous rendre.

Le regard lourd que je pose sur lui l'empêche de poursuivre.

— Tu veux rire ! En plus, le marché de Noël approche. Le travail ne manque pas ! En général, il embauche deux extra pour l'aider, durant cette période.

Je sens que Léo brûle de me demander pourquoi, dans ce cas-là, ce ne sont pas les mitrons qui prennent le relais. Mais il doit se douter que je vais lui brandir notre *code de déontologie* sous le nez, aussi s'abstient-il. Il y a, comme ça, des mystères que les étrangers à Glenmoray n'ont pas besoin d'élucider.

— Si on retournait sur place ? propose-t-il pour se racheter. On saurait si ton pâtissier est revenu ou continue à jouer les filles de l'air ?

J'opine du chef.

— Si tu veux, mais pour moi, il n'y a pas photo ! Tommy est bien la victime trouvée dans la distillerie. Dire que je l'ai vu le jour de ton arrivée et que je lui ai pris ses derniers *shortbread*…

*

Le mot *victime* est peut-être un peu fort. Léo, en bon professionnel, me le rappelle.

— Tant que le meurtre n'est pas prouvé, nous ne pouvons parler d'homicide.

Il a raison. Toutefois, il faudra que l'on m'explique ce que faisait Tommy dans les locaux de Ronald, quand ceux-ci se sont embrasés.

— Il s'y rendait souvent ?

Je gare Didou sur le petit parking, près du muret qui entoure l'église.

— Où ça ?

— À la distillerie ?

Je hausse les épaules.

— Sais pas. Ronald était son ami d'enfance, mais ils avaient plutôt l'habitude de se rencontrer au pub, comme tout le monde.

— Tu veux dire qu'il n'avait rien à faire là ?

— Pas plus que Ronald dans son laboratoire de pâtisserie.

L'entrepôt ressemble à une gigantesque carcasse calcinée. L'ancienneté de la cave, tout comme sa construction en bois, n'a pas supporté les flammes, puis le déversement de l'eau du canadair. Un torrent vaseux a abandonné un monceau de détritus que les agents de la ville, aidés par la population, nettoient maintenant, en prévision des fêtes.

— Tu crois qu'on peut y entrer ?

Ma question est naïve. Pour entrer, encore faudrait-il qu'il y ait des murs, mais ce n'est pas vraiment le cas ! En revanche, chose étonnante, pas de cordon de police tendu pour en interdire l'accès.

— Pas d'enquête ?

Léo hausse les épaules. Il doit vouloir me signifier que, tout comme en Égypte durant notre voyage précédent, il ne connaît pas les méthodes d'investigation des forces de l'ordre écossaises.

— On va aller voir Fiona, elle saura peut-être.

Fiona fait, elle aussi, partie de mon ancien cercle d'amis. Mais je tiens tout de suite à mettre les choses au clair avec

Léo, dont je perçois les insinuations sous son clin d'œil taquin. Primo, Fiona, n'étant pas musicienne, n'avait pas intégré le groupe des sonneurs. Deusio, Fiona n'a pas été incluse dans mon programme expérimental, ainsi que l'ont été Ronald, Tommy et Eliott.

— Pas plus qu'Angus.

Angus est antiquaire. Léo tourne vers moi un visage amusé qu'il agrémente rapidement d'une moue blasée. Pour éclaircir la situation, je lui précise que je n'aime pas les femmes, au sens physique de la question, et qu'Angus partage mes goûts.

Lorsque nous poussons la porte de la boutique, une clochette au son cristallin tinte. La devanture, d'un bleu roi chatoyant, attire le chaland. Dans la grande vitrine, livres et théières en tout genre se mêlent, certaines rigolotes, d'autres plus classiques.

— J'adore l'idée d'une librairie-salon de thé.

— Ça ne m'étonne pas du tout de toi !

Deux voix se sont combinées pour dire la même phrase. Je suis stupéfaite, et mon regard va de l'un à l'autre.

— Au moins, vous êtes d'accord sur le sujet !

Un rire fuse.

— J'en conclus que ce monsieur qui t'accompagne te connaît aussi bien que moi !

Fiona franchit les quelques pas qui nous séparent et me prend dans ses bras. Je hume son parfum de vanille, le même qu'elle porte depuis qu'elle est gamine !

— Heureuse de te revoir, *my darling !*

— Moi de même ! Cela fait…

— Bientôt quatre ans.

Contre son épaule, j'acquiesce d'un signe de tête.

— Je te présente Léo Mallet, un ami français que j'ai invité pour mes 60 ans.

— Bienvenue Léo.

— Léo, voici Fiona Scott. Enfin, plutôt Fiona MacAllister.

— Je préfère !

Mon compagnon embrasse du regard la nouvelle arrivante qui a débouché du coin cuisine, masqué par une cloison. La cinquantaine bien entamée, c'est une grande femme, svelte et élancée, vêtue d'une robe longue en voiles superposés, dans les tons de gris, sur laquelle elle a enfilé un gilet court d'un vert identique à ses yeux. Comme treize pour cent de la population écossaise, elle arbore une imposante tignasse auburn, qu'elle attache avec une barrette épaisse, en une espèce de chignon désordonné.

— Enchanté de faire votre connaissance, Fiona.

Je sens mon Léo frétiller. La *Lucile Valmont* de sa jeunesse, qui était rousse elle aussi, vient-elle de rejaillir dans son esprit à la vue de Fiona ? Je ne peux lui en tenir rigueur. Même si elle s'est toujours plainte de son nez qu'elle trouve trop proéminent, Fiona est tout de même ce qu'on appelle une belle femme. De plus, elle est déjà âgée, ce qui ne peut que flatter le penchant gérontophile de Tattooed Man.

De son côté, Fiona semble agréablement surprise par la plastique avantageuse de Léo. Leurs regards mutuels en disent long.

Les présentations faites, je passe en revue la pièce dans laquelle mon amie nous reçoit. C'est une très jolie salle coquettement décorée. Sur le pourtour s'étirent des banquettes du même bleu que la devanture. Des guéridons en bois recouverts de dentelle sont installés à intervalles réguliers, ainsi que des chaises peintes. Au centre, des tables accueillent des livres. Beaucoup de polars. Fiona a toujours adoré les enquêtes.

Un coin est destiné aux enfants.

— Tu as ouvert cet endroit il y a longtemps ?

— Un an ! Et ça fonctionne pas mal. Les gens aiment bien bouquiner tout en buvant quelque chose.

— Je comprends ! Je suis de cet avis aussi.

— Je vous offre à boire ?

Je vois la mine de Léo se décomposer alors que je choisis, à nouveau, un thé. *Vivement qu'on se rende au pub*, semble dire sa moue de désenchanté.

Mais Fiona, fine guêpe, n'est pas dupe. La voilà qui se penche vers lui et murmure d'une voix suave :

— J'ai aussi un très bon whisky dans l'arrière-boutique. Je n'ai pas le droit d'en vendre à mes clients, mais je peux vous en servir une tasse.

Le mot tasse n'est pas surfait. Car c'est en effet dans une tasse en porcelaine qu'elle lui propose l'alcool.

— Il faut admettre qu'en cas de contrôle, si l'inspecteur ne plonge pas son nez trop près, la couleur est la même.

Puis elle s'attable à nos côtés en gloussant :

— J'en ai d'ailleurs pris un aussi... Mais chut !

Je regarde le manège de ces deux-là, avec un petit pincement au cœur, sans trop savoir où cette histoire va les conduire.

— Mes derniers *shortbread*, commente-t-elle en posant un serviteur muet[1] sur une desserte proche. Allez-y !

J'aime tout ce protocole à l'heure du thé, et je dois reconnaître qu'en France, il me manque.

— Je t'imaginerais bien tenir un truc dans ce genre, chez toi, lâche Léo en piquant quelques sandwichs au saumon.

Je souris. L'idée m'est déjà venue à l'esprit, mais je m'abstiens bien de le lui dire.

— Trop vieille.

— On n'est jamais trop vieille pour faire ce qu'on aime, rectifie notre hôtesse. Tu vois, moi !

— Tu as trois ans de moins.

— La belle affaire ! Ce qu'il faut, c'est s'éclater, jouir de la vie et en profiter !

Je ne sais pas pourquoi, mais j'ai l'impression que cette dernière phrase ne s'adressait pas à moi.

Pour que la discussion ne s'égare pas sur des sentiers sinueux, où il serait difficile de retrouver son chemin, je décide d'aller droit au but.

— Quels sont les ragots dans le bourg ? De l'avis des habitants, ce serait Tommy, le corps récupéré dans les décombres de la distillerie ?

Fiona m'observe avec affection.

— Toujours aussi fouineuse, ma chérie, glousse-t-elle en me prenant la main. Tu ne changeras jamais.

— Je ne crois pas. D'autant plus que, je ne sais pas pourquoi, mais depuis que j'ai rencontré Léo, les enquêtes me tombent dessus comme la faim sur le pauvre monde.

---

1. Sorte de guéridon à trois plateaux, que l'on pose sur la table.

Je conforte son délicat regard vers mon compagnon en complétant :

— Léo est commandant de gendarmerie en France.

Information qui lui fait émettre un long sifflement sourd, un peu comme celui d'un serpent qui aurait repéré sa proie.

— Intéressant. Et vous êtes…

Je suspends ses points d'un *non* ferme et définitif. Je la vois se liquéfier de satisfaction en apprenant que nous ne sommes pas en couple, alors que Léo me balance un grand coup de pied sous la table.

Aïe !

— Doublement intéressant.

J'adore Fiona. En fait, contrairement à ce que Léo doit être en train de penser, ce n'est pas une croqueuse d'hommes, comme l'était Alice[1]. Fiona est mon amie. Je la connais depuis plus de quarante ans, je l'ai rencontrée à une époque où elle était adolescente et moi déjà mariée, mais pas loin de l'être encore… adolescente.

— Fiona est la sœur d'Angus. Elle avait 14 ans lorsque j'ai intégré le groupe de copains de Duncan. On la traitait en gamine, et elle avait horreur de ça ! Elle faisait des pieds et des mains pour sortir avec nous, mais ses parents ne voulaient pas. Et nous non plus, d'ailleurs ! Elle ne jouait même pas de la cornemuse.

— Mais j'ai un très joli filet de voix.

— C'est vrai ! Je l'admets.

— Vous étiez de beaux salauds, tout de même, à me laisser sur la touche comme vous le faisiez.

---

1. Voir « Tempête dans un encrier » de la même autrice.

— Tu ne penses pas que nous avions envie de traîner une gosse avec nous !

Nous éclatons du même rire à l'évocation de nos souvenirs de jeunesse.

— Lorsque j'ai eu l'âge légal, j'ai fini par épouser Ronald, pour entrer dans leur cercle. Mais ça n'a pas marché.

— Avec eux ? s'inquiète Léo.

— Non, avec Ronald. Nous avons divorcé au bout de quatre ans de vie commune, laborieuse, voire pénible.

Un court silence s'établit, que je romps en soupirant :

— En parlant de Ronald… Tu sais ce que Tommy, si c'est lui, faisait à la distillerie ?

Fiona grimace et avale une lampée de whisky.

— C'est celui de Ronald, explique-t-elle à Tattooed Man. Il va valoir une petite fortune maintenant que tout le stock est parti en fumée.

Elle repose sa tasse et me fixe tristement.

— Ce ne peut qu'être Tommy. Il n'y a que lui qui manque au village. Et puis, selon les dires de mon ex, ils avaient rendez-vous. Tommy souhaitait lui parler d'un problème grave, mais Ronald n'a aucune idée de ce que c'est. Il était en retard, parce qu'il avait dérapé sur la route. Le temps qu'il trouve quelqu'un pour l'aider à pousser son véhicule pour le remettre sur la chaussée, la distillerie flambait.

Ce que j'entends m'atterre.

— Tu penses que Ronald était visé ?

Fiona secoue la tête :

— Non, non… Le système électrique était vétuste. La commission de sécurité avait demandé que tout soit remis aux normes. Son assureur menaçait de suspendre son contrat. Ronald était chez un artisan à Glasgow, avant son rendez-vous avec Tommy. Il avait eu son estimation pour tout rénover et voulait en discuter.

Elle fait une pause avant de reprendre :

— Il n'y aura pas d'ouverture d'enquête. À la suite des dires de l'électricien qui a établi un rapport précis sur l'état des lieux, la police a conclu à un court-circuit. Le départ s'est produit vers les cuves. L'incendie a été attisé par le vieux bois imbibé d'alcool et s'est amplifié en quelques secondes. Il n'est ni volontaire ni criminel. Tommy a été pris au piège. Il était au mauvais endroit au mauvais moment. Il ne reste plus qu'à attendre les résultats du test ADN, et le dossier sera clos. Les assurances pourront alors rembourser, et Ronald reconstruire.

J'échange un long regard avec Léo. Je lis en lui comme dans un livre ouvert, et ce que j'y découvre me conforte dans l'idée que nous pensons la même chose.

Un peu trop rapide, comme conclusion !

— Pas d'autopsie ?

— Je ne crois pas. Le décès n'est pas suspect.

Nous décidons de ne pas nous attarder plus longtemps, d'autant que des clients viennent d'entrer.

— Je prenais mes *shortbread* chez Tommy, soupire Fiona. Je n'en connaissais pas de meilleurs.

— Moi non plus.

Un remords me saisit. Est-ce tout à fait normal de regretter quelqu'un pour les gâteaux qu'il fabriquait, et non pour lui ?

Qui était Tommy ? De lui, je garde l'image d'un garçon réservé. Sans histoire. Légèrement sujet à l'embonpoint. Sans doute parce qu'il excellait en pâtisserie depuis sa plus tendre enfance. C'était, en revanche, un piètre sonneur. Mais Duncan l'appréciait beaucoup. Il prenait soin de lui, car il trouvait qu'il était devenu dépressif, à l'adolescence. En fait, il avait été diagnostiqué bipolaire.

Mais Duncan n'est plus là, lui non plus…

— On se revoit vite.

— Bien sûr. Je t'invite, de toute façon, pour mes 60 ans, le jour de Noël.

— OK ! Je viendrai avec joie. Le *dress code ?*

— Tenue de soirée, comme d'habitude. Tu connais le penchant conservateur de George, qui ne tolérerait pas une fête au manoir sans vêtements d'apparat.

— On va encore rigoler, avec Suzy !

— On va encore rigoler, oui.

Une fois dehors, Léo me prend par le bras et m'entraîne sur le trottoir tout en claironnant :

— Sympa, ta copine ! Si j'avais été toi, pour tes expérimentations sexuelles visant à te faire découvrir de nouveaux horizons insoupçonnés, c'est Fiona que j'aurais choisie.

Je hausse les épaules.

— Oui, mais tu n'es pas moi.

4

Lassie

La soirée a été paisible. Suzy, par respect pour le mort encore non identifié, mais probablement identifiable comme étant celui de Tommy Stewart, s'est présentée à table décemment vêtue.

— Je suis allée au pensionnat avec sa mère. Morag. Une gentille fille qui a fait un beau mariage. Elle était désespérée de voir son fils s'orienter vers la pâtisserie. Elle l'imaginait notaire, comme son époux. Toutefois, elle avait tort. Tommy était doué ! Cela aurait été affreux de nous priver de toutes les merveilles qui sortaient de ses fourneaux ! Ayons une pensée profonde pour ses succulents *shortbread* dont nous devrons désormais nous passer.

Poignant hommage qui a amené un sourire narquois sur les lèvres de Léo… et lui a valu un bon coup de pied sous la table de ma part.

— Les Écossais sont tous comme ça ?

— Comment ?

Sa question m'étonne et je me tourne vers lui, alors que nous faisons notre promenade nocturne, nouvelle institution faisant suite à l'habitude que j'avais de l'effectuer au bras de Duncan et à laquelle j'initie Léo.

— Imperturbables.

— Ce sont des gens calmes. De ce fait, ils n'expriment pas leurs sentiments avec violence. Ils réservent leur énergie pour un bon match de rugby.

— Étrange, tout de même, de vous voir penser à des… gâteaux en forme de doigts, alors que ce pauvre type a été transformé en saucisse grillée.

Dans un soupir, je hausse les épaules.

— Je comprends. Mais c'est ce qui ressort de sa disparition. Pourquoi pratiquer la langue de bois ? En rendant hommage à ses *shortbread*, c'est aussi lui et son savoir-faire que nous célébrons avec respect.

Je sens que Léo n'est pas convaincu. Au fil de cette journée, il n'a croisé aucune larme, aucune tristesse, aucune plainte.

— Et cette façon de ne pas enquêter !

— Fiona l'a confirmé. L'entrepôt de son ex-mari était vétuste. Et cette décrépitude a été attestée par l'artisan qui venait d'établir un devis pour tout remettre à neuf.

— Surprenant, non ?

En entendant sa question, je m'arrête et frotte de ma main gantée les lattes de bois d'un banc, à l'abri sous un chêne centenaire. J'y prends place délicatement, histoire de ne pas me geler le fessier, et resserre mon écharpe autour de mon cou.

— Tu veux dire quoi avec le terme *surprenant* ?

Léo se plante face à moi, bien droit. Bras croisés dans son dos. De loin, l'image que nous offrons peut porter à confusion.

... mais je m'égare.

Pour éviter tout quiproquo, je me déporte sur le côté. Il sourit.

— Bien à propos, ce devis, non ? Au moment où la distillerie flambe…

Je ne réponds pas tout de suite.

Ronald dans la mouise, qui doit refaire toute l'électricité de son entreprise...

Le raisonnement de mon compagnon n'est pas sans logique.

— Mais pourquoi, dans ce cas-là, aurait-il donné rendez-vous à son meilleur ami ? Pas pour le tuer ?

Léo secoue la tête et son bonnet de laine rouge bouge sur le sommet de son crâne.

— Et si nous tournions la situation différemment ? Ronald ne peut pas payer les réparations à entreprendre pour être aux normes. Toutefois, il fait effectuer un devis et va chez l'artisan, à Glasgow, pour en discuter les termes et l'accepter. Mais pendant ce temps, l'entrepôt brûle. Plus de travaux impossibles à assumer !

— Ronald aurait, d'après toi, soudoyé Tommy pour mettre le feu pendant son absence ?

— On peut imaginer ça. Ni vu ni connu ! Ronald souhaitait entamer des rénovations, mais le destin en a décidé autrement. Pendant qu'il est à Glasgow, les dieux, soudain avec lui, ont causé un incendie bien opportun. Plus de coûteuses réparations, mais une assurance qui prendra le relais pour payer la facture.

L'idée fait son chemin. Acculé, Ronald s'épanche auprès de Tommy. Presque rien à faire…

— Provoquer un court-circuit ?

— Qui dit vieille installation, dit peut-être tabatières en porcelaine à la place des disjoncteurs. Un filament de force inférieure ou supérieure, et le tour est joué.

Je hoche la tête pour acquiescer. L'explication de Léo est tangible. Toutefois, elle n'apporte aucune réponse à la question : comment Tommy y a-t-il laissé la vie ?

— Tommy est pâtissier. Pas électricien. Il oublie de disjoncter l'installation, change le plomb d'une des tabatières et le remet. Soit celui-ci est trop long, soit il réenclenche mal le support. Une étincelle. Il prend une châtaigne. Tombe. Étourdi par le coup de jus. Les fils chauffent, provoquant l'incendie. L'alcool et le vieux bois imbibé de whisky font le reste.

Pchuuu !

Tout flambe, et Tommy est piégé dans les flammes.

J'admets :

— Ça se tient.

— Ça se tient ? Ah oui, ça se tient !

Je reconnais bien là mon Léo et son flair de fin limier.

— Sauf qu'on ne va pas accuser Ronald. C'est un ami. Et si Tommy était d'accord pour lui rendre service, il n'est pour rien dans son décès. C'est un accident.

— … mais un incendie criminel, tout de même, en vue de faire banquer l'assurance.

— Oui, mais cela ne nous regarde pas. Ronald va devoir vivre avec la responsabilité de la disparition de Tommy.

— Je l'admets. Difficile de continuer sereinement sa vie, en portant sur les épaules le poids de la mort de son copain d'enfance.

— Alors, affaire conclue ?

— Affaire conclue.

Toujours assise sur mon banc gelé, je gigote un peu. Le froid commence par atteindre les parties charnues de ma personne, pourtant bien rembourrées. Dans un soupir, je me lève et me retrouve, de ce fait, presque nez à nez avec mon compagnon. Un pas chassé de côté. Il me suit. Un pas chassé de l'autre côté. Hop ! Léo est là aussi. Je souffle :

— Léo, s'il te plaît…

— Quoi ? questionne-t-il d'une voix ingénue.

— Tu…

— Je ?

— Pousse-toi et laisse-moi passer.

Mais il n'en fait rien, baisse la tête et me regarde intensément. Malgré le vent glacé, je sens son odeur. Agréable odeur qui me met en émoi. Celle de sa peau mélangée à des fragrances subtiles de musc, de lavande et de romarin. J'ai soudain envie de poser mes lèvres dans le creux de son cou pour m'enivrer de son parfum.

Comme chaque fois que je suis un peu trop proche de lui, je me demande pourquoi j'ai honte. Pourquoi je ne me laisse pas aller à profiter d'une charmante histoire entre lui et moi ? La vie est courte. Je dois jouir du temps qu'il me reste avec passion et intensité. Pas à me poser des questions et à attendre un *je-ne-sais-quoi* qui ne viendra pas et qui s'appelle Jules.

Jules.

Et ses cartes postales énigmatiques.

Jules qui ne mérite pas mon intérêt.

Un doux frisson grimpe dans mon dos. Mes jambes flageolent. Des images folles traversent mon esprit. Le torse de Léo contre lequel je mettrais ma tête. Sa peau sous mes doigts.

Une nouvelle pensée. Je n'irai pas rejoindre Eliott, ce soir. À la poubelle, mes bonnes résolutions. Je prends ma vie en main et vais passer la nuit avec Léo. C'est dit !

Pourtant, je m'entends répondre à sa sollicitation par un :

— Tu sais bien que cela ne nous mènerait à rien. Tu as ton existence à Dijon. J'ai posé mes valises au bord du lac de Pannecière. Et puis… dur d'assumer, tu comprends ?

Il soupire :

— Je comprends surtout que tu as peur du qu'en-dira-t-on. C'est ça ? Je ne te propose pas le mariage. Je ne te demande pas de devenir la nouvelle mère de mon fils…

— … grand-mère.

— Pardon ?

— Justement, c'est là que le bât blesse. J'ai l'âge d'être la grand-mère de Timothée.

Dans un haussement d'épaules, il se décale pour me laisser passer.

— Si tu en es encore là, on ne s'en sortira jamais.

— Je sais. Mais être amis, cela ne te suffit pas ?

Il fait non de la tête et sa conviction m'émeut.

— Tu n'es pas mon amie. Tu es plus. Mais peut-être que cela ne t'évoque rien, à toi qui as pu devenir la maîtresse des copains de ton mari !

Sa réplique, imprévue, m'ébranle par sa violence et je chancelle.

— C'est tellement… tellement… oh !

Je le bouscule et il me retient par le bras.

— Excuse-moi… je ne voulais pas…

— Mais tu l'as dit ! Alors, imagine un peu… si toi, tu peux relever ce passage de ma vie, que je t'ai confié, que peuvent faire les autres en nous voyant ensemble ?

— Mary… je…

Mon regard se plante dans le sien. D'un coup brusque, je l'oblige à me lâcher et reprends le chemin en direction de la maison.

— Mary…

Tout en continuant d'avancer, je lève la main pour lui demander d'arrêter. Lui signifier que je ne veux plus l'entendre. Qu'il faut que je me remette de la réflexion perfide qu'il m'a balancée dans la figure, alors que je… alors que j'aurais pu… alors que j'étais prête à…

Les larmes me montent aux yeux. La manière dont une situation peut vriller me surprendra toujours. Tout va bien et soudain, c'est le chaos.

Et dire que j'ai failli succomber ! Quelle nouille je suis !

La lourde porte sculptée du manoir se referme sur moi dans un grincement inquiétant.

Pourquoi suis-je revenue ici ? Qu'ai-je à y trouver sinon de vieux souvenirs pour me hanter ?

James apparaît et s'arrête en me voyant.

— Ce n'est que moi, James.

Que moi...

*

Cette discussion avec Léo m'a touchée, aussi je me demande s'il est bien sage d'aller au rendez-vous que m'a fixé Eliott. Je tergiverse longtemps en regardant l'heure qui tourne. J'avais pris la décision d'annuler.

Mais ça, c'était avant...

Onze heures.

Eliott doit être en train de fermer, et la question se pose : de quoi suis-je capable par désillusion ? Ce passé que nous avons partagé, lui et moi, ne risque-t-il pas de ressurgir et de redistribuer les cartes de manière surprenante ?

Jules. Léo. Et maintenant Eliott, qui réapparaît dans ma vie.

Quelle midinette je fais !

Tu as un cœur d'artichaut, aurait dit ma grand-mère morvandelle.

Je repense à ma situation, il y a tout juste un an. Presque une vieille femme ruminant sur sa ménopause. Seule avec son chat Arsène, comme en pénitence, dans son chalet au bord du lac. Sans relation. Sans ami proche. Sans famille.

Et puis, il y a eu le meurtre de cet écrivain. Après, plus rien n'a été pareil. J'ai repris le cours de mon existence. Après presque quatre années de deuil, j'ai cessé de me repentir.

Sur le pas de la porte, j'hésite encore. Je passe dans le couloir, reviens en arrière vers mon lit, puis finis par me décider. Les autres ont regagné, tout comme moi, leurs chambres. J'entends la télévision du côté de Suzy (qui dort depuis longtemps sans George). Ruby écoute de la musique. Silence chez Léo. Il doit ruminer sa déception. En même temps, ce n'est pas comme s'il ne l'avait pas cherché !

J'enfile ma grosse doudoune et passe une écharpe de laine autour de mon cou. La nuit doit être froide. Je prends mes précautions.

Dehors, mes pas craquent sur la neige gelée qui est tombée toute la journée, par rafales. Garer Didou à l'écart a été une bonne idée, et je m'en félicite. Le bruit de son moteur qui démarre ne dérange personne, à l'abri des arbres.

Avec prudence, car le chemin est une patinoire, je passe le portail et m'engage sur une route qui glisse tout autant. J'avance doucement. Mais qu'est-ce qui me prend de me rendre chez Eliott par un temps pareil ? Je serais tellement mieux au fond de mon lit, avec un bon livre ! J'envisage quoi ? Qu'il me fasse des révélations sur le décès de Tommy ? Me venger de ma déconvenue avec Léo ? Ou alors ai-je tout bêtement envie de le revoir après ce temps passé en France ?

Je ne sais pas.

Le centre du village n'est pas loin et malgré mon avancée indolente digne d'un escargot (de Bourgogne, *of course !),* j'y arrive rapidement. Trop rapidement à mon goût. Encore bien trop indécise !

Pour plus de discrétion, je me gare à l'arrière du pub. Un flot de souvenirs surgit dans ma tête. Entrer par la sortie de secours, je l'ai si souvent fait, par le passé !

Une vaste émotion me saisit.

Je pousse la porte verte un peu lourde, car retenue par un énorme ressort qui la referme automatiquement, et me retrouve dans le couloir. Je m'adosse au mur, et clos, un court instant, les yeux. Une profonde inspiration et j'y vais !

J'avance.

L'éclairage vif des néons de la cuisine m'aveugle. Mes jambes en tremblent. J'ai l'impression de me diriger vers mon premier rendez-vous. Je me glisse entre les deux battants de l'accès à la salle et pénètre dans le pub.

De ce côté, la différence est de taille. Seules les dernières braises d'un feu allumé dans l'immense cheminée en pierre apportent un peu de lumière. La plupart des rideaux sont tirés. Tout est calme.

Je risque un :

— Eliott…

Appel très discret. À peine audible.

J'ai peur soudain. Je ne sais pas pourquoi. Une forme d'angoisse m'étreint. Comme une prémonition. Le lieu est trop tranquille. Beaucoup trop à mon goût.

Mon esprit s'évade vers Tommy, mort accidentellement. Tommy ? Et pourquoi pas Eliott ?

Je souffle pour récupérer un peu de sérénité. Cette appréhension est absurde. Elle répond, très certainement, à des souvenirs qui m'assaillent.

Un grand lit. Des draps froissés. Eliott, qui me murmure :

Quitte Duncan. Viens vivre avec moi. Il ne te mérite pas.

Il y a eu Tommy. Il y a eu Ronald. Et puis il y a eu Eliott ! Et avec Eliott, rien n'a été pareil.

… et s'il lui était arrivé malheur ?

C'est ridicule, je le sais, cependant une boule dans la gorge m'étouffe. Mon corps et mon esprit s'emballent.

— Eliott…

J'aimais bien son odeur, à lui aussi. On raconte que c'est notre cerveau reptilien qui gère le fait de sentir ou pas quelqu'un. Une histoire de phéromones. De flair que nous avions, comme les animaux, et que nous avons perdu. Ne pas sentir quelqu'un, dans le langage populaire, ça veut dire ne pas apprécier une personne. Qui n'a pas éprouvé une répulsion face à un inconnu, sans vraiment savoir pourquoi ?

Eliott, je le sentais bien.

Jadis.

Malgré l'obscurité, je peux me diriger entre les tables. Peut-être vais-je le trouver assis, au fond de la salle, à m'attendre.

Sans bien comprendre pourquoi, je tremble. Ce silence est pesant. Pourquoi n'est-il pas là, alors qu'il m'a donné rendez-vous ? Qu'est-ce que cela signifie ?

Soudain, un *bouh* me fait sursauter. Une main saisit mon poignet et me tire en arrière. Je tente un cri, mais rien ne sort… et je me retrouve sur une banquette devant la cheminée. Un homme est près de moi et me contemple avec douceur.

— *Lassie…*

— Eliott ! Tu es fou !

— Toujours de toi, oui.

Je hausse les épaules, un peu dépitée. C'est dingue comme ce grand bonhomme peut être tendre !

Avec lui, comme avec les deux autres, la gamine que j'étais avait voulu jouer à la femme.

Elle avait bien failli perdre.

Perdre sa stabilité. Sa notoriété. Sa respectabilité. Sa vie tranquille de mère de famille.

Avec Eliott, mon cœur avait flanché et j'avais dû me rattraper au sourire de Duncan pour ne pas fuir avec mon amant.

J'ai toujours affirmé le contraire.

Seule Suzy est au courant...

— Content que tu sois venu, rajoute-t-il simplement.

5

Retour hécatombesque

Le lendemain matin, c'est un Léo absent que je croise. Il me jette un regard de chien battu et je le snobe en levant le menton, à la manière de Kate lorsqu'elle joue les *ladies*. Parce que, dans ma tête à moi, pas grand-chose ne tourne rond, non plus. Mais ça, il ne doit pas le savoir.

Je suis une femme forte. Une fonceuse. Une…

Eh zut !

— Léo ?

— Oui.

Sa volte-face est plus rapide que l'éclair. Sur son visage se lit l'inquiétude. Que vais-je lui dire ? Vais-je le renvoyer en France en renonçant à l'avoir près de moi pour mon anniversaire ?

— Hier, tu n'aurais pas dû…

— Je m'en veux tellement. Je n'ai pas fermé l'œil de la nuit. J'ai parlé vite. Je ne suis qu'un imbécile. Mais, tu comprends… je sais que tu ne partages pas mes sentiments. Que les souvenirs heureux avec ton mari t'assaillent. Que Jules te hante, comme les fantômes de ton foutu manoir. Et maintenant ces types qui sortent de nulle part. Alors, j'ai disjoncté. Sous le coup de la jalousie, je t'ai balancé n'importe quoi.

Nous sommes au beau milieu du grand hall d'accueil. Sous les feux de l'immense lustre en cristal. Je vois la silhouette trapue de James projeter son ombre vers la porte des cuisines. Puis disparaître.

Les majordomes, en Grande-Bretagne, sont comme ça. Ils savent tout, mais ne disent rien. En plus des cours intensifs de voix monocordes, ils doivent obtenir, après leur formation, la cape d'invisibilité d'Harry Potter, et surtout apprendre à l'utiliser à bon escient.

— Viens. Sortons ! dis-je toutefois, par précaution.

La bise matinale nous accueille avec beaucoup moins de discrétion que James. Elle me coupe en deux et je vois Léo chanceler, lui aussi, sous le coup de butoir qui nous surprend sur le perron. Le souffle court, nous nous précipitons pour nous mettre à l'abri dans le jardin d'hiver, dont nous franchissons la porte, suffoqués par le manque d'air.

— Bel endroit.

La véranda chauffée qui accueille une multitude de plantes se trouve sur l'aile droite du manoir. Avec le temps qu'il fait, Léo n'a que très peu exploré cette partie du parc. Aussi, il découvre le lieu avec surprise. Un espace d'inspiration Art déco, construit en fer forgé ouvragé. C'est délicat. Aérien. Gracieux.

— La pièce préférée de Suzy ! Dans cette ambiance tropicale, elle peut faire du naturisme, sans craindre les courants d'air.

Je glousse avant de poursuivre :

— Si tu vois passer une vieille dame à poil derrière un laurier rose, n'appelle pas l'hôpital psychiatrique du coin !

Nous sommes plantés – c'est le cas de le dire vu le lieu – au beau milieu de la serre. Un peu comme des ados boutonneux, qui se seraient pécho, et seraient prêts à se rouler leur premier palot, sans savoir comment faire pour ne pas emmêler leurs appareils dentaires.

Un long silence s'instaure donc, dans l'attente que nous prenions une décision.

Décision qui tarde.

Bras ballants, nous nous regardons.

Et c'est là que le destin tranche à vif dans notre amitié. Comme dans les films romantiques.

Destinée
On était tous les deux destinés
À voir nos chemins se rencontrer...[1]

Pas de rapprochement torride, pourtant. Pas de déclarations enflammées. Pas de dispute, non plus. Pas de heurts...

... mais une voix qui s'élève de derrière le bananier.

— Bordel de mouise ! C'est quoi, cette hécatombe ?

Je vous traduis, car l'émotion a poussé la personne en question à s'exprimer en gaélique.

Léo sursaute et, très pro, inspecte les lieux d'un regard circulaire, prêt à dégainer l'arme qu'il n'a pas.

— C'est qui ?

Je le rassure.

1. Paroles de la chanson de Guy Marchand, *Destinée*.

— Suzy.

— Et elle dit quoi ?

— Que c'est la mouise !

Je n'ai pas le temps de compléter ma phrase, que notre intruse passe la tête de derrière une grande feuille verte.

— Tu es décente, Suzy ?

— Non.

— Alors, reste derrière ton bananier.

Léo se penche et me glisse à l'oreille.

— Elle est toute... enfin... elle est vraiment à poil ?

— Oui.

Notre interlocutrice apparaît pourtant, enveloppée dans le plaid qu'elle avait étendu sur sa chaise longue. D'un regard entendu, elle nous détaille, puis soupire :

— Je ne sais pas si j'ai brisé un *tête-à-tête* chaud bouillant, mais vous, vous avez interrompu ma sieste.

— Tu n'as rien brisé du tout, Suzy. Nous étions venus pour discuter.

— À voir la figure du jeune loup, je pense qu'il était là pour autre chose que causer.

— C'était pourtant le cas.

Parfois, je me demande dans quelle mesure George passe encore sous les portes du manoir, vu la hauteur des cornes, digne du plus grand Cerf d'Or, qu'il arbore. À 83 ans, Suzy ne parle que de cul. Ça en devient souvent inconvenant.

— On peut savoir pourquoi tu as juré ? Ce n'est pas notre présence qui t'a incommodée à ce point ?

Le visage de ma belle-mère vire au sérieux, soudain. Dehors, une multitude de petites aiguilles blanches frappe les vitres de la serre et je frissonne.

— J'ai reçu un SMS.

— Et ?

Sans bien comprendre pourquoi, je crains le pire. Léo aussi, sans doute, car il me prend la main, ce qui n'échappe pas à notre harpie de service.

— Eliott vient d'être retrouvé.

Apparemment émue, Suzy ravale sa salive avant de poursuivre :

— Il est mort.

*

Eliott.

Eliott est mort.

Cette phrase tourne de manière obsédante dans ma tête.

Eliott, celui près de qui j'étais assise, hier au soir.

À l'époque de notre idylle, c'était un rugbyman reconnu, engagé par le XV du Chardon, au stade de Murray Field, à Édimbourg. Adulé par la population ! Une montagne tout en muscles, un peu ramollie lorsqu'il est devenu l'heureux propriétaire du pub du Cerf d'Or, après son périple à la capitale.

Les joueurs n'étaient pas professionnels dans les années 1980. Avec ses primes, il avait racheté au vieux Bill son troquet décrépi, une fois sa carrière terminée. Il avait retapé les locaux. Sa notoriété, ainsi que sa gentillesse, avait fait le reste. Le lieu s'est vite transformé en *un endroit* où se rendre.

Si j'avais choisi de vivre avec lui, après le décès de Duncan, j'aurais eu une existence heureuse. Eliott est – était – un chic type.

Hier encore, il me l'a prouvé.

Je m'assois sur la première chose que je trouve. Un pot renversé.

Et maintenant, Eliott est mort...

Je n'en reviens pas !

— Ça va ? me demande Léo en s'accroupissant devant moi.

Mon *oui* modeste atteste de l'inverse. Non, je ne vais pas bien. Si mon aventure avec Tommy s'était résumée à un *cinq-à-sept* rapide et unique, l'histoire que j'ai partagée avec Eliott était plus riche. Plus passionnelle, aussi.

— Tu tenais à lui ?

Je le regarde, un peu perdue, les yeux tristes, embués de larmes.

— C'était... c'était ma jeunesse... il m'appelait *Lassie*.

— Lassie, comme le chien ? s'étonne mon compagnon.

— *Gamine* en gaélique, grogne Suzy.

— Ah ! OK ! Je comprends...

Il saisit mon autre main libre et les serre fort. Suzy, toujours drapée dans son plaid, me caresse la tête. La scène est assez improbable. Et moi, je me perds dans mes souvenirs.

— Eliott, je te présente Mary. Une petite Française qui joue de la cornemuse, tout comme nous.

— ... du Centre. Pas de votre truc à pompons.

Duncan rit, tout en entourant mes épaules de son bras, dans un geste protecteur.

— Oui, du Centre. Tu sais, Eliott, ce machin qui ressemble à une panse de chèvre.

Nouveau rire.

— Mary, je te présente mon grand ami Eliott. Je dirais même, mon meilleur ami. Il est rugbyman. Au XV du Chardon de Murray Field. Tu connais ?

Je lâche avec morgue :

— Mon père regarde le tournoi des Cinq Nations[1].

— Alors, il m'a vu sur le terrain.

Je hausse les épaules en faisant une moue désabusée d'ado. Moi, les mecs qui courent avec un ballon ne m'interpellent pas.

Tout en repoussant la longue mèche de cheveux blonds qui me barre l'œil, je dévisage l'imposante « armoire-à-glace », de bien vingt-trois ans d'âge, qui me contemple, avec un air goguenard. Et là, un frisson violent me parcourt l'échine, alors que des chatouillis bizarres me tordent le ventre. C'est quoi, ce truc de malade !

Toutefois, je me contrôle. Hier au soir, j'ai rencontré l'homme de ma vie. De ça, j'en suis certaine ! Je ne vais pas flancher sur le premier copain qu'il me présente.

Pourtant, mon cœur s'emballe et je baisse les yeux pour masquer mon émoi, alors qu'Eliott s'écrit :

— Mais c'est une gamine que tu nous ramènes là, Duncan ! Lassie. Désormais, je l'appellerai Lassie !

---

1. Six nations depuis 1999 seulement.

En fait, si ma belle-mère ne sait rien au sujet de mes incartades avec Tommy puis Ronald, je lui ai parlé de mon aventure avec Eliott. Il faut dire que j'avais le cul entre deux chaises, à cette époque.

Eliott.

Duncan.

Eliott plaisantait et faisait la fête. Duncan était plus pondéré. Il avait un statut à tenir.

Deux personnes bien différentes, mais que j'ai aimées.

Je dois l'avouer, j'ai hésité. Mes sentiments profonds s'emmêlaient les pinceaux. Aussi, c'est Suzy qui m'avait indiqué le chemin en me suggérant où était ma place. Auprès de mon mari et de mon fils. Tout comme elle l'avait toujours fait. Et je n'ai jamais regretté mes choix.

— Comment est-il… mort ?

Suzy lâche ma tête et retourne sur son téléphone portable dernier cri.

— Il a été retrouvé chez Tommy, dit-elle avec détachement.

— Chez Tommy ? Mais c'est terrible !

Je me lève d'un bond et Léo me suit dans mon élan.

— Chez Tommy, oui. Mais je ne sais rien de plus.

Puis elle s'éclaircit la gorge avant de poursuivre sur un ton mi-figue, mi-raisin.

— Tommy, et maintenant Eliott. C'est l'hécatombe, ma chérie, depuis que tu es revenue.

Elle n'imagine pas à quel point elle a raison.

6

Confessions intimes

La pâtisserie de Tommy ressemble à un champ de bataille. Cette fois-ci, un cordon de signalisation a bien été tendu, interdisant l'accès aux étrangers à l'enquête.

Enquête.

Vous avez dit enquête ?

Je lance un coup d'œil interrogatif à Léo qui hausse les épaules.

— Le meurtre est sans doute flagrant, dit-il en épiloguant. Il ne doit pas être mort de sa belle mort ni d'un stupide accident.

Une vague d'émotion m'envahit.

Nous sommes là, debout au milieu de la foule qui se presse, à attendre des informations qui ne viennent pas. Heureusement, le vent a cessé de souffler.

Une question surgit dans mon esprit et me trouble :

Les confidences que m'a faites Eliott, hier au soir, auraient-elles un rapport avec toutes ces disparitions ? Et pourquoi maintenant ? Alors que je reviens, pour la première fois, depuis la mort de Duncan, à Glenmoray ?

En fait, Eliott avait peur. Il craignait quelque chose.

Je râle :

— Ils vont nous donner des explications, oui ou non !?

Léo, son bras autour de mes épaules, rigole.

— Les policiers ne te doivent rien. Ils font leur boulot. C'est déjà difficile de récolter des indices, en ayant une foule amassée sur les lieux du crime. Mais en plus s'il fallait retransmettre les détails aux gens, ce serait le pompon !

Il sait de quoi il parle. Toutefois, je grommelle.

— Oui, mais tout de même.

Ce *tout de même* sous-entend-il que je suis un peu de la famille ? Mon compagnon n'est pas dupe. Il se raidit contre moi et enlève son bras de mon épaule.

— Il était marié ?

— Divorcé.

— Et son ex-femme ?

— Megan ? Elle vit à Glasgow. Enfin, elle y vivait encore, au moment de mon départ.

— Des enfants ?

Je louche vers mon voisin et me moque :

— C'est un interrogatoire ?

— Non. Je m'informe.

— OK. Deux. Un garçon et une fille. Le choix du roi. Ils ont suivi leur mère qui en a eu la garde, parce que leur père, avec les tournois de rugby, ne pouvait pas s'en occuper. Il voyageait dans le monde entier. Alors, ses gamins revenaient pendant les vacances. Ils sont grands maintenant. Jim et Nora.

— Il était pro ?

Je le regarde un peu de travers :

— Je t'ai déjà raconté que c'était un joueur du XV du Chardon. À l'époque, les rugbymen n'étaient pas pros. Eliott bossait à côté. Lorsqu'il n'était pas en déplacement, il enchaînait les petits boulots pour survivre, tout en s'entraînant. Autant dire que ses journées et ses soirées étaient bien remplies.

Un silence. Puis il se penche vers mon oreille.

— Et quand tu… tu vois ce que je veux dire ?

Mon cœur se serre.

— Il était célibataire. Duncan était le seul de la troupe à s'être marié. Tu me prends pour qui ? Je n'aurais jamais poussé un homme à tromper sa femme !

— Ah, cette belle sororité !

— Moque-toi !

Et en effet, il se moque.

Un mouvement dans la foule. Je sens quelqu'un qui arrive derrière moi.

— Qui se moque ?

C'est Fiona qui vient de nous rejoindre. Je l'informe.

— Léo ! Il se fout de moi.

— Ma pauvre bichette.

Léo ? Fiona a un léger frétillement qui n'échappe pas à mon compagnon. Elle se glisse entre nous deux et nous prend, sans plus de procès, par le bras.

— Terrible, ce qui se passe. Je n'en reviens pas ! Deux de notre groupe d'amis en deux jours. Si c'est un fou qui agit et qui en a contre nous, je vais craindre pour ma vie ! Pas toi, Mary ?

Même si l'idée avait effleuré l'esprit d'Eliott, je ne me suis pas sentie concernée. Pourquoi quelqu'un nous en voudrait-il, à nous ?

Un frisson.

Au moment de mon retour.

— Tu penses que l'on risque quelque chose ?

Fiona prend une profonde inspiration.

— Je te le dirai au prochain cadavre…

Elle glousse et se resserre contre Léo, qui reste stoïque. Une voix intérieure doit lui murmurer qu'il vaut mieux se méfier des femmes plus âgées, versatiles à souhait, même si son penchant le pousse vers ces dames.

— En attendant, j'aimerais tout de même bien comprendre ce qui s'est passé ?

Fiona se rengorge. Elle a des informations !

— C'est Ian, l'employé de Tommy, qui l'a découvert. Il venait nettoyer la pâtisserie avant de fermer la boutique. Et là, il a vu Eliott.

— Il est mort comment ?

— Sais pas.

Je ne peux retenir une moue dubitative. Fiona, qui ne saurait pas. Surprenant. Je recule un peu et la lâche sans heurt. Trop occupée à maintenir son arrimage au bras de Léo, elle me laisse m'échapper sans faire attention à moi.

C'est parfait !

Ian ? N'est-ce pas ce gosse qui jouait souvent au manoir avec Ruby ? Il doit avoir quoi, maintenant ? Dix-huit ans à tout casser. Je frémis. Oh ! Comme je n'aurais pas aimé que ma petite-fille trouve un mort ! Je revois le corps du vieil écrivain, une plume dans l'œil, que j'ai découvert l'an dernier, ainsi que l'influenceuse dévorée par un crocodile. Certaines nuits, ils me hantent encore. Alors, tomber sur un macchabée quand on est jeune doit être une expérience traumatisante.

Discrètement, je contourne le groupe amassé, très occupé à glaner des renseignements et à colporter de fausses révélations. Personne ne me remarque.

La pâtisserie de Tommy se situe dans un petit cottage indépendant, le long d'une rue qui donne sur la place. Une impasse étroite le sépare de la maison voisine. Comme je le prévoyais, c'est là que j'aperçois Ian, assis sur un muret, la tête entre les mains.

Sans bruit, je me coule dans le passage et m'installe à ses côtés. Il ne bouge pas et je l'entends sangloter. Avec douceur, je lui glisse un kleenex entre les doigts. Il relève le front, et sourit en me reconnaissant. Puis se mouche avant de renifler :

— Bonjour, lady Mary.

— Bonjour, Ian.

D'un revers de manche, comme les enfants, il essuie ses yeux. C'est un gamin aux cheveux hirsutes, en bataille, d'un blond vénitien, dardés d'épis, le visage piqué de taches de rousseur.

— Vous êtes de retour? demande-t-il entre deux hoquets.

— Oui. Pour les fêtes.

— C'est bien. Ruby doit être heureuse.

— Elle l'est.

Cette discussion à bâtons rompus est tout à fait stérile, mais elle me permet, au moins, d'établir le contact. Et ça fonctionne ! Loin du brouhaha du public, Ian paraît apprécier mon approche tranquille et rassurante.

— J'aime bien Ruby.

— Moi aussi.

Je le regarde, amusée. Ma réplique l'interpelle et lui amène le sourire aux lèvres. Je profite de ce moment de détente pour glisser :

— Les policiers t'ont interrogé ?

— Oui.

— Et ça va ? Pas trop dur ?

Il ravale sa salive et se mouche à nouveau.

— Oh si, lady Mary ! Ils m'ont fait peur. Je n'ai pas l'habitude de… c'était la première fois que…

Je remplis les points de suspension et traduis : Je n'ai pas l'habitude de répondre aux questions de la police. C'était la première fois que je voyais un mort pour de vrai.

Pauvre gosse, complètement chamboulé.

— Quelqu'un vient te récupérer ?

— Oui, ma tante. Ma mère et mon père sont au boulot. Y n'peuvent pas s'absenter. Mais ça va aller.

Déjà, il se reprend. Un mec, ça ne pleure pas, que diable !

Je le rassure d'un :

— Je ne dirai rien à personne.

… qui lui fait hausser les épaules, puis sourire à nouveau. Il se redresse et observe les employés de la morgue qui sortent, par la porte de la pâtisserie, le grand corps d'Eliott, enveloppé dans un sinistre sac noir.

Plus jamais je ne le reverrai.

Un malaise me gagne. J'ai soudain envie de vomir et des larmes envahissent mes yeux.

Hier soir, il était assis tout contre moi et m'appelait, comme à son habitude, Lassie.

— C'était un de vos amis.

— Oui.

— Tommy aussi.

— Oui.

Son regard est devenu interrogatif. Il ne va pas s'y mettre ! Non, je ne crains pas pour ma vie. Et je n'y suis pour rien, dans toute cette histoire. C'est certain !

— Je ne suis pas impliquée, ni pour l'un ni pour l'autre.

— Pourtant, des policiers commencent à dire que, depuis votre retour, vos amis tombent comme des mouches.

Je soupire :

— Coïncidence.

Lorsque j'ai quitté Eliott, en pleine nuit, j'ai eu l'impression que quelqu'un m'observait. Ai-je croisé la route du tueur ?

Cette réflexion me bouscule, aussi nous nous taisons quelques minutes.

Est-il entré après moi ? J'imagine Eliott se figurant que j'ai changé d'avis. Que j'ai fait demi-tour ! Il aurait pu s'écrier :

« Lassie ! Tu es revenue ? C'est génial ! Je te promets que nous aurons une très belle vie ensemble. Nous allons rattraper le temps perdu. »

... mais ce n'était pas à moi qu'il parlait !

J'avale douloureusement ma salive.

Discuter a permis à Ian de se remettre de ses émotions. Il ne pleure plus, mais son regard reste fixe, comme si son esprit était occupé par une image obsédante qu'il va avoir du mal à lâcher. Je relève mon col et rectifie mon écharpe. Même s'il ne neige plus, le courant d'air est violent dans cette allée.

— Je ne veux pas raviver un souvenir douloureux, mais… peux-tu me dire si tu as compris comment Eliott a trouvé la mort ?

Un frisson secoue le jeune garçon. Va-t-il se confier ? Il hésite. Dans la rue, le fourgon de la morgue vient de démarrer et s'éloigne déjà avec la victime. La foule, insatisfaite, se dilue toutefois. Rien ne sortira de la pâtisserie pour l'heure. Les suppositions peuvent aller bon train.

— C'était bizarre, grimace Ian en se remémorant la scène. Eliott était…

— Oui ?

— Il était recroquevillé, comme un fœtus, dans la plonge du laboratoire, celle pour les casseroles, les moules et les gros ustensiles. Il était tellement grand. C'était vraiment étrange. Celui qui a… enfin celui qui… il devait être fort pour le caser là-dedans. La bonde était bouchée. Mais à la place de l'eau il y avait…

Sa voix se brise.

— Il y avait ?

Il me regarde. Dans ses yeux se lit l'incompréhension.

— Il y avait du lait.

*

J'ai rejoint Fiona et Léo, qui m'attendent devant la boutique de Tommy. Il ne reste plus grand monde. Quelques pipelettes résistent encore, mais sans conviction. Le temps glacial ne se prête pas trop aux ragots et aux médisances.

— Du lait ? Vous rendez-vous compte de ça ? Du lait !

Mon agitation ne parle pas à Léo. Par contre, Fiona capte tout de suite et se tourne vers Tattooed Man pour lui expliquer. Je suis trop émue et ne peux le faire moi-même.

— Eliott est… était… allergique au lait.

Cette révélation laisse notre compagnon interloqué.

— Choc anaphylactique.

— Certainement.

Je souffle, désappointée :

— On a dû l'assommer et le caser dans la plonge. Puis verser le lait.

Au moment où le verdict tombe, s'immisce aussi l'évidence : le meurtrier connaissait très bien notre ami commun.

— Venez chez moi, propose Fiona en nous entraînant à sa suite. Nous serons au chaud pour discuter.

Quelques rues plus loin, lorsque nous poussons la porte du salon de thé, une douce ambiance nous accueille, entre scones frais et odeur de cannelle.

— Tu prends tes *shortbread* ailleurs, dis-je en humant le nez en l'air.

— Non. Obligée de les réaliser moi-même.

Dans une autre vie, Fiona a dû être pâtissière. Ou magicienne. En fait, Fiona est avocate de formation. Mais elle a très vite laissé tomber l'affaire. Trop de coupables à défendre, et pas assez de victimes à sauver.

Dans l'arrière-boutique, côté cuisine, se trouve un splendide laboratoire dont elle nous fait les honneurs. C'est propre. Net. Sans bavure. L'endroit rêvé pour folâtrer avec la farine et jongler avec les œufs.

— J'ai suivi un stage pour adultes, nous explique-t-elle, juste avant de m'installer. Je fabrique tout ici. C'est plus frais et je suis seule responsable du résultat.

Elle toussote, émue, avant de poursuivre :

— Enfin, tout, sauf les *shortbread* que je prenais à Tommy. Mais me voilà obligée d'en produire, maintenant.

Un soupir…

— Oh ! Pas aussi bons, c'est certain !

En signe de compassion, je lui tapote l'épaule. Sa réaction est brusque et inattendue. Elle se retourne vers moi et se met à sangloter dans le creux de mon cou.

Tiens, les Écossais pleurent, semble penser Léo qui, discrètement, regarde ailleurs.

— J'aimais Eliott.

— Moi aussi.

— Non. Je l'aimais… d'amour.

— Tu, quoi ?

Sous l'effet de la surprise, je l'éloigne de moi. Ai-je bien compris le propos de mon amie ?

— J'étais raide dingue d'Eliott, quand nous étions jeunes. C'est pour lui que je suis revenue au village. Mais il ne voulait pas de moi. Alors, pour me venger, j'ai épousé Ronald… avec le succès que tu connais.

Cette révélation me stupéfait par sa franchise. Ainsi, Fiona aimait Eliott. Je ne m'en serais jamais doutée et je crois pouvoir affirmer qu'Eliott partageait mon ignorance. Dire que, pendant tout ce temps, ce dernier m'incitait à quitter mon mari ! La vie est parfois trop injuste.

— Mais je sais bien que c'est toi qu'il voulait.

— Fiona…

Je me racle la gorge en signe de profonde gêne.

Instant chaud bouillant où l'héroïne apprend que son amie la déteste, car elle lui a pris son amour.

Léo en délaisse la contemplation de la rue pour se retourner vers notre duo, toujours face à face. Va-t-il assister à un pugilat en règle et devoir séparer les deux rivales qui en viendraient aux mains ? Ses suffrages se porteront-ils vers la grande rousse ou vers la petite rondouillette ?

Vous le saurez au prochain épisode !

Eh ben non ! Même pas ! Parce qu'il n'y aura pas de prochain épisode. Fiona se recale dans mon cou et se remet à pleurer à chaudes larmes. Elle craque.

— Maintenant, il est mort…

Puis elle se redresse, me regarde droit dans les yeux et murmure :

— Tu sais, je ne t'en ai jamais voulu. Ce n'est pas ta faute, s'il te préférait à moi. C'est comme ça.

Fin des hostilités.

Léo en a pour son argent. Il retourne à la contemplation de la rue.

— Tu étais tellement fidèle à Duncan que tu n'as jamais rien vu, poursuit-elle avec conviction. Tu aimais tant ton mari ! Tu ne l'as jamais abandonné, jusqu'à son dernier souffle.

Non, Léo ! Ne quitte pas l'extérieur des yeux. C'est mieux pour moi.

Mais le voilà qui opère une délicate volte-face – digne d'une patineuse aux Jeux olympiques qui s'engage dans un double salto – et me dévisage avec un de ces sourires goguenards, à moitié figés. Le triple axel va-t-il suivre ?

Quel crétin !

— C'est vrai, ça. De quoi est mort ton mari ? Tu ne me l'as jamais raconté.

Je sens le corps de Fiona se ramollir contre moi.

— Comment ? Tu ne lui as rien dit ?

Pour toute réponse, je hoche la tête en signe de négation.

— Mary est bien trop modeste, enchaîne notre interlocutrice commune.

Elle me lâche, à nouveau toute guillerette. L'instant d'émotion est passé et je la vois s'affairer, derrière le bar, pour nous préparer du thé, avec la conviction intime qu'un bon thé résout tous les problèmes, quelle que soit l'heure de la journée.

— Erin, tu peux bien nous apporter un serviteur avec des sandwichs ?

Erin, c'est l'employée de Fiona. Une petite jeune femme pâle et blonde, qu'elle a dénichée dans une école hôtelière de Glasgow, et qui a accepté, contrairement à bon nombre de ses collègues, de venir se perdre au fin fond des Highlands. C'est elle qui tient la boutique lorsque Fiona joue les filles de l'air… un peu comme ce matin.

— Bien entendu, Fiona.

Le thé apparaît dans un récipient ventru, en faïence, décoré de canards bleus. Les larges tasses, qui vont avec, suivent dans un déferlement de basse-cour.

— Sympa, ce coq !

Notre hôtesse se retient de pouffer, alors que je regarde mon oie pavoiser dans l'herbe verte.

Un coq, c'est mieux qu'un lapin.

Bien entendu, Fiona s'est réservé la poule rousse. Il ne faut y voir aucun appel du pied, c'est certain !

Alors que le petit en-cas qu'Erin a préparé pour nous sort de la cuisine, mon amie prend une mine de conspiratrice pour se pencher vers Léo.

— Mary a été exemplaire. Une sainte. Jusqu'à la fin, elle s'est dévouée et a gardé Duncan auprès d'elle.

Je pousse un soupir :

— Laisse, Fiona. Tout cela est sans importance maintenant.

— Comment ça? Sans importance! s'insurge notre hôtesse tout en versant le thé. Du lait? Du sucre, Léo?

— Nature avec un sucre.

La réponse lui amène un sourire.

— Une larme du whisky de Ronald, peut-être?

Notre compagnon tique.

Putain d'Écossais !

— Non, c'est trop tôt pour moi.

Puis, presque gêné par tant de sollicitude, il jette, sans sélection préalable, quelques mini club-sandwichs en triangle dans son assiette, et se tourne vers moi pour m'inciter à la confidence. Je le vois grimacer sur le *radis, petits pois, fromage de chèvre,* qu'il vient d'ingurgiter, puis enfourner un *courgette-basilic* pour faire passer le premier.

— Essaie le saumon à la crème d'aneth. C'est plus…

— … conventionnel.

— Oui, c'est ça.

Fiona et moi échangeons un long regard amusé, tout en trempant nos lèvres dans notre thé.

— Duncan avait un cancer généralisé, explique ma voisine de table en reposant sa *tasse-poule*. Incurable. Mary a réussi à le faire revenir au manoir. Elle ne voulait pas qu'il meure seul, à l'hôpital. Il aurait pu décéder alors qu'elle n'était pas là. Elle s'est battue bec et ongles et est parvenue à ses fins. N'est-ce pas, Mary ? Même Suzy n'en a jamais fait autant pour lui.

Elle s'interrompt un instant et lance :

— Tiens, au fait ! J'ai vu ta belle-mère dernièrement. Première fois depuis l'ouverture qu'elle passait la porte de mon salon de thé ! J'ai cru que les cieux allaient me tomber sur la tête.

Je souris. Fiona n'a jamais beaucoup apprécié la mère de Duncan, pas assez sentimentale à son goût.

Je pense, naïvement, que l'interlude *Suzy* aura détourné la conversation, mais il n'en est rien. Voilà notre hôtesse qui en retartine une couche ! Fiona est une fieffée pipelette. Je sais que rien ne l'arrêtera, maintenant. Et certainement pas mes interventions la priant de se taire.

— Quelle belle âme, en attendant, notre Mary ! Son mari est mort dans ses bras. En pleine nuit. Elle ne dormait pas. Elle était là.

Léo me jette un regard attendri, alors que mon amie saisit ma main.

— Avant même son enterrement, elle est partie, sans un mot. Trop de souvenirs. Elle a regagné la France. Tout le monde a compris sa fuite. Le chagrin. Elle a eu besoin de disparaître, comme un animal blessé, et de lécher ses plaies dans la solitude et l'isolement.

L'envolée est belle. Elle m'émeut presque. Nonobstant le fait qu'elle parle de moi.

— Terrible, soupire mon Commandant sans nom, avec autant de conviction qu'une moule qui voit la sauce marinière se déverser dans sa coquille et sonner sa fin.

Mon dévouement absolu, je ne sais pas pourquoi, mais il n'y croit pas une seconde.

J'aurais souhaité que ce moment devienne un instant de réflexion sur les décès de Tommy et d'Eliott. Obtenir des informations. Glaner des indices. Prendre des notes. Et voilà que Fiona se répand sur moi.

J'avale ce que j'ai mis dans mon assiette, puis regarde Léo. Mes yeux lui crient : *Sauve-moi !*

Alors, en preux chevalier, il me sauve. Il essuie sa bouche avec sa serviette, se lève poliment et s'incline devant mon amie.

— Cet instant avec toi a été très agréable ! Tu ne peux pas savoir comme j'ai apprécié !

N'en fais pas trop, tout de même, Léo.

— Mais il faut que nous te quittions, poursuit-il sur un ton affable. Je dois appeler mon fils, Timothée. Je lui ai promis. Et lorsque je suis avec lui au téléphone, ça dure des plombes. Je préfère être au manoir pour ça. Tranquille, dans ma chambre.

Des plombes au téléphone avec un gamin d'à peine quatre ans.

Le mensonge est énorme, mais passe crème.

— Je comprends. On se revoit vite ?

— Bien entendu ! Un grand merci pour ton invitation. C'était délicieux.

Une bise sur la joue qu'elle tend et nous sommes dehors. La clochette de la porte tinte derrière nous. J'ai pris de l'avance sur Tattooed Man. Je sens l'attention de Fiona. Elle nous regarde à travers la vitrine. Lui aussi la remarque, sans doute. Il me rattrape, alors que je traverse la rue et glisse, avec autorité, son bras sous le mien.

— En fait, tu as tué ton mari.

7

Persona non grata

J'aurais pu me raconter qu'il me l'avait demandé. Qu'il attendait ça de moi ! Mais ce n'est pas vrai. Duncan était croyant. Un presbytérien convaincu.

Je ferme les yeux et tout me revient. Son corps charpenté devenu squelettique. Son état végétatif. Sa respiration de plus en plus difficile. Ses infections urinaires à répétition. Ses organes qui lâchaient les uns après les autres.

La douleur aussi.

Je fixe Léo avec violence :

— Tu n'avais pas le droit de me dire ça. Je n'ai rien fait.

Du bout des doigts, il me caresse la joue.

— Je ne te juge pas.

— Je n'ai rien fait !

Je ferme les yeux.

— Il s'est étouffé. Je lui ai tenu la main. Il s'est étouffé. Tu es tout de même gonflé de me balancer que je l'ai tué.

Brusquement, je me lève du banc sur lequel nous nous sommes assis. Fin de la discussion. Pas de confession.

J'enfouis mes souvenirs sous une chape de douleur et me tourne vers Tattooed Man avec une expression arrogante.

— Tu viens ?

Il ne sait pas où je le mène, mais il me suit. Je lui fais traverser le bourg. Des paillettes de givre recommencent à tomber et nous fouettent le visage. Je pousse un portillon. Derrière, un petit cimetière se tapit au pied de l'église du village. Le muret du pourtour nous met à l'abri de la bise, et nous apprécions le calme qui nous accueille.

Sûre de moi, je zigzague entre les sépultures, dans les allées en terre qui glissent sous nos pas. Les pierres tombales sont grises sous le ciel bas d'hiver. Sans fioritures ni décor ostentatoire. Pas de fleurs. Tout en retenue presbytérienne.

Soudain, je me plante devant une simple stèle arrondie, enfoncée dans le sol. De l'herbe jaunie tente de pousser, au milieu des traces de neige. Une inscription est gravée dans le granit.

LORD DUNCAN GEORGE
FINLAY SIMPLE MACLITHA
1958 – 2020

— Voilà. Son urne est ici. En pleine terre. Dans son testament, il insistait pour ne pas être mis dans le mausolée familial. Il était comme ça.

Léo qui me saisit la main.

— Il a été incinéré ?

— Oui. À sa demande. Tout le monde en a été surpris.

Je croise son regard. Je sais ce qu'il se dit :

Être incinéré, c'est ne laisser aucune trace.

Je m'entends murmurer :

— À partir de maintenant, le sujet est clos.

Il acquiesce, mais ne dit mot. Mon attitude froide doit l'étonner. Tout comme cette visite à laquelle il ne s'attendait pas.

— Concentrons-nous sur la mort mystérieuse de mes amis et sur la préparation des fêtes. N'oublie pas que tu es inscrit au concours de la plus belle barbe. Tu te dois d'être le hipster le plus sexy du canton !

*

Tommy.

Eliott.

Il reste Angus et Ronald. Tous les six, avec Duncan et moi, nous formions un *pipe band*[1].

Notre choix se porte donc sur Ronald.

Lorsque nous sonnons à sa porte du cottage cossu qu'il habite à la sortie de la ville, une gamine nous ouvre. Après son divorce avec Fiona, il a vécu seul. Puis il a fait la connaissance d'Amy sur un site de rencontres. Elle avait environ 35 ans, il en avait déjà 40, et pensait que c'était le moment de se caser. Très rapidement, ils ont rattrapé le temps perdu et ont fondé une famille. Trois enfants. Pas moins. Aileen, l'adolescente qui nous reçoit sur le perron, est la dernière. Si j'ai bonne mémoire, un peu plus jeune que Ruby, elle doit approcher les 15 ans.

---

1. Groupe de joueurs de cornemuse.

— Bonjour, Aileen. Tu ne te souviens sans doute pas de moi. Tu étais petite lorsque je suis partie. Je suis une amie de ton père.

Notre hôtesse me détaille avec un regard sérieux, puis dissèque Léo avec la même attention.

— Je me souviens de vous, soupire-t-elle. Vous êtes la grand-mère de Ruby.

— C'est bien ça.

— Mais lui, connais pas ! tranche-t-elle à l'adresse de Léo.

Un silence s'installe et nous restons là sur le pas de la porte à nous geler. Aileen ne semble pas pressée de nous laisser entrer.

— C'est qui ? demande une voix de femme.

— Des témoins de Jéhovah.

Oh la peste !

Je lance :

— C'est moi, Amy. Mary MacLitha.

Un bruit de vaisselle nous parvient aux oreilles. Je procède à une rapide introspection de ma vie passée. Ronald ? Un instant de pâmoison, debout contre une cuve de whisky. Nous avions moins de 25 ans. C'est bon ! Il y a prescription. La maîtresse de maison n'a aucune raison de casser des assiettes en entendant mon nom. Donc pas d'inquiétude.

— Voyons, fais-la entrer, Aileen.

— Et le type *chelou* qui l'accompagne ?

— Le type *chelou* ?

— Ouais… un mec tatoué avec une fausse barbe.

Une fausse barbe ? Gloups !

Tintement de verres, cette fois. Quelque chose me dit qu'Amy est en train de vider le lave-vaisselle. Un claquement de porte. Elle apparaît enfin aux côtés de sa fille. Son clone, en fait. Avec une quarantaine d'années d'écart. Même chevelure brune coupée au niveau du menton. Le long trait d'eye-liner noir en moins, sur la paupière. Plus souriante aussi, car déjà loin des turpitudes de l'adolescence.

— Mary ! J'ai appris que tu étais en ville !

Sympathique accolade avec un *pchu pchu* chuintant, sans que nos lèvres effleurent nos joues respectives.

— Bonjour, Amy. Contente de te revoir. Tu ne changes pas, dis-moi !

Je ne mens pas. Elle n'a pas bougé d'un iota. La remarque la fait sourire. Dans l'élan, je lui présente Léo, le type *chelou* à la fausse barbe, selon sa fille.

— Enchantée.

Nous pénétrons enfin dans le cottage et recevons la douce chaleur du foyer en pleine face.

Après la bise piquante, le contraste est frappant.

— Aileen, suspends les vestes de nos hôtes dans l'entrée.

Bon gré mal gré, la gamine s'exécute. Nous quittons aussi nos bottes trempées, par respect pour le moelleux tapis blanc qui nous accueille, et slalomons, en chaussettes, sur le parquet ciré du séjour, qui sent le miel. Car dans cet intérieur cosy, tout respire la propreté.

— Tu souhaitais voir Ronald ? Il est à Glasgow pour les assurances. Vous désirez du thé ? Comme les bâtiments n'étaient pas aux normes, ils rechignent à rembourser.

Aileen, mets les tasses, veux-tu ? Arthur, branche la bouilloire pour l'eau.

Le grognement du susnommé Arthur nous parvient de la cuisine, alors que Léo s'inquiète déjà pour sa vessie. Autant de thé, quand on n'est pas habitué, provoque des mictions fréquentes. Tout le monde sait ça !

— Ne vous dérangez pas pour nous, souffle-t-il en s'imaginant, l'ingénu, échapper à une *cuppa*[1].

Amy se fige, outrée, puis se souvient que son visiteur est français.

— Mais vous ne me dérangez pas !

Elle lui sourit tout en posant une assiette de *shortbread* en forme de doigts devant lui.

— Les derniers de Tommy, précise-t-elle doucement.

Léo me lance un regard interrogatif, alors que je me demande ce que vont devenir les habitants de Glenmoray sans les sablés au beurre du pâtissier disparu.

— Je voulais parler de lui, avec Ronald. Ainsi que d'Eliott.

Notre voisine soupire et me sourit.

— Je comprends.

Elle n'a jamais été, pour moi, ce que l'on peut appeler une amie. Le temps avait passé, et nous avions tous nos propres occupations, quand Ronald et elle se sont rencontrés. J'étais presque grand-mère et mon échoppe d'herboristerie fonctionnait bien. Elle me prenait une grosse partie de mes journées. L'autre étant réservée à ma famille.

---

1. *A cup of tea.*

— Je reviendrai, si tu le permets. J'aimerais savoir ce qu'il pense de ces deux meurtres.

J'hésite. Aileen s'est éclipsée. Rien à faire, des discussions sur les amis disparus de son père. Quant à Arthur, un étudiant aux lunettes rondes d'intello, il nous sert le thé sans un mot, puis il part avec une tasse se poser devant la télévision où se dispute un match de rugby.

L'image que j'aperçois, à l'écran, me ramène Eliott en mémoire.

— À tout hasard, Ronald ne t'a pas dit pourquoi Tommy était à la distillerie au moment de l'incendie? Fiona raconte qu'ils avaient rendez-vous. Ils n'avaient plus l'habitude de se voir au pub? Ils n'agissaient plus comme ça?

Ma question embarrasse notre hôtesse. Elle touille nerveusement son thé, sans avoir mis de sucre au préalable.

— Tu es revenue pour fureter? lance-t-elle à sec, sans aucun préliminaire.

Sa riposte incisive me prend de court.

— Non!

Amy ne sourit plus.

— Ronald s'attendait à ce que tu te pointes. Il a dit, je cite : « Ah! Je sens que madame trifouille ne va pas résister à glisser son long nez de fouine dans nos affaires! »

Aussitôt, je m'insurge! Où Ronald a-t-il vu que j'avais un long nez?

— Je ne fouine pas, Amy. Deux de mes amis sont morts. Je me pose des questions, voilà tout.

— Et le chemin de tes interrogations passe par chez nous? C'est ça?

— Non ! Enfin, si. Tommy, à la distillerie, cela me semble étrange. Il était plus dans son laboratoire qu'à l'extérieur. Ses rares sorties, il les réservait au pub du Cerf d'Or.

— Depuis ton départ, les choses avaient peut-être changé. Tu n'en sais rien. Les gens n'ont pas cessé de vivre après ta fuite.

Ma fuite ?

Je tique. Près de moi, je sens Léo, jusqu'alors absent, se brancher sur notre fréquence aux ondes bien négatives.

— Mon père dit toujours que vous aviez tellement peur des conséquences de vos actes, braille Arthur depuis le salon, que vous vous êtes carapatée avant que ça sente mauvais. Pas vrai ?

Je lui ai demandé l'heure au gamin ? Pour montrer la révolte qui gronde en moi, je me lève d'un bond. L'intérieur du cottage a beau être des plus charmants, l'ambiance qui y règne est, quant à elle, délétère.

J'aboie :

— Merci pour le thé ! J'espère que tu n'y as pas collé de cyanure.

Pour toute réponse, Amy rigole alors que je me dirige, Léo sur mes talons, vers l'entrée. Aileen n'est plus là pour nos vêtements. Nous les enfilons seuls. Tout comme nous remettons nos chaussures.

Mes bottes ont dégelé. Avant de partir, je ferais bien une marque boueuse sur le tapis blanc, mais je me retiens. Ma belle éducation ne m'a pas orientée vers ce genre de méthode crapuleuse. Pourtant, ce n'est pas l'envie qui me manque !

— Bon vent !

La dernière estocade, celle qui me percute au moment où je vais refermer la porte sur nous, est la plus fatale. Je chancelle alors que j'entends :

— Les gens parlent. Nombre d'entre nous se demandent pourquoi, depuis ton retour, les morts jalonnent ton passage ? Étrange que tu y sois pour…

Clac.

La tempête qui sévit dehors m'interdit de comprendre la suite, mais je pense bien que le mot manquant est *rien.*

— Je ne m'attendais pas à ça.

Léo m'entraîne. En excellent flic de terrain, il sait que les insultes peuvent s'accompagner d'un jet de projectile intempestif et, de ce fait, malencontreux.

— Pourtant, tout dans l'accueil aurait pu te le laisser présager. Les enfants sont de bons capteurs. L'attitude qu'ils adoptent témoigne le plus souvent du ressenti de leurs parents. Amy et Ronald avaient parlé de toi… et pas en bien… Leurs gosses s'étaient forgé leur avis.

Sage homme.

— Tu veux dire ?...

— … Que ton cher Ronald et sa douce moitié t'ont gentiment cassé les reins, oui !

— Mince, alors ! Et pourquoi ?

— À toi de le découvrir. Bon, qu'est-ce qu'on devient ?

Je me pose moi aussi la question, alors que, ma main dans la sienne, je le suis en courant afin de m'éloigner au plus vite du cottage et de ses habitants. Je dois admettre que cette équipée n'a pas été des plus fructueuses. D'autant plus que, maintenant, je sens que je vais être *persona non grata* dans la famille. Ronald compris.

— Il reste Angus, le frère aîné de Fiona… mais après la réception des Scott, j'ai peur que la suite soit identique.

Léo me rassure. Ma question sur la présence de Tommy à la distillerie était peut-être un peu brute de pomme. Pouvant être perçue comme une incrimination. Angus n'a rien à voir dans l'histoire. Son accueil devrait être plus mesuré.

Il a raison. Toutefois, le soir tombe vite dans cette région du nord de l'Écosse. En plus, le vent devient de plus en plus violent, charriant des morceaux de glace qui nous frappent comme une horde d'insectes piquants.

Nous décidons de remettre notre visite au lendemain… en espérant que la nuit, même si elle ne nous porte pas conseil, ne nous réservera pas une nouvelle tuile au matin !

Pieux souhait qui ne tient pas compte des dégâts que peut causer une tempête.

8

Avis de tempête

Au lever du jour, les vents violents de la veille et les giboulées de givre ont cessé. Une matinée clémente s'annonce.

— Pour le marché de Noël, notre famille a pour habitude, chaque année, de tenir un stand. L'argent récolté, nous le remettons à une structure qui s'occupe d'enfants défavorisés.

Je souris, malgré moi, à l'explication posée que donne Kate à un Léo qui se retient de bâiller. Les craquements du baldaquin le persécutent au plus profond de son sommeil. Au bout de trois jours au manoir, toute sa logique cartésienne de matheux authentifié s'est désagrégée. Ne reste plus que le doute. Il est maintenant certain qu'un fantôme vient le visiter la nuit et remue son lit pour l'empêcher de dormir.

— L'effet Écosse sur ton organisme, me suis-je moquée lorsqu'il m'a rapporté ses angoisses. T'inquiète, ce n'est qu'Angus.

— Angus, l'antiquaire ? C'n'est pas aussi une race de vaches écossaises ?

— Non, pour le frère de Fiona ! Oui, pour la vache. En fait, cet Angus est un ancêtre de la famille, mort à Culloden. Il était jaloux au point de revenir hanter sa veuve et l'empêcher d'avoir des amants. Mais a oublié de repartir. Tu es dans sa chambre.

— Et il croit que je fais « crac-crac » avec elle ?

— C'est fort probable.

— Il a des peaux de saucisson sur les yeux, ce type ! Je suis seul dans mon pieu !

— Avez-vous quelques dispositions ? Dessin ? Tricot ? Sculpture ? Bois ? susurre Kate.

Mon Commandant sans nom sursaute :

— Pardon ?

Kate lui sourit. La raideur froide du premier jour a fait place à un intérêt prononcé pour mon Tattooed Man. Elle devait craindre que ce soit une brute épaisse. Elle se retrouve charmée par son savoir-vivre.

D'un geste souple de la main, elle repousse sa chevelure blonde, qu'elle porte en carré plongeant, et cligne des yeux.

Holà ! Mais qu'est-ce qu'elle nous fait, notre Kate nationale ?

— Avez-vous quelques aptitudes manuelles particulières ?

Je pouffe de rire. La bienséance lui interdit de répondre à cette question.

— Malheureusement non, rétorque notre Léo avec emphase.

Lui ai-je dit, à Kate, qu'il s'appelait, en vérité, Léopold ? Je suis certaine qu'elle kifferait à mort.

— C'est bien dommage.

Contre toute attente, mon Commandant sans nom semble réfléchir.

— Il y a bien une chose. Je fais du coloriage.

Un moment divinement suspendu fait suite à cette déclaration surprenante. Kate en ravale sa salive.

— Du… coloriage… coloriage ?

Là, tout de suite, je me demande ce que ma belle-fille n'a pas compris dans le mot *coloriage*.

— J'adore la géométrie. Alors, je dessine des mandalas… d'animaux… que je… colorie aux feutres. Vous voulez voir ?

S'il y a une chose qui m'étonnera toujours, c'est la complexité de l'être humain. Tu crois connaître une personne. Et voilà qu'elle se dévoile différente. Kate s'en trouve la première séduite.

— Oui, glousse-t-elle, la main devant la bouche.

Léo s'éclipse aussi sec, et part retrouver le fantôme de sa chambre. Il revient bientôt, avec une pile de feuilles en vrac.

— Tout mon trésor, dit-il en étalant, non sans fierté, ses créations sur la table de la salle à manger.

Apparaissent alors, sous nos yeux ébaudis, une multitude de figures aux contours complexes et aux couleurs clinquantes.

— Léo ! Je ne savais pas !

Il hausse les épaules et me scrute avec un air craintif.

— Tu n'aimes pas ?

— J'adore ! Mais je suis surprise !

Je regarde les mains de Kate virevolter au milieu des créations de mon ami.

— C'est mon jardin secret, murmure-t-il. Je me trouve toujours un peu bête d'avoir ce genre d'occupation.

— Mais non ! Il ne faut pas ! s'écrie ma belle-fille. J'adore, moi aussi.

— Ça me détend après une journée stressante.

Les dessins s'étalent maintenant, les uns à côté des autres. Des formes d'animaux apparaissent au milieu d'une débauche de couleurs vives.

— Peut-être pourriez-vous… je ne sais pas s'il est bienséant que je me permette ?

— Dites toujours.

Le ton de la jeune femme qui nous fait face s'enhardit.

— Serait-ce possible que vous nous conceviez quelques mandalas ? Nous les vendrions au marché de Noël ? Et, peut-être, nous offrir aussi quelques-unes de vos créations déjà coloriées…

— Avec plaisir !

Lorsque nous sortons de la pièce, c'est une Kate radieuse que nous quittons.

— Je n'aurais jamais cru !

Mon exclamation surprise ravit Léo, qui me prend le bras.

— Si tu m'accordais le droit de racheter la seule et unique expérience que nous avons eue ensemble, dans une chambre d'hôtel, un matin de novembre, je suis certain que tu découvrirais chez moi une multitude d'autres aptitudes manuelles particulières.

J'étouffe un fou rire.

— Je vais finir par te surnommer le pitbull. Tu ne lâches rien !

— Je te signale qu'en général, c'est toi qui ne lâches rien.

*

La place du village est en pleine effervescence. Malgré les deux décès qui endeuillent notre bourg, personne n'a envie d'annuler les festivités de fin d'année.

— Pleurer ne nous ramènera pas les deux êtres chers qui vont désormais manquer à notre communauté, a déclaré la mairesse de Glenmoray. Faire la fête en leur honneur me semble un bien meilleur hommage.

Tout le monde a été d'accord. Aussi, c'est avec fougue que les habitants se sont mis à décorer les rues et les façades. Des guirlandes ont été tendues de part et d'autre des maisons, et les cabanes des stands ont été sorties du dépôt de la commune pour reprendre leur place habituelle, le long des trottoirs et devant l'église.

Je maugrée :

— On va bientôt ne plus savoir où se garer.

Faussement contrite, parce qu'en vérité, j'adore cette ambiance de fête à Glenmoray !

Tout en tirant sur la barbe longue et brune de mon acolyte, comme pour vérifier si les remarques de la fille de Ronald sont justifiées, je plaisante :

— Prêt pour le concours ?

— Plutôt deux fois qu'une ! Et comme tu peux le constater, elle est vraie !

Je rigole de sa boutade et enfonce les mains dans les poches de ma parka.

— Belle journée pour rendre visite à Angus.

En deux mots, j'explique à Léo qu'Angus est le dernier représentant mâle du clan des MacAllister.

— Les ennemis jurés des MacLitha.

— Vraiment ?

— Vraiment. Enfin, au XVe siècle ! Viens, suis-moi.

Tout en marchant, je continue à lui raconter l'histoire de nos deux familles.

— Quand les deux clans se sont installés sur les terres de ce qui allait devenir, au XVIIe siècle, le village de Glenmoray, ce n'étaient alors que des hobereaux réunissant autour d'eux quelques paysans. Et puis, avec le développement de l'élevage des moutons, des tisserands sont venus grossir la population. La distillerie des ancêtres de Ronald, construite au XIXe siècle, a fini de contribuer à l'essor de ce qui s'est transformé en une petite ville prospère.

— Ils sont tous des descendants de vieilles familles locales ?

— Oui. Même Tommy, donc les aïeuls fabriquaient des tartans.

— Et Eliott ?

En entendant son prénom, mon cœur se serre et des larmes menacent d'embuer mes yeux. Toutefois, je souris.

— Eliott est issu de la lignée du premier pasteur réformé qui a fait bâtir l'église. Pardon… *était.*

Je sens que tout ceci dépasse Léo. Faisant fi de ma voix brisée sur l'imparfait du verbe être, il persifle entre admiration et moquerie :

— Et pas trop de consanguinité dans tout ce bastringue ?

J'opte pour le mode de la plaisanterie.

— De jolies petites paysannes sont venues relever la génétique.

— Peut-être pas toujours de bon cœur…

— Léo !

Nous sommes arrivés près d'un cottage cossu, tout en pierre de taille, au toit d'ardoises et à la tourelle arrogante. Sur le trottoir trône une Vierge de fer qui n'a rien d'origine, car bien trop reluisante. Elle fait toutefois son effet et interpelle le touriste, avide de sensations, qui aime frissonner devant les piques mortels de cet instrument de torture.

De part et d'autre, dans les deux vitrines de la devanture, quelques beaux objets bien choisis espèrent un avenir meilleur dans une demeure luxueuse ou chez un collectionneur avisé.

— Ce que Mary n'a pas dû vous raconter, c'est que Duncan a plumé mon clan.

Je sens Léo se raidir à côté de moi.

— Duncan ?

Angus, puisque c'est lui, très fier de son effet, glousse. Je rectifie avant qu'il n'y ait confusion.

— Pas mon mari, mais le premier Duncan de la lignée.

— Ah…

Le soulagement fait sourire mon compagnon.

— Je préfère !

— Moi aussi ! Duncan, le dernier du nom, était mon ami. Un whisky ?

Léo observe sa montre : il est 9 heures du matin.

Re-putain d'Écossais !

Finalement, c'est lui qui pour une fois réclame un thé.

— Hum… malgré la carrure, Monsieur est un petit joueur.

Le regard qui glisse sur Tattooed Man le déshabille plus qu'il ne le détaille. Je frétille. Ce genre de situation est, en général, réservé aux femmes.

— Angus ! Ce monsieur n'est pas pour toi.

Un sourire narquois naît sur le visage de mon interlocuteur, alors qu'il se penche pour nous faire la bise.

— Je vois. Chasse gardée.

— Pas du tout. Hétéro convaincu.

Un clin d'œil.

— Pour que tu puisses l'attester, il a fallu que tu… testes.

Je ne relève pas la remarque et entre, sans y être invitée, dans la boutique. Le lieu sent l'huile de lin et l'essence de térébenthine. J'ai toujours aimé venir ici, même si Angus sait parfois être imbuvable et provocateur. L'image type de l'artiste affichant ses penchants pour les jeunes hommes à la beauté ravageuse.

On ne peut pas faire plus cliché.

En près de quatre ans, il n'a pas changé. La même tignasse épaisse, légèrement ondulée, d'un roux identique à celle de sa sœur Fiona. La même allure longue et gracile, malgré l'âge. Les mêmes mains fines qu'il fait glisser, avec délice, presque avec sensualité, sur les antiquités qu'il vend.

Le regard étonné de Léo m'interpelle. Je me penche vers lui pour murmurer :

— Ils ne sont pas jumeaux.

Il faut admettre, pourtant, que Fiona et Angus sont des photocopies. Sauf que le frère est nettement plus dégarni que la sœur !

— Duncan, premier du nom, chassait dans la forêt, explique notre hôte, lorsqu'un sanglier a chargé et l'a blessé. Il était seul avec un arc pour toute arme. Tapi dans un bosquet, au creux d'une clairière, il sentait la vie lui échapper. La neige tombait. Le froid l'engourdissait. Soudain, dans la profondeur de la nuit, il a aperçu une lumière vive. D'un doré chatoyant. En levant la tête, il a découvert un immense cerf. Ses bois majestueux étaient en or. En grattant du sabot dans le sol, il a fait surgir une source claire et chantante. Duncan s'y est désaltéré. Instantanément, sa blessure a cicatrisé. Il a pu suivre les pas de l'animal, qui l'ont ramené vers son château, où les siens se désespéraient. En échange, il a juré devant Dieu d'œuvrer pour la nature et de la respecter à jamais.

Léo hoche la tête :

— D'où le nom du pub local. Le Cerf d'Or ?

— Exact. Les MacLitha lui doivent aussi leurs armoiries.

Tout en parlant, Angus s'est laissé tomber dans un large fauteuil en velours, aux accoudoirs en bois sculptés. Il sort une cigarette d'un étui ciselé, l'allume et tire dessus avec délectation.

J'aboie :

— Si je te dis que ça me dérange, tu ne m'écouteras pas.

— Non.

Je hausse les épaules.

— Chez toi, rien ne change.

— Jamais.

La cigarette coincée, avec élégance, entre deux doigts, il se tourne vers un guéridon et se sert un whisky.

— Si j'ai bien compris, je ne vous en propose pas un, cher…

— Léo. Léo Mallet.

— Enchanté. Angus MacAllister.

Les présentations faites, je poursuis la légende interrompue.

— Ce qu'Angus n'a pas terminé de te raconter, c'est qu'en jurant de protéger la nature, le clan MacLitha est entré en guerre contre le clan MacAllister…

— … et cela afin de piquer les terres de ma famille !

— C'est exact. En étendant leur domaine, les MacLitha espéraient garder intacte la contrée de leurs ancêtres.

Léo nous écoute avec attention.

— Les premiers écolos ! Et ils y sont parvenus ?

— Oui, admet notre hôte. Ils sont devenus les plus gros propriétaires de la région, et le sont restés jusqu'à ce que…

— Jusqu'à ce que quoi ?

Entre tabac et alcool, Angus laisse les minutes s'égrener. Ce dernier nous observe, avec un regard malicieux. Il croise les jambes et soupire.

— Tu es revenue pour les fêtes, Mary ?

— Oui. Et pour mes 60 ans.

— Tes 60 ans. Déjà…

— Oui.

Hochement de tête.

— C'est moche, ce qui est arrivé à Tommy, puis à Eliott. Eliott… sa mort a dû te toucher ?

— Oui.

Je tressaille. L'échange devient presque malaisant, et il convient de l'interrompre. Léo tape du pied et demande :

— Jusqu'à ce que quoi ?

Angus revient vers lui avec un sourire énigmatique.

— Flic ? Tu ressembles à un flic avec ton impatience. J'aime beaucoup cette impétuosité.

— Alors ?

L'antiquaire semble jouer au chat et à la souris. Apparemment, la situation lui plaît.

— Tu ne savais pas, Mary, que Ronald voulait acheter plusieurs hectares des terres des MacLitha ? Celles laborieusement acquises par la famille, au fil des siècles. Scott avait pour projet de bâtir une grande distillerie. Pour vendre à l'international. Il lui fallait du bois, difficile à trouver ici, des tourbières pour chauffer ses alambics à l'ancienne, mais aussi une source généreuse et intarissable. Il profitait de la faiblesse de ton mari, en fin de vie, pour lui extorquer des parcelles.

La révélation d'Angus me fige sur place.

— Non, je ne savais pas.

— Oh ! Comme c'est surprenant. Pourtant, Duncan était prêt à céder. La fortune du clan n'est plus ce qu'elle était. Depuis George, les lairds travaillent.

Une déduction chemine dans mon esprit.

— Sous-entendrais-tu que l'incendie de la distillerie est le bienvenu ?

— Je n'ai rien dit. Je n'ai rien dit !

Il se lève.

— Il voulait en faire un musée.

— Un musée de la distillerie de ses ancêtres ?

— La plus ancienne des Highlands. Tout de même !

— Partie en fumée…

Contre toute attente, Angus affiche un sourire narquois qui vient confirmer son scepticisme aigu.

— Ce que je sais, c'est que Tommy et Eliott étaient contre cette acquisition et défendaient les intérêts de Duncan. Ils trouvaient que c'était dégueulasse de profiter de sa maladie.

Un soupir.

— Duncan est mort avant de signer ? C'est ça ?

— Reste Finlay…

Finlay, mon fils.

Je lance un regard quasi haineux à Angus. Je lui en veux de ne pas être clair. Tout comme j'en veux, à titre posthume, à mon mari de ne m'avoir rien dit.

Je grommelle dans la barbe que je n'ai pas (contrairement à Léo), très dépitée. Je déteste ce genre de révélation tronquée, qui ouvre une hypothétique piste, sans pour autant diriger vers la solution !

— C'est gentil d'être passé m'extorquer des informations. J'espère vous avoir aiguillés un peu.

Très courtoisement, il se penche vers Léo, qui écoute et ne dit rien.

— Une belle fouine, que notre lady Mary nationale, hein ! Déjà, toute jeune, elle aimait être au courant de tout ce qui se tramait. Qui couchait avec qui ? Enfin, vous voyez le genre. Pour y arriver, elle n'hésitait pas à mouiller la chemise et à donner de sa personne. Et il paraît qu'elle continue, malgré son grand âge.

Cette fois-ci, mon regard haineux devient assassin.

— J'en ai assez entendu, Angus. Nous allons prendre congé.

— Ça tombe bien. Là, je dois vous laisser. Un client chez qui je me rends. Il a une belle pièce à me vendre. Je ne suis pas le seul sur l'affaire. Je ne veux pas que cela me passe sous le nez. On se revoit à l'enterrement de nos amis ?

Nous franchissons la porte. Angus semble soudain pressé de mettre un terme à notre entrevue.

En a-t-il trop dit ?

— Étrange bonhomme, souffle Léo de retour dans la rue.

— Oui, il a toujours été comme ça. Sans doute, une manière pour lui de forcer le respect, à une époque où l'homosexualité n'était pas acceptée à la campagne. En se forgeant une personnalité particulière et en se faisant craindre, il s'est mis à l'abri des commérages idiots. Mais, au fond de lui, il n'est pas méchant. De plus, nous devons admettre que les révélations obtenues sont précieuses.

— Ainsi, ce gentil Ronald, que je ne connais pas encore, murmure mon compagnon tout en réfléchissant, magouillait pour acheter des terres ?

— Oui. Et Tommy et Eliott étaient contre.

Après la confession que m'a faite Eliott, voici une nouvelle information qui nous lance sur une piste intéressante.

Nous échangeons un long regard.

Ce que nous venons d'apprendre nous ouvre des perspectives. Même si Angus a usé d'une belle langue de bois, il a tout de même laissé entrevoir des indices qui pourraient nous orienter dans notre enquête.

Je sursaute.

Qui a dit que nous poursuivions une enquête ?

Je marmonne :

— On n'enquête pas, hein ?

— Non, non ! me confirme Léo en retenant un fou rire. Pas cette fois-ci ! On garde nos distances.

— Oui, c'est ça ! On garde nos distances.

Nous traversons la rue en silence.

— Il voulait dire quoi, Angus, en disant que tu mouillais ta chemise ?

Je regarde mes pieds et me précipite vers Didou.

— Rien. Des conneries.

*

Je n'aime pas – mais alors pas du tout – la manière dont Angus a laissé entrevoir que Finlay était le successeur de Duncan. Pas plus que je n'ai aimé ses allusions sournoises.

Problème numéro un à régler.

Entre deux portes, je saute sur mon fils, comme la faim sur le pauvre monde. Mon assaut le surprend. Il n'est pas du genre démonstratif.

En fait, Finlay tient tout de George, son grand-père. C'est son portrait craché, aussi bien physiquement – il a le même visage osseux, les joues creuses, le nez long et fin, les yeux bleu électrique – que mentalement. Toujours le cul entre deux chaises, à honorer ses valeureux ancêtres et à s'incliner devant le pouvoir anglais. N'a-t-on pas idée de devenir journaliste pour la Couronne Royale lorsqu'on est le descendant du clan MacLitha ? Je vous le demande !

Je détaille son allure. Pantalon écossais aux couleurs de notre tartan, chemise crème, foulard bordeaux noué sous le col, veste de chasse kaki aux coudes en cuir brun, le tout assorti de bottes en caoutchouc. Quarante ans, et pas un cheveu blanc. Fantasque et *so british* en même temps.

Tout à fait George...

Il me sourit.

— Tu souhaites t'entretenir avec moi, mère.

Un grommellement lui répond que oui. Je lui ai déjà dit mille fois, dans le passé, de ne plus utiliser le terme de *mère* pour s'adresser à moi. Mais il persiste et signe. Heureusement, après sa douzième année, il a abandonné le vouvoiement !

Léo doit se sentir de trop dans cette rencontre au sommet, car il s'éclipse avec un :

— Je vais téléphoner à Timothée.

Il a bon dos, son gamin. Toujours là pour lui donner une excuse ! Mais après tout, sans doute vaut-il mieux que je reste en tête-à-tête avec mon propre rejeton.

À mon grand désarroi, je dois admettre que je ne vois pas comment aborder le sujet qui me préoccupe. Aussi, comme chaque fois que je suis désarçonnée, j'attaque de front !

Et ça fait mal !

— Tu as prévu de vendre à Ronald ?

— Vendre quoi, mère ?

— Ne fais pas l'innocent !

Le regard qu'il me décoche est alors un savant mélange entre « *De quoi tu te mêles ?* » et « *Je ne ferais jamais ça !* ». Le résultat est nul pour moi.

— Angus m'a raconté que tu avais pris le relais de ton père pour des négociations en vue d'un grand projet de distillerie.

— Angus ?

— Angus, oui.

— Le mec le plus cancanier de la ville.

— Non ! Notre ami.

Finlay me contemple. Entre nous deux, c'est… comment dire ? J'ai essayé, mais je n'ai jamais trouvé le bon chemin pour atteindre son âme. En même temps, mon rôle de mère n'était pas prévu dans sa vie. Premier du nom des lairds de l'ancien clan des MacLitha, après avoir eu une nounou rigide et implacable, histoire de lui forger son caractère, il est parti en internat, à un âge où les petits garçons recherchent encore le réconfort dans le giron de leur maman. Je n'ai rien pu faire. On ne déroge pas à ces principes quand on est l'aîné d'une éminente famille auréolée de gloire. Il faut savoir tenir son rang, et ça, il n'y a qu'une nurse et la pension pour vous l'apprendre ! C'est ce qu'on m'a expliqué lorsqu'on me l'a arraché. Après ? Après… plus rien n'a jamais été pareil. D'autant plus que Moïra était née, et qu'on n'attache pas la même importance à l'éducation d'une fille qu'à celle d'un premier fils. Moïra, j'ai pu la garder, ainsi que les deux suivants.

— Finlay… s'il te plaît…

— Je ne comprends pas ce que cet homme t'a raconté, mais je n'ai jamais envisagé quoi que ce soit. Je sais très bien que nos ancêtres ont œuvré pour construire le domaine, dans le but d'être fidèles à la parole donnée par le tout premier Duncan. Je ne vais pas dilapider nos biens afin qu'un commerçant puise l'eau précieuse de nos sources et éventre nos *glens*[1], pour vendre sa bière à l'export !

J'ai beau guetter ses expressions, je ne parviens pas à discerner le vrai du faux chez lui. Pas plus sur son visage que dans l'intonation de sa voix. En fait, une dure constatation me vient à l'esprit : je méconnais mon propre fils.

— Tu me le jures ?

— Si cela te satisfait, mère, je peux m'exécuter en l'effectuant sur la tête de nos ancêtres.

D'un geste de la main, je lui fais comprendre que ce ne sera pas nécessaire d'aller jusque-là.

— Puis-je disposer, mère ? Je dois me rendre chez un métayer qui n'a pas payé son fermage depuis plus de deux ans.

— Qui ça ?

Finlay me lance un regard un peu vide. Se demande-t-il ce que je gagnerais à connaître le nom de cette personne ? A-t-il oublié, le bougre, que mon départ ne m'a pas lobotomisé l'esprit ?

---

1. Les glens sont des vallées profondes, façonnées par les glaciers, abritant de nombreuses tourbières.

— Allan Wilson.

Je sursaute.

— Le vieil Allan ? Celui qui fumait sa pipe sur le seuil de son cottage et qui t'appelait *Ceilearadh*[1], tout bébé, car tu gazouillais comme un oiseau ?

Finlay ne réagit pas à mon anecdote.

— Ce Wilson est mort il y a trois mois, mère. C'est de son fils qu'il s'agit.

— Son fils ? Allan Junior ! Il est en difficulté ?

— Oui, je vais l'expulser.

Sa réponse me cloue sur place, alors que le secret d'Eliott ressurgit dans ma tête en entendant le nom des Wilson. L'arrogance froide, que j'ai vue frémir sous le masque impassible de Finlay, me trouble. Si je me souviens bien, cette famille est arrivée sur les terres des MacLitha au même moment qu'eux.

Je murmure, un peu pour moi-même :

— Ah bon…

Et je fais demi-tour sans plus de procès. J'entends un :

— À plus tard, mère…

… qui me laisse pantoise.

Ainsi, plus de trois longues années ont approfondi le fossé creusé entre nous, devenu maintenant infranchissable ?

Lorsque je rejoins Léo, je suis encore sous le coup de l'émotion. Je frappe à la porte de sa chambre. S'il est en visio avec son propre fils, comme il l'a annoncé, je ne veux pas l'importuner. Mais je ne le dérange pas. Et il me

1. Gazouillement, chant d'oiseaux en gaélique.

reçoit contre son épaule, avec la même attention qu'il sait toujours avoir à mon égard.

— Finlay ?

Je hoche la tête.

— Il a vendu des terres ?

Cette fois-ci, je dis *non* et renifle :

— Il ne m'aime pas.

Les mains qui me repoussent sont douces, mais fermes. Le visage de mon compagnon est presque hilare. Cette attitude m'étonne, moi qui suis aux prises avec un énorme chagrin ! Je grommelle sur un ton de reproche :

— Léo !

— Quoi ? me demande mon Commandant sans nom.

— Fin-lay-ne-m'ai-me-pas.

J'articule bien les syllabes pour qu'il comprenne.

— Je sais.

— Comment ça, tu sais ?

— Toi non plus, tu ne l'aimes pas.

— Comment ça, je ne l'aime pas ?

Il fait une pause pour se reprendre :

— Si ! Tu l'aimes… à ta façon. Comme il t'aime… à sa façon. En fait, vous ne vous êtes jamais… comment dire ? Découverts. Oui, le terme est juste. Découverts.

— Découverts ?

— Oui ! Vous êtes tellement différents ! Réfléchis. Serais-tu rentrée en France, après le décès de ton mari, s'il en avait été autrement ?

À mon corps défendant, je dois admettre que non.

— Depuis que je te connais, je sais que tu ne peux pas vivre dans ses parages. Imagine ! Une mère qui quitte les siens pour revenir seule dans son pays d'origine ? Il faut une très bonne raison à ça. Et cette raison, tu viens de la reconnaître. Tu ne peux pas vivre près de Finlay. Tout comme il ne peut pas vivre près de toi. Tes trois autres enfants ont pris le large pour couper avec le carcan familial et l'héritage du clan. Tu as fait pareil !

Je soupire tout en rougissant un peu :

— Tu crois ?

— J'en suis certain.

La sagesse dont peut faire preuve Léo me surprend toujours. Son rôle de policier lui a appris à observer les gens et j'ai parfois l'impression que rien ne lui échappe.

— Tu le sais, Mary. Ta vie est ailleurs.

Les yeux humides, je le fixe intensément. Ma tristesse le touche. Il me reprend contre lui et me serre fort dans ses bras.

— Oui, mais Finlay est un monstre.

— Un monstre ?

— Il veut expulser un métayer dont la famille est ici depuis des siècles.

— Vraiment ?

Je renifle un nouveau oui.

— Ne t'inquiète pas. Il doit y avoir une explication à cela.

Un frémissement agréable court le long de mon échine. La force qu'il met à me retenir au plus près de lui se décuple. Je pourrais me fondre contre son torse. Et y demeurer des heures durant. Sans bouger. Me ressourçant à son être.

Au fond de moi, je le remercie de ne rien tenter d'autre. Pas de geste plus poussé. Pas de paroles ardentes. Pas de lèvres quémandeuses dans mon cou. Il est là pour me réconforter. Même si je sais que le pont vers le désir est une passerelle bien courte, qu'il pourrait aisément franchir.

Mais il n'en fait rien. Il perçoit mon *non* intime et je lui en sais gré.

Une minute. Une heure. Une éternité.

Un cri nous surprend et nous sépare. Un peu comme si nous étions entrés dans une phase de somnolence bienveillante. De bien-être béat nous isolant du monde.

— Granny ! Granny !

Ruby est dans le couloir et me cherche. Et je me dis que Finlay a conçu Ruby, et que pour ce bonheur-là, je le bénirai tout le restant de ma vie.

J'ouvre la porte de la chambre de Léo et me penche dans l'entrebâillement. Une tête échevelée, à la peau piquetée de taches de rousseur et aux joues poupines, me dévisage. Et la surprise fait place à l'étonnement lorsque Tattooed Man me rejoint, en s'appuyant contre mon dos.

Mais la confusion est de courte durée et un sourire remplace rapidement le tout. Enjouée, la voix guillerette de ma petite-fille annonce :

— Viens vite, Granny… et vous aussi, Léo ! Le sapin de Noël a été coupé. Il est arrivé ! Il est ÉNORME !

J'entends mon compagnon lui dire :

— *Tu,* Ruby… pas *vous.*

Un rire accueille sa réplique et déjà l'adolescente fonce dans l'escalier.

— Si tu veux, Léo ! Si tu veux.

9

Vive le vent d'hiver

Le sapin est, en effet, énorme. Ruby n'a pas menti ! Une fois debout, sur son pied, il trône dans le hall d'entrée.

— On se croirait vraiment dans *Downton Abbey,* me glisse une *nouvelle fois* Léo en se penchant à mon oreille.

Et bien évidemment, une *nouvelle fois*, je rigole ! Je ne peux m'empêcher de trouver sa remarque croustillante. Elle a d'ailleurs de quoi surprendre lorsqu'on détaille celui qui la fait.

Léopold Mallet – Léo pour les intimes –, presque deux mètres de muscles tatoués, la mâchoire volontaire de celui qui ne lâche rien, l'œil sombre et incisif, les mains larges comme des battoirs, un bon 47 en pointure de chaussures… qui se détend avec du coloriage tout en regardant *Downton Abbey* en streaming !

— Quoi ? me demande-t-il en réponse à mon sourire.

— Rien ! Rien. Je n'ai rien dit !

— Mouais… mais tu n'en penses pas moins !

— Jamais je n'oserais !

James, comme chaque année depuis qu'il est au service de la famille (c'est-à-dire bien cinquante ans !), est allé chercher le grand escabeau en bois dans la remise.

— Vous commencez à être trop âgé pour ce genre d'exercice, remarque Finlay en le voyant revenir. Vous auriez dû me prévenir.

Le vieil employé hausse les épaules. Depuis le temps, il sait que son patron aurait pu le devancer s'il l'avait souhaité ! Il connaît la coutume. Toutefois, il sait aussi que Finlay ne fait toujours pas le poids face à lui.

— J'ai l'habitude, my lord.

Ruby est tout excitée. Malgré ses 17 ans, elle gesticule et farfouille dans les guirlandes comme si elle en avait douze ! C'est adorable de la voir agir de la sorte, et je dois admettre que ces préparatifs m'ont manqué. Ce grand sapin installé sous le plafond cathédrale. L'odeur de la cannelle et des bougies. L'agitation des derniers jours de l'année. La douceur de l'ambiance. Les chants de Noël aussi, tradition abandonnée en France et qui ici est encore de rigueur. Et toutes les gourmandises confectionnées, qui mettent la cuisine en effervescence et relient entre elles les générations !

— J'adore Noël ! piaille ma petite-fille. Je voudrais qu'il dure toujours.

Kate la dévisage et hausse les épaules.

— Il n'y aurait plus rien de magique si toute cette ambiance nous était coutumière. Il va falloir grandir, Ruby. Songe que le pensionnat t'attend à la rentrée.

La remarque, un peu acerbe, fait mouche et calme un instant le bel enthousiasme de ma petite-fille. Je jette un coup d'œil en coin à la femme de Finlay. Situation classique de la belle-mère qui ne porte aucun intérêt à la progéniture du *précédent lit* de son époux, et qui envisage de concevoir une nouvelle lignée de son sang, si possible masculine.

Pouah ! On nage en plein XIXe, là !

— Je n'irai pas dans cet horrible pensionnat à la rentrée du semestre, décrète Ruby en croisant les bras, un air têtu sur le visage.

— Tu t'y rendras, pourtant.

Très attentif à ce qui se passe, Léo, qui sent la rixe approcher et gâcher la belle ambiance festive, prend la direction des événements.

— Que dirais-tu, Ruby, si nous grimpions chacun d'un côté de l'escabeau et que nous mettions ensemble l'étoile en haut du sapin ? Ce serait drôle. Et je ne l'ai jamais fait !

— C'est vrai ? s'étonne l'adolescente, en oubliant la menace qui plane sur elle en janvier. Même lorsque tu étais petit ?

— Même lorsque j'étais petit. Je ne… comment t'expliquer… je suis allé, comme toi, dans une sorte de pensionnat. Mais il n'était pas aussi bien que le tien !

Ruby, soudain détendue, éclate de rire.

— Et tu ne faisais pas les fêtes avec ta famille ?

— Je…

Léo sourit timidement, comme il sait si bien le faire. Il vient de pousser un pan de volet qui me laisse entrevoir une tranche de vie méconnue, se dévoilant peu à peu.

C'est un peu comme si j'étais dans une pièce fraîche,

protégée du soleil, et que je scrutais à travers les persiennes. L'enfance de mon ami se trouve derrière.

Doucement, je me tourne vers lui et l'observe. Notre échange de regards est long et n'échappe à personne.

Léo a passé sa jeunesse dans un foyer. Sans parents.

Une vaste émotion me submerge, alors que je comprends, à travers les quelques mots qu'il égrène, ce qu'étaient les fêtes de Noël pour lui.

— Bon, on se la fait, cette ascension du sapin ? Face nord ou face sud ?

Ruby, loin d'interpréter les phrases de Léo à leur juste mesure, s'amuse de la situation.

— Face sud, mon brave monsieur ! Je suis pour le soleil !

— Va pour la face sud !

Puis il s'élance, suivi de près par ma petite-fille, et tous les deux grimpent, chacun de leur côté, sur l'escabeau qui grince.

— Granny ! Lance-nous l'étoile !

Pour effacer le trouble qui m'a gagnée, j'attrape la décoration convoitée dans une grande caisse et la lance en l'air. Léo garde les mains sur les barreaux. Ruby s'en saisit.

— Je l'ai !

On dirait qu'elle a chopé le pompon à la fête foraine. Elle explose de rire et place l'étoile au sommet du sapin, avant d'applaudir avec enthousiasme.

— J'adore !

— Moi aussi, j'adore ! confirme Léo.

Ils topent, alors que l'échelle tangue. Dans le même élan, James et Finlay viennent à la rescousse pour stabiliser l'ensemble. Malgré l'équilibre précaire inquiétant, je partage leur joie, sous le regard courroucé de Kate, qui trouve sans doute que tout ce remue-ménage nuit à la sobriété de la famille, ainsi qu'aux convenances.

— Nous accueillons nos premiers invités dans quelques heures.

Sous-entendu : un peu de tenue, que diable ! De quoi allons-nous avoir l'air ?

À noter : elle dit *invités,* et non-touristes ou clients. Ces termes étant, à l'évidence, trop vulgaires dans la bouche d'une lady.

— Il va vite falloir mettre bon ordre dans tout ce…

Elle fait la moue, puis enchaîne :

— Désordre.

Elle veut dire *bordel*, mais, là encore, l'injure est sans doute… et patati et patata… vous connaissez la suite !

Mes deux ténébreux aventuriers sont redescendus sur le plancher des vaches. Cette expérience les a soudés, car ils plaisantent comme deux vieux amis et arrivent vers moi en se tenant par les épaules.

Ruby me souffle même, sur le ton de la confidence :

— Il est extra, ton Léo.

J'aimerais lui expliquer que ce n'est pas *mon Léo.* Mais le regard qu'elle me lance fait plaisir à voir. Elle semble heureuse pour moi. Je n'irai donc pas plus loin dans mes justifications. En même temps, je me sens très fière d'elle, car la différence d'âge, entre Léo et moi, ne lui pose aucun problème.

Devant nous, le grand sapin vient de donner le top départ des festivités de fin d'année. Le hall embaume maintenant de l'odeur magique de la résine et de la forêt mêlées. Je ferme un instant les yeux, et des dizaines de Noëls surgissent dans mon esprit. En vrac. Tous les âges s'y bousculent. De ma prime jeunesse aux fêtes que j'organisais pour mes enfants. Un moment de nostalgie dont je savoure chaque image. Comme un bien trop précieux qui me nourrit et m'a fait moi, Mary Simple, avec mes défauts, mais aussi mes qualités.

— Mary…

J'ai le sursaut de celle qui se réveille après un rêve bien agréable. Suzy me fait face. Elle est venue nous rejoindre et se tient drapée dans son long châle en cachemire écossais, aux arabesques bordeaux, dont les franges couleur or touchent le sol.

— Tu te sens bien ?

— Oui, oui ! Je repensais aux fêtes passées.

Suzy baisse la tête pour afficher une grimace de dépit.

— J'aimais tellement ce temps-là.

Son regard glisse vers Kate. Cette dernière la foudroie des yeux, elle et son étole d'un autre âge qui masque sa nudité.

— Vous songerez à revêtir quelque chose de plus…

Kate, aujourd'hui, semble décidée à mettre en suspens toutes les fins de ses phrases !

— … décent, complète Finlay, qui sait où est son intérêt (et certainement pas dans le camp de sa grand-mère !).

Notre vieille dame excentrique se gausse. Elle en a entendu d'autres, et ce ne sont pas les paroles acerbes des nouveaux lord et lady en titre qui vont modifier son programme. Aujourd'hui, ce sera déambulation dans le hall, au moment crucial de l'arrivée des touristes, et naturisme dans la grande serre pour une séance de peinture… que ça plaise ou non !

Bonnie choisit cet instant tendu pour faire son entrée. Elle pousse une desserte en bois, dont les roulettes, type charrette de fleurs ancienne, chouinent un peu. Et ce bruit doux, connu de tous, semble réconcilier, comme par miracle, les esprits.

— Le thé de Noël ! glapit Kate, comme si cette activité coutumière répondait à un événement exceptionnel.

Si elle ne se retenait pas, elle en battrait des mains.

— Oui, le thé ! reprend, avec plus de sobriété, Suzy en approchant du guéridon, que James a fait surgir de nulle part et qui trône près du sapin.

Les chaises suivent, accompagnées des tasses, soucoupes et théières ventrues. Une nappe blanche, jetée avant l'arrivée de la porcelaine, complète l'ensemble.

— Le thé… bougonne Léo, qui semble en avoir un peu marre de cette boisson, que l'on consomme ici à toute heure et en toute occasion.

D'une main sûre, James plante un splendide serviteur muet en acajou, aux plateaux de marbre bordés de dentelle en bronze doré, sur la table.

— Notre bon James a sorti l'arsenal spécial fêtes, commente Suzy à l'intention de Léo, nouveau venu et donc étranger aux us et coutumes de la famille.

— Je comprends, admet-il d'une voix enrouée qui traduit son profond découragement.

Puis il se penche et murmure à mon adresse :

— Je vais finir avec du diabète si vous n'arrêtez pas de vous empiffrer de sucreries !

D'un air accablé, il regarde Kate tartiner de *clotted cream* et de confiture le scone qu'elle lui tend au creux d'une assiette.

— Une tranche de Christmas cake, peut-être ?

— Non, merci.

Depuis qu'elle sait que Tattooed Man fait du coloriage, celui-ci est entré dans ses bonnes grâces. Aussi minaude-t-elle à tout va, avec des sourires par-ci, et des clins d'œil par-là ! Elle ne serait pas si prude, j'aurais le sentiment qu'il y a anguille sous roche entre elle et mon beau Commandant sans nom !

Mais non ! Pas Kate !

De son côté, Ruby, ne souhaitant sans doute pas être en reste avec son nouvel ami, lui glisse entre les doigts une belle tasse garnie de fleurettes, dans laquelle frémit de plaisir un breuvage d'un bel ambré.

— Lait ? Sucre ?

Je souris en voyant Léo, bien empêtré, avec une assiette dans une main et une tasse dans l'autre.

Lait. Sucre. Finalement, je crois bien qu'au bout de quelques jours, il ne parvient toujours pas à se décider. Quel est l'ingrédient, qui, des deux, est *le moins pire*[1] ?

Sans en avoir conscience, George vient le sauver. Sans doute attiré par l'odeur des gâteaux, il approche et sort de sa poche une flasque sculptée.

— Whisky ? murmure-t-il en visant le thé de Léo.

Ce dernier cherche du regard le carillon Westminster qui trône dans le hall, sur une console, entre ses deux chandeliers. Il n'a pas encore égrené ses notes typique-

1. Pardon pour ce barbarisme (note de l'autrice).

ment anglaises. Il doit être quoi ? Dix heures trente, tout au plus. Dix heures trente !

Nous sommes seulement à deux heures du petit-déjeuner et à deux heures de la collation de midi, ronchonne-t-il pour lui-même.

Ses yeux passent alternativement du lait de Ruby au whisky de George. C'est décidé ! Il n'optera pas pour le thé au détriment du whisky, comme chez Angus. Il choisira les deux !

D'un geste assuré (après tout, on ne vit pas deux fois !), il tend sa tasse à George, dans laquelle ce dernier jette une belle rasade d'alcool, sous la mine désapprobatrice de Kate.

*

Le whisky dans le thé, en matinée, cela peut être traître. Surtout lorsqu'on n'en a pas l'habitude et que le whisky finit par remplacer le thé ! Je traîne donc, collé à mes basques, un Léo à la bouche pâteuse qui me dit :

— J'ferais bien une p'tite sieste.

Sur le groupe d'amis de notre jeunesse, deux sont morts. Si j'effectue la bonne opération, il reste maintenant deux hommes et une femme. C'est chez la femme que nous nous rendons.

— Non, pas encore du thé… se lamente mon compagnon au foie dangereusement affaibli, lorsque nous passons la porte de la boutique de Fiona.

Celle-ci nous accueille comme à son habitude : avec le sourire. Plus commercial qu'à l'accoutumée, il me semble.

Il faut dire qu'il est midi, et que son salon est rempli de touristes qui viennent s'offrir un petit en-cas gourmand à l'heure du déjeuner. Elle nous installe donc un peu à l'écart, pas très loin de la cuisine.

— Oh ! Cette odeur de beurre ! grogne Tattooed Man dans un haut-le-cœur.

— Il a quoi ? me demande notre hôtesse avec un mouvement de menton en direction de notre compagnon.

— Il a croisé la route de George, au moment de la célébration du sapin de Noël.

— Ah ! Ce n'est que ça ! J'ai cru qu'il était malade.

Le mot *malade* fait virer au vert mon Commandant sans nom.

— Mais je suis ma-laaaaaa-de ! hulule-t-il en renversant la chaise que Fiona lui a tendue.

— Les toilettes sont par là, lui indique cette dernière.

Puis elle poursuit :

— Ah ! Les hommes ne sont plus ce qu'ils étaient !

Nous en rions, toutes les deux. Pourtant, je ne sais pourquoi, je la trouve un peu plus nerveuse que d'habitude. Je mets cela sur le compte de la fatigue. C'est le *rush* pour elle. Peut-être aurions-nous dû venir plus tard.

Je le lui dis. Mais elle m'assure que tout va bien.

Elle se rend à la caisse, derrière le bar qui sépare la salle de la cuisine, fait payer un couple qui semble ravi, et revient vers nous à l'instant où Léo, le visage cireux, se rassoit. Elle pose devant lui un verre d'eau dans lequel fond un cachet effervescent.

— Tiens, c'est du Panadol. Ça te fera du bien.

Mon voisin de table m'interroge du regard. Je soupire :

— Équivalent de notre Doliprane.

— OK.

Il boit en grimaçant, alors que notre hôtesse nous demande quel bon vent nous amène.

Je lui raconte, en deux mots, l'entrevue que nous avons eue avec la femme de Ronald, la veille, et avec son propre frère, le matin même.

— Si j'analyse d'un côté l'attitude d'Amy et de l'autre la révélation d'Angus, on en arrive au fait que Tommy et Eliott n'étaient pas d'accord avec les agissements de Ronald ? C'est bien ça ?

— C'est tout à fait ça !

Fiona semble réfléchir, alors que Léo s'est avachi sur la table, sa tête dans le creux de son bras.

— Oui, mais c'est de l'histoire ancienne ! Voilà près de quatre ans que Duncan nous a quittés. Pourquoi Ronald ressortirait-il cette idée et en discuterait-il avec Finlay ?

La grimace qu'elle fait démontre son incrédulité. Du tac au tac, je rétorque :

— Sauf si changer de lieu de production devenait urgent. La commission de sécurité était passée. Refaire l'électricité allait lui coûter une petite fortune. Sans compter que ces réparations n'allaient pas suffire pour remettre les bâtiments aux normes !

Mes arguments ne semblent pas la convaincre. Elle hoche la tête :

— Non ! Non ! Nous sommes un groupe de vieux amis. Et l'on ne tue pas ses vieux amis…

— Même si l'objectif est de taille ?

— Même si l'objectif est de taille. Je ne peux pas admettre cela.

— Soit !

Fiona me détaille. Oserais-je admettre que son regard n'est pas des plus sympathiques ?

— Tu es partie. Tu as perdu le sens du mot *amitié.* J'en ai bien peur. Angus est un vieil aigri. Plus il prend de l'âge, et plus il devient comme les groseilles sauvages. Suret. Le côtoyer peut amener une grimace tant il est acide.

— Oui, mais il fait partie de notre ancien groupe.

— Je l'admets. Mais il est aussi mon frère.

— Et tu préfères mettre en doute les paroles de ton frère…

— … des racontars !

— Soit, des racontars. Enfin, tu choisis de dire de lui qu'il devient mauvais, plutôt que d'incriminer ton ex-mari, dans une histoire qui me paraît pourtant claire comme de l'eau de roche.

— Parce que tel est le cas.

Je retrouve, chez ma voisine de table, la mine butée qu'elle prenait, adolescente, lorsque quelque chose ne lui convenait pas. J'ose un :

— Il y a un truc que tu ne veux pas me raconter ?

— Non.

Désorientée, j'opte pour toucher la corde sensible :

— Fiona, tu me le dirais, si tu savais quelque chose ?

Sans broncher, elle me dévisage.

— Tu ne trouves pas que, depuis ton retour, les hommes que tu connaissais tombent comme des mouches ?

Sa question me percute, comme si je venais d'entrer, de plein fouet, dans un mur avec mon véhicule. J'ai la sensation que tous les os de mon corps s'ébranlent. Un vertige me prend.

— Pas toi, Fiona. Pas toi…

Elle se lève. Sa chaise tangue, et moi, je sens la fin de notre discussion montrer le bout de son nez.

— On t'a vue entrer par la porte de derrière chez Tommy, le jour de ton arrivée.

Pour donner du poids à son accusation, elle pose les deux paumes de ses mains sur le plat de la table.

— Et tu es sortie, en pleine nuit, de chez Eliott, juste avant sa mort.

Je chancelle et gronde :

— Qui ? C'est qui ce *on* ?

— *On* t'a vue. Point.

— C'est vague.

— Mais c'est réel. *On* me l'a dit.

Un soupir.

— Maintenant, si tu le permets, j'ai du boulot. Le salon de thé est plein !

Sans plus de procès, elle tourne les talons, alors qu'autour de moi, j'ai l'impression que le monde s'effondre.

— Viens, on se tire !

Je regarde le bras qui m'a parlé. Derrière, à la suite, j'aperçois une tête blafarde, qui tente son éternel sourire figé.

— Tu n'es pas mort, toi ?

Et aussitôt, je me rends compte de l'incongruité de ma réflexion, alors que Léo me répond :

— Non, j'ai de la chance. Moi, pas encore…

10

Secrets enfouis

L'air du dehors et les révélations de Fiona paraissent avoir dessoûlé Léo. Il grimpe dans mon van et tapote sur le siège conducteur, pour m'encourager à y prendre place. J'obtempère et claque la portière derrière moi.

— Quoi ?

Ai-je aboyé ? Oui. J'ai aboyé.

— Tu me dois des explications, non ?

— Je ne sais pas.

— Comment ça, tu ne sais pas ? Fiona est la quatrième personne, au moins, qui parle d'un lien entre ton retour ici et ces meurtres.

— Coïncidence.

— Coïncidence ? Alors, raconte-moi ce que tu faisais chez Tommy le matin de sa mort, et chez Eliott, la nuit avant qu'on retrouve son corps à la pâtisserie ?

Soudain, il assimile ce qu'il vient de lancer avec violence. De surprise, il porte ses deux mains devant sa bouche et me contemple, horrifié.

— Tu es ressortie, après notre discussion dans le parc, pour te rendre chez Eliott ?

Je prends une profonde inspiration :

— Lorsqu'en Égypte, tu as été accusé d'avoir balancé ta petite copine par la fenêtre du bateau, est-ce que je t'ai lâché ? Non ! Je n'ai jamais douté de toi.

Le regard qu'il me lance n'a rien de conciliant.

— Je te le redemande Mary : es-tu ressortie, après notre discussion dans le parc, pour retrouver Eliott chez lui ?

Voler en apesanteur doit procurer la même impression que celle que je vis sur l'instant. Un grand vide. Avec rien qui ne te retient. Rien à quoi te raccrocher.

— Oui.

— Oui ?

— Oui.

Je sens la tension monter entre nous. Soudain las, Léo se laisse aller contre le vieux siège de mon Combi. Comme il n'y a pas de repose-tête, sa nuque s'incline en arrière et touche le rideau de séparation entre l'habitable et la cabine. De dépit, il ferme les yeux.

Une minute. Deux minutes, qui étirent leur langueur avec des atermoiements de sultanes.

Trois minutes, sans doute. S'est-il rendormi ? Dois-je le secouer ? J'hésite.

Je risque un :

— Léo…

Un sursaut. Il vient de se redresser et me foudroie.

— Ramène-moi au manoir. Je vais faire ma valise et prendre le premier avion pour la France. J'en ai marre que tu ne saches pas ce que tu veux. Je rentre chez moi.

Le retour est morose, et pour corser le tout, la neige tombe dru, ralentissant ma progression sur une route devenue impraticable. Pour parcourir deux petits kilomètres, je mets bien dix bonnes minutes ! Le bout de chemin à travers le parc est le plus compliqué à franchir.

Arrêtée devant la porte, je risque un :

— Aucun avion ne décollera avec un temps pareil.

Remarque puérile, je l'admets.

Alors que mon compagnon va sortir du van, je le retiens par la manche.

— Léo, laisse-moi t'expliquer…

— M'expliquer quoi ? Tu es grande. Et libre de faire ce que bon te semble. Non ? Alors, pourquoi ne pas te rabibocher avec un ex ? Ou avec deux, après tout ? Trois, en comptant Ronald ? Il va mourir, lui aussi ? Heureusement qu'Angus est hors jeu !

— Tais-toi !

Un rire gras répond à mon ordre.

— Me taire ? Madame va s'envoyer en l'air avec son petit pâtissier en échange de précieux *shortbread*. Et comme si cela ne suffisait pas, elle le tue. Rebelote le lendemain, avec le tenancier du pub. Elle le retrouve en catimini, de nuit. Fait des folies avec lui, en souvenir du bon vieux temps, avant de le plonger dans du lait. Du lait !

Il arrête soudain son monologue acerbe, et me regarde comme s'il me découvrait. Je suis là, face à lui, l'écoutant me rabaisser plus bas que terre, sans pour autant broncher. Pas d'énervement. Rien. Ce qu'il dit est tellement… tellement…

— Merde !

Je pousse un long soupir.

— C'est bien que tu t'en rendes compte tout seul ! Ce que tu racontes est absurde.

— Oh pardon ! Pardon !

Il tente de saisir mes mains, mais je les lui retire. Avec calme, j'explique :

— Tu vas venir dans ma chambre, et on va discuter, comme deux adultes responsables et intelligents que nous sommes. D'accord ?

— D'accord.

Il descend du van, alors que je redémarre pour me garer un peu plus loin. Sur le pas de la porte, je le vois qui m'attend. La suite ne va pas être simple. J'en ai conscience. Mais il faut que je m'explique. Ne pas le faire équivaut à ne pas respecter Léo et à me mettre dans une situation déstabilisante.

*

— Tu es prêt ?

— Je suis prêt.

On dirait que Léo va passer un examen. Assis sur une chaise, face au petit bureau victorien, en noyer noirci, il a posé ses deux mains sur le plat de la table. Il m'observe.

— Je ne plaisante pas, Léo. Ce que je vais te raconter est très sérieux. En parlant, je romps un terrible secret vieux de près de cinquante ans, et je casse le serment que j'ai fait à un mort.

Mon compagnon hoche la tête. Depuis qu'il a pris conscience de l'absurdité de ses accusations, il a retrouvé cet air mi-figue mi-raisin qu'il a souvent. Entre raisonnable et blagueur.

Mais moi, je ne suis pas là pour rire !

Mon regard fixe le déstabilise. Le soupir qui suit ne lui dit rien qui vaille.

— C'est si grave que ça ? demande-t-il, soudain inquiet.

Ma réponse est sans équivoque :

— Oui. Et j'ai bien peur, à la réflexion, que ce soit la clef de notre enquête.

Je m'assois sur le rebord du lit, mais je sens bien que ce choix le trouble. Alors, je me lève et me mets à arpenter la pièce, de long en large, allant de la fenêtre à travers laquelle mes yeux se perdent à la porte fermée à double tour. La tempête est si violente que le ciel obscurci suggère qu'il fait déjà nuit. Il n'est pourtant pas 14 heures !

Le bruit de l'estomac de Léo, qui grommelle en échappant des borborygmes, me rappelle soudain que nous n'avons pas mangé. Fiona et son attitude désarmante ne nous en ont pas laissé le loisir.

— Voilà !

Je perçois un de ces sourires figés, en réponse à mon *voilà* un peu solennel. Il ne faut pas non plus que j'en fasse trop ! Je me reprends.

— Comme tu le sais déjà, le groupe dans lequel était Duncan comportait cinq amis d'enfance. Parti étudier, à 13 ans, au collège d'Eton, suivant la tradition familiale, mon… mari est tout de même resté très soudé avec eux. Ils se retrouvaient durant les vacances pour faire de la musique… et quelques conneries aussi.

— Éducation sévère.

— Oui. Finlay y est allé.

Par réflexe, je croise mes mains tout en me remémorant le départ de mon fils. Ce souvenir vient un instant troubler ma confession.

— Ils avaient formé un *pipe band.* C'est comme ça que je les ai rencontrés en France, au festival d'Aubigny-sur-Nère. Mais ça, tu le sais déjà aussi. Ce que tu ignores, par contre, c'est que je suis tombée amoureuse de Duncan au premier regard. Mais quand il m'a présenté Eliott, le lendemain, mon cœur a flanché. La gamine que j'étais ne savait plus très bien vers qui aller. En fait, je crois que j'aimais les deux.

Je fais une courte pause durant laquelle Léo a l'intelligence de ne pas intervenir.

— Il ne s'est rien passé, avec Eliott, et j'ai décidé de construire ma vie avec Duncan. Je ne voulais pas le blesser. Nous nous sommes mariés, et Finlay est né. Je n'avais pas 20 ans. Très tôt. Bien trop tôt. Je doutais. Je n'arrivais pas à oublier Eliott. Pour chasser son image de ma tête et me conforter dans ma capacité à plaire, j'ai eu une courte expérience avec Tommy et Ronald. Une seule fois. C'était idiot et ça n'a fait qu'empirer les choses ! De guerre lasse, ne pouvant plus lutter, je suis devenue la maîtresse d'Eliott. J'ai alors bien failli quitter Duncan. C'est Suzy qui m'a remise dans le droit chemin en me montrant la voie.

— Suzy ?

— Oui. Suzy. Elle a su m'aider à comprendre où était ma vie, elle qui était toujours revenue vers George. Je suis donc revenue vers Duncan. J'ai eu Moïra, et Eliott a épousé Megan. Voilà pour cette histoire-là. Après, bien plus tard, lorsque mon mari nous a quittés, Eliott a espéré que je viendrais partager mon existence avec lui. Mais je ne pouvais pas. Ma passion de jeunesse s'était étiolée, au fur et à mesure que le respect que j'éprouvais pour Duncan se renforçait. Finir ma vie avec Eliott, cela aurait été trahir Duncan, pour de vrai, cette fois-ci. Je suis donc partie.

— Et hier au soir?

Hier au soir.

Mon regard se perd de nouveau au loin.

— Hier au soir, Eliott voulait me parler d'une ancienne histoire.

— De ce secret vieux de cinquante ans.

— Oui. Le décès de Tommy le troublait. Il était perturbé et, sans bien comprendre pourquoi, il avait peur. Il était heureux de me revoir et avait confiance en moi. Il m'a demandé de venir le rejoindre chez lui pour, en quelque sorte, se confesser.

Le visage de Léo devient sérieux. Je me plante devant la fenêtre. La tempête fait rage. Il ne doit pas faire bon être dehors.

— Un rapport avec l'achat des terrains par Ronald?

— Non. Aucun.

— Autre chose, alors?

— Oui. Plus ancien et plus grave encore.

— Plus grave? Raconte.

Je hoche la tête et prends une profonde inspiration.

— Je t'ai dit qu'au tout début, ils étaient cinq sonneurs. Mais en fait, c'est faux. Ils étaient six.

— Six?

— Oui. Duncan, Tommy, Ronald, Eliott, Angus, mais aussi un certain Wallace Wilson. C'est le… c'était le fils d'un métayer de George. Je t'ai déjà parlé d'Allan. Finlay veut l'expulser de sa ferme.

— Oui, je me souviens. Il a un frère ?

— Avait. Ils étaient jumeaux. Un garçon turbulent qui aimait beaucoup boire, sortir et s'amuser. Son rêve était de parcourir le monde. Tout le contraire de son frère. Allan était travailleur, casanier, comme son père dont il portait le prénom. Il gère un gros élevage de moutons.

— D'accord. Et pourquoi *était* ?

— J'y viens. Les garçons avaient pour habitude de se réunir dans la crypte du manoir. L'ambiance répondait à l'esprit glauque des adolescents qu'ils étaient à l'époque. Je te passe les détails. Chandelles sur les cercueils. Whisky qui coule à flots. Signes kabbalistiques. Enfin, le décor classique pour des gamins qui aiment se faire peur. On vit très vieux, en général, chez les MacLitha, aussi plus personne ne descendait là-dedans depuis belle lurette !

Il s'abstient de me faire la réflexion que mon mari a dérogé à cette règle, et je l'en remercie en hochant la tête. Dehors, la neige continue à tomber en rafales, nous isolant du reste du monde.

Une ambiance qui prête à confidence.

— Un jour, ils ont découvert un passage secret, derrière une stèle. Une vieille légende racontait qu'un trésor se cachait dans les souterrains, qui partaient du manoir pour se perdre dans la campagne. Ils auraient servi, selon les dires, à abriter les villageois durant la rébellion jacobite, en 1745. Mais aussi à y planquer des objets de valeur.

— Le lien avec nos jeunes ?

— Ils se sont engagés dans le tunnel. Sauf qu'ils avaient bu. Ils n'ont pas pris conscience du danger. La construction n'était plus fiable. Wallace marchait en tête.

— Et la voûte s'est effondrée.

— Oui. Emprisonnant Wallace sous d'énormes pierres. Il gémissait encore. Les autres ont tenté de le sortir de là, mais, sans outils, c'était impossible. Et partir chercher de l'aide ne leur paraissait pas concevable. Ils avaient trop peur de ce qu'on leur dirait. Leur éducation n'avait rien de permissif. Ils vivaient dans la crainte du châtiment. Souvent corporel. Alors, par trouille des conséquences, ils ont… assisté Wallace jusqu'à son dernier souffle.

Léo, brusquement, se lève. Il me rejoint et se plante face à moi.

— Ils n'ont rien fait ?

— Non. La version officielle a été que Wallace en avait marre de l'Écosse. Être fermier, comme son père et son frère, ne l'intéressait pas. Il voulait voyager. Tout le monde savait ça. Alors, le groupe se serait cotisé et lui aurait payé un billet d'avion pour le Brésil. Après une dernière bringue, il serait parti, avec l'aide de ses copains de toujours.

Je me tais quelques secondes.

— Les garçons se sont fait engueuler, mais ce n'était rien par rapport à ce qu'ils auraient pu subir, si cette mésaventure avait été ébruitée.

— Et il n'y a pas eu de recherches effectuées ? Il ne devait pas y avoir de trace de lui à l'aéroport, puisqu'il n'y est jamais allé ? Pas de billet acheté non plus.

— On était à la fin des années 1970. Pas d'Internet. Pas de regroupement d'informations au niveau de la police. Ici, la majorité est à 16 ans. Les frères Wilson venaient de fêter leur anniversaire. La disparition subite de Wallace a paru logique à tout le monde. Il était adulte et avait, depuis longtemps, annoncé son départ. Il pouvait réaliser ses rêves. Même son jumeau a trouvé son absence cohérente.

— Je comprends. Et les autres ont conclu un accord ?

— Oui. Ils en portaient tous la trace au bras gauche. Un pacte signé par un mélange de sang, comme le font les gamins qu'ils étaient alors.

Comme si révéler cette histoire à quelqu'un m'épuisait, je m'assois, finalement, sur le rebord du lit. Et quand je parle de *m'asseoir*, je devrais plutôt dire que *je me laisse tomber.*

— Imagine un peu la trouille de ces adolescents, dans l'obscurité d'un souterrain écroulé, qui attendent que leur ami rende l'âme ?

— C'est glauque.

— Oui, c'est glauque. Ils en sont tous sortis traumatisés.

— Il y a de quoi. Et Eliott t'a raconté ça, lorsque tu l'as rejoint ?

— Oui. Il trouvait étrange que le corps de Tommy ait été retrouvé chez Ronald. De plus, il se sentait épié. Mais il m'a fait jurer de ne pas divulguer cette histoire. Allan est encore en vie. C'est pour ça que je ne me suis pas confiée à toi tout de suite. Mais là, j'ai bien réfléchi…

Je n'ai pas besoin de dire la suite. Léo a compris.

— Quelqu'un du groupe serait en train d'éliminer tous les autres, un à un ? Mais pourquoi ?

— Peut-être par vengeance. Peut-être parce qu'il y avait autre chose, que je ne sais pas.

*

Si nous comptons bien, il ne reste que deux possibilités pour trouver le coupable. Angus, notre antiquaire de service, toujours à fouiner pour découvrir des objets de valeur, et Ronald, qui veut reconstruire une belle distillerie en dehors de la ville. Que pouvait contenir ce souterrain, qui fait que, cinquante ans après, il faille que l'un d'entre eux élimine les autres pour obtenir ce qu'il espère ?

— Tu as pensé à Allan ?

— Allan ne sait rien. Eliott me l'a confirmé.

— D'accord. Alors, imagine que l'un d'eux soit retourné sur les lieux de l'accident. Et qu'il ait trouvé quelque chose d'important. Quelque chose qui va changer sa vie. Il ne veut pas que ses amis découvrent quoi. Pour qu'ils ne se doutent de rien, il les évince un par un.

— Ton idée est bonne. Mais tu oublies qu'à force, les autorités vont se poser des questions. Un groupe dont les membres meurent les uns après les autres. Que se passe-t-il lorsqu'il n'en reste plus qu'un ?

La phrase « *il n'en reste plus qu'un* » me fait penser à une comptine que les enfants chantent, lorsqu'ils souhaitent sélectionner quelqu'un. Ils commencent par *ploum-ploum*.

Cinq petits cochons pendus au plafond,
Tirez-lui la queue, il vous pondra des œufs.
Combien en voulez-vous ?

Je fredonne sous le regard incrédule de Léo.

Il me dit :

— Dans la cour de récréation, je me souviens qu'il y avait des filles qui jouaient à ça.

— Celui qui restait était le *chat*.

Mais ma pensée ne s'arrête pas là. Elle erre vers d'autres sphères. Vers d'autres idées.

— *Cinq petits cochons*, c'est aussi le titre d'un roman d'Agatha Christie.

— Oui, je crois.

— C'est certain !

Je pousse un profond soupir et me gratte la tête en fronçant les sourcils.

— Poirot y élimine un à un les pseudo-coupables d'un crime très ancien.

— Oui, mais il ne les tue pas ! rigole Léo en enfilant un anorak épais.

Il complète la panoplie de gants de laine, d'une écharpe et de son bonnet rouge qui m'amuse tant. Un premier pas vers la plus belle barbe de Santa Claus !

— Tu as raison de bien t'équiper.

— Ben, quand tu regardes le temps dehors, ça ne te donne pas envie de sortir à poil ! En plus, les cryptes, c'est toujours des endroits à courant d'air où l'on attrape la mort !

Il se marre tout seul de son bon mot et finit de se harnacher pour notre expédition.

D'un commun accord, nous avons décidé de braver les éléments en nous rendant au mausolée de la famille MacLitha. Il se trouve au fond du parc, à l'abri des regards.

C'est une petite construction qui date de la même époque que le manoir. Elle en a d'ailleurs les colonnades et le fronton, un tantinet d'inspiration grecque. Une lourde porte ajourée, en bois sculpté, en marque l'entrée.

Lorsque nous avons décidé d'y aller, j'ai remercié mon mari défunt de ne pas avoir choisi ce lieu de sépulture pour dernière demeure.

... mais après tout, je sais maintenant qu'il avait ses raisons...

— Oui, c'est certain ! dis-je en reprenant ma conversation avec Léo, interrompue par des détails vestimentaires. Poirot ne tue pas les suspects. Par contre, dans *Ils étaient dix*, toujours de la même autrice, l'assassin se cache parmi les victimes.

Tattooed Man suspend un instant son geste et reste le pied en l'air, encore en dehors de sa botte d'hiver.

— Oui ! Tu as raison !

Je trépigne.

— Le meurtrier pourrait donc être, d'après toi, Tommy ou Eliott ?

Sans trop comprendre pourquoi – ou, au contraire, en le sachant trop bien ! –, j'élimine Eliott. Trop gentil, à mon sens, pour échafauder un tel plan. Pas assez machiavélique.

Je me revois, l'avant-veille (déjà !), assise auprès de lui, sur la banquette, au fond de son pub désert, dans la pénombre. Seuls les restes mourants d'un feu de bois nous éclairaient.

C'était romantique à souhait !

Il me tenait la main, puis, de temps en temps, m'embrassait la paume. Il me disait que j'aurais dû venir vivre avec lui, après le décès de Duncan. Que nous aurions eu une existence agréable, tous les deux, à un âge où la passion s'éteint, mais où la complicité perdure !

Je l'encourageais à passer son bras autour de mes épaules. Il effleurait ma tête de sa tignasse bouclée. Puis caressait ma joue, avant de chercher mes lèvres pour un bien chaste baiser.

Retrouvailles reposantes après l'accrochage que j'avais eu avec Léo.

J'étais bien.

Charmée par l'instant, je me laissais séduire. Portée par l'ambiance apaisante. Par la douceur du moment.

Il avait préparé, en mon honneur, un cranachan[1]*, mon dessert préféré, en s'excusant pour les framboises congelées – nous sommes en hiver, disait-il.*

Il me disait aussi...

… QU'IL ÉTAIT MORT DE TROUILLE !

Je secoue la tête.

— Eliott avait peur ! Il ne peut pas être le coupable ! Et puis, ce n'était pas son genre. Il ne m'aurait pas invitée pour me raconter des bêtises.

Léo grimace en se rappelant mon escapade chez le tenancier du pub.

— Je vois…

1. Dessert typiquement écossais composé de flocons d'avoine toastés, de crème, de whisky, de miel de bruyère et de framboises.

Que voit-il, le bougre ?

Non, je préfère ne pas imaginer ce qu'il visualise, sur l'instant.

J'incline la tête et je répète, en articulant bien, pour le cas où il n'aurait pas compris le sens de ma phrase :

— Eliott m'a confié qu'il avait peur d'être le suivant. Il reste donc Tommy, si on s'en tient à notre supposition.

Tommy, l'être le plus effacé qu'il m'ait été donné de rencontrer ? Souvent en retrait. Toujours gêné. On ne lui connaissait aucune conquête féminine, sans pour autant lui en attribuer de masculines. Non ! Tommy ne vivait, ne pensait, ne respirait que pour la pâtisserie. La farine était son credo. Les œufs montés en neige, son expédient. Il sniffait l'extrait de vanille comme d'autres de la coke, et se vautrait dans le sucre comme certains dans la luxure.

— Pas Tommy non plus.

Soudain, je me rends compte que ma brillante déduction ne tient pas la route.

— Il ne reste plus que toi, alors, *my darling lady Mary.*

Léo pense faire de l'humour. Irritée, j'ordonne :

— Magne-toi, Léo ! On va à la crypte.

… tout en m'apercevant que mon compagnon est prêt, alors que je n'ai pas encore enfilé le moindre vêtement chaud !

Un coup d'œil vers l'extérieur. La météo n'encourage pas les escapades. Pourtant, je sais que pour Tommy et pour Eliott, je dois m'y rendre !

11

Repose en paix

La porte craque, gémit douloureusement, mais s'ouvre.

Nous descendons la volée de marches glissantes, chacun muni d'une lampe de poche. En contrebas, l'intérieur ressemble à une chapelle, avec un plafond voûté. Entre les colonnades qui retiennent des alcôves, des cercueils sont enfermés dans des tombeaux en pierre.

Des noms et des dates. Je pense à nouveau à Duncan, qui a choisi le calme du petit cimetière de la ville. Bien loin du lieu de l'accident de Wallace.

Dans le fond de la pièce, des restes d'anciennes agapes subsistent.

— Personne ne vient jamais ici, constate mon compagnon.

— En même temps, il faut avoir quelque chose à y faire.

Il me regarde malicieusement, tout en lisant une inscription au-dessus d'une stèle. Son expression narquoise est amplifiée par le halo de ma lampe.

— Encore un Angus ! C'est celui qui me tire les pieds, la nuit, dans ma chambre ?

— C'est ça !

Je sais que cet humour masque son appréhension. En fait, nous sommes là, mais nous n'avons aucune idée de ce que nous allons trouver.

— Regarde.

Avec un mouvement de sa torche, il me montre un passage, derrière le sarcophage en pierre du fameux Angus. Un interstice m'apparaît dans la lumière blanche. Un accès resté entrouvert, que l'on remarque à peine.

Un courant d'air s'y infiltre et nous chatouille le nez. Il est accompagné d'une odeur forte d'humidité et de moisissure.

— Le souterrain ?

Je fais le point. Soit cet accès n'a pas été clos depuis près de cinquante ans… soit – et cela me semble plus probable – quelqu'un l'emprunte et ne prend même pas la peine de le refermer.

Déjà, Léo a bloqué le manche de sa lampe sous son menton, et de ses deux mains tire sur la paroi en pierre qui obstrue le passage secret. Il force en glissant ses doigts dans l'entrebâillement.

L'ouverture cède dans un crissement digne d'un film d'*Indiana Jones*, et laisse libre l'entrée d'un couloir voûté.

— Tu as lu *Le Club des Cinq* ?

— Oui, et *Les Six Compagnons* aussi. Un groupe de gamins qui vivaient à la Croix-Rousse, à Lyon.

— Eh ben ! On y est !

Mon Commandant sans nom ne peut retenir un éclat de rire, qui résonne entre les murs de pierre.

— Tu es au courant que, sous la Croix-Rousse, il y a d'étranges souterrains ? Les Arêtes de poisson[1]. Un endroit très mystérieux.

— Non, je ne savais pas.

Comme il tient toujours le bloc, je me glisse la première.

— Regarde, il y a un caillou, au sol, qui empêche la fermeture complète.

— Quelqu'un passe ici souvent !

— À moins que cela date de l'époque du groupe de Duncan.

Je grommelle un *mouais*.

— Cette histoire remonte à la fin des années 1970 !

— Peut-être. Mais tu as vu, comme moi, qu'il reste encore les traces des beuveries qui se déroulaient dans la crypte.

Beuveries. Je n'aime pas vraiment le mot.

Je le lui dis et il rigole, une nouvelle fois :

— T'inquiète, je ne suis pas en train de suggérer que ton mari faisait partie d'un groupe de dégénérés lubriques, qui appelaient les démons et sacrifiaient de jeunes vierges sur la stèle du vieil Angus !

— Léo !

Je vais râler, quand un obstacle nous bloque le passage. Nos deux lampes se braquent vers une masse composée de pierres et de terre mêlées. La voûte, au-dessus, n'existe plus, laissant apparaître la roche brute.

---

1. Les Arêtes de poisson, ou réseau des Fantasques, sont des souterrains emblématiques des pentes de la Croix-Rousse à Lyon (cf. www.patrimoine-lyon.org). Elles doivent leur nom à leur forme particulière et restent très mystérieuses.
Voir « Le labyrinthe des Femmes », de la même autrice, chez Le Livre de Poche.

Un long frisson m'envahit et je bredouille :

— Tu crois que c'est là ?

Je sous-entends que cet amas disparate pourrait être la dernière demeure du pauvre Wallace, enseveli sous cet amoncellement. Léo me conforte dans ma supposition et je sens sa main se poser sur mon épaule.

— Par contre, constate-t-il, ça m'étonnerait qu'il soit encore dessous. Regarde. Un passage a été dégagé. On peut continuer. Or tu m'as dit qu'après l'éboulement, les garçons ne pouvaient plus progresser dans le conduit.

— En même temps, je n'y étais pas.

— C'est vrai.

Eliott m'a rapporté cette histoire dramatique, mais peut-être ne m'a-t-il pas tout raconté. Toutefois, une déduction s'impose de plus en plus à nous. Quelqu'un vient ici. Quelqu'un qui aurait offert à Wallace une sépulture plus digne.

D'un commun accord, nous décidons de poursuivre notre chemin. Le goulet continue, et après plusieurs virages, nous pensons atteindre la sortie. Au bout, la lumière est faible, à cette heure tardive et compte tenu de la météo, mais l'air frais qui nous parvient nous indique que l'issue est proche.

— Pas possible !

— Qu'est-ce qu'il y a ?

Je viens de comprendre où débouche le souterrain.

— L'arrivée se fait dans la fontaine de la source du Cerf d'Or.

En me retournant, je saisis le regard interrogatif de mon compagnon d'aventure.

— Angus t'a raconté l'histoire. Souviens-toi. Duncan, premier du nom, blessé dans une clairière.

— Ah oui ! Le cerf aux bois d'or qui gratte le sol pour faire surgir une source qui guérit.

— C'est bien ça ! Au XVIIIe siècle, un captage a été construit et une fontaine en pierre a vu le jour. Ce passage date sans doute de la même époque.

Le bruit chantant du ruissellement qui s'écoule parvient à nos oreilles.

— Elle ne gèle jamais ?

— Non. C'est une source qui provient des volcans proches, dont le Glencoe.

Devant nous, une vieille grille rouillée, d'à peine la largeur d'un corps, clôt le boyau. Nous la poussons et franchissons, non sans mal, l'ouverture.

— Bordel ! jure Léo.

En rampant pour sortir, nous venons de nous faire arroser par le jet ininterrompu de l'eau qui jaillit du goulet et se brise sur une pierre plate, avant de se déverser à travers une tranchée.

— J'n'avais pas besoin d'une douche ! rouspète-t-il, en s'extirpant de la cavité qui abrite le captage.

Il chasse les gouttes qui glissent sur le tissu déperlant de son anorak et s'ébroue comme un chien après un bain forcé. Je l'imite. Heureusement, nous sommes bien équipés, ce qui nous évite de grelotter.

Notre découverte me surprend. Dire que, des centaines de fois, je me suis promenée dans cette clairière, sans me douter qu'un souterrain partait de la fontaine pour se diriger vers le manoir.

— J'y amenais jouer les enfants. Ils adoraient le fronton décoré de bois de cerf dorés. Et moi, je trouvais l'endroit tellement reposant.

— Il l'est.

C'est vrai que le paysage, autour de nous, est féerique. Les pins sylvestres, recouverts de givre, ploient sous le poids de la glace, alors que la neige brille sous la lumière rasante de la fin de journée.

— Cette clairière et cette forêt attestent du passé des Highlands. Elle a été sauvée par les ancêtres de Duncan, qui se sont battus pour qu'elle soit préservée. Les coupes de bois, l'élevage intensif des moutons, mais aussi le nombre important des cerfs qui mangent les jeunes pousses font que beaucoup d'arbres, au fil des siècles, ont disparu.

— Bel héritage.

Je lui souris. Ce pays, je l'ai quitté, mais je l'aime. Il a été ma vie pendant quatre décennies. Je n'ai pas encore vécu autant de temps en France… et je ne sais pas si j'y parviendrai.

— Comment s'est passée ton arrivée ici ? Je n'ai jamais osé te poser la question.

Bien que nous nous éloignions du but de notre expédition, j'accepte de répondre à Léo. L'endroit, sans doute, baigné par le murmure de l'eau et le craquement des branches, m'incite à la confidence.

— J'avais 17 ans, comme tu le sais déjà, et je ne parlais pas un mot d'anglais. Enfin, je baragouinais ce que j'avais appris depuis le collège. Mais pas grand-chose. Je n'étais pas douée. En plus, il y avait l'accent et la moitié des termes en gaélique ! Je n't'explique pas ! Heureusement, Duncan s'exprimait pas mal en français. Il se rendait à Aubigny-sur-Nère, avec son groupe, depuis qu'il avait 15 ans.

Dans un geste instinctif, il me saisit la main.

— Et tu n'avais pas peur de l'inconnu ?

— J'étais morte de trouille, tu veux dire ! Mais l'adolescence permet tout !

— Et lorsque tu es arrivée dans la famille ?

J'éclate de rire.

— *Oh my god !* Comme ils disent ici. Une gosse qui débarque dans un manoir et qui ne parle pas anglais ? Une tornade dans un monde bien rangé ! Même Suzy m'a toisée d'un sale œil. Elle m'a prise pour une intrigante qui louchait vers le titre et le statut de son fils. Elle et George avaient quelques demoiselles de bonne famille en tête pour marier leur unique rejeton. Alors, le voir réintégrer le bercail avec une gamine dans ses bagages… Ils ont crié au scandale, tu t'en doutes bien !

— Et il a pu tout de même t'épouser ?

Je hausse les épaules.

— L'honneur, mon cher ! L'honneur. Duncan leur a fait croire que j'étais enceinte. Et hop ! Pas de cérémonie en grande pompe. On a été unis, comme on dit, dans l'intimité.

Le souvenir de cette période ravive en moi une belle émotion. J'ai été folle de partir, ainsi, vers l'inconnu. Mais quel bonheur d'être tombée sur quelqu'un d'irréprochable !

— Tu te rends compte, maintenant, qu'il aurait pu t'arriver tout et n'importe quoi ?

— Bien sûr ! J'ai eu de la chance. Mais je préfère croire que mon destin était écrit et que je n'ai fait que le suivre.

Je marque une pause.

— Voilà ! Tu sais tout.

Mon Commandant sans nom lâche ma main pour ramasser de la neige qu'il tasse entre ses deux paumes. Je sens que je vais recevoir la boule effectuée, alors je me décale.

— Pas encore. Tu étais enceinte de Finlay ?

La boule part et je l'évite.

— Même pas ! Duncan et moi, lorsque nous avons fui ensemble, n'étions pas… enfin, nous n'avions rien fait. Il était très pratiquant et j'étais la femme de sa vie. À l'époque, on ne rigolait pas avec les principes. Aussi, comme le mariage était possible, nous avons attendu ce moment pour…

— Tu étais vierge !

Je rougis.

— Oui. Duncan a été le premier… et seulement après que je sois devenue son épouse. C'était un gentleman. En plus, la situation l'amusait. Berner ses parents lui plaisait beaucoup, je dois le reconnaître.

— Et eux ? Ils ont réagi comment ?

— Le mal était fait… et nous avons pu leur donner, un peu plus tard que prévu, mais quelques mois après tout de même, leur premier héritier !

Doucement, je me tourne vers Léo. Une idée a surgi.

— Et si tous ces souvenirs étaient liés ?

— Comment ?

— Je ne sais pas… Il y a décidément beaucoup trop de mobiles possibles à ce double meurtre. D'abord la vétusté de la distillerie. Puis les terrains que Ronald convoitait. Ensuite, la mort de Wallace. Et maintenant, mon histoire avec Duncan qui me revient à l'esprit, comme si elle avait de l'importance.

Un regard vers le ciel.

— Viens, on rentre. Il va faire nuit.

*

Notre escapade nous a frigorifiés, et nous nous réchauffons autour d'une tasse de thé pour moi, et d'un café pour Léo.

— Tu dois remercier Bonnie, qui a pensé à toi en faisant les courses !

Lorsque nous avons terminé, nous sortons de la cuisine où nous nous sommes rendus à notre retour pour nous diriger vers le salon.

Un bon feu brûle dans la cheminée. Un couple de touristes, ceux de Kate, arrivés dans l'après-midi, occupe déjà les lieux. Ils sirotent un whisky et nous en proposent un.

— Good... good... nous dit l'homme et agitant son pouce en l'air, afin de nous faire comprendre que ce breuvage est béni des dieux.

Nous prend-il pour des vacanciers, tout comme lui et sa compagne ? Sans doute, car, dans un anglais plus qu'approximatif, il nous apprend qu'il apprécie tout autant le manoir que l'alcool fourni.

J'imagine la tête de George, qui a dû planquer son quarante-cinq ans d'âge pour ne laisser à disposition qu'un modeste treize ans (moins, ce serait faire injure à l'honorabilité de la famille).

Nous acceptons volontiers l'invitation de notre couple, fort sympathique, d'Asiatiques. Tous les deux tentent de nous expliquer la difficulté qu'ils ont eue à obtenir un visa, mais aussi le plaisir qui découle de leur longue démarche en découvrant un endroit si dépaysant.

— Ghost… Loch Ness… Nessie… good… good… wheskey… Chreestmus (à traduire par Noël) … good… good…

Je glisse à mon compagnon :

— Tu sais qu'ici, on ne donne pas un verre de lait au père Noël pour le réconforter…

— … mais un peu de whisky ? complète-t-il.

— Une véritable institution !

Quand nous les quittons, je confie à Léo qu'il est toujours intéressant de discuter avec des inconnus. Ce qu'il me confirme, alors que nous choisissons sa chambre pour servir de lieu à notre briefing.

En fait, ma chambre, je la partageais avec Duncan, et j'ai du mal à y inviter un autre homme, même si ce n'est que pour faire le point. S'y trouvent ses vêtements, dans la partie du dressing qui lui était attribué, et les livres qu'il aimait, sur le manteau de la cheminée. J'ai eu beau regrouper, depuis mon retour, le plus grand nombre de ses effets dans une caisse, et mettre cette dernière dans le placard, n'en reste pas moins sa présence constante.

— Tu aurais dû changer d'endroit, me glisse Léo, alors que je lui explique pourquoi mon choix.

— Peut-être. Ou pas. Peut-être est-ce un moyen pour moi de boucler la boucle. De clore cet épisode de ma vie.

Je lui souris.

— Je te rassure, il n'est pas mort là. Je ne suis pas macabre à ce point. Son lit médicalisé avait été placé dans un des salons, afin de permettre à tous de venir le voir ou de le soigner sans me déranger.

Deux petits fauteuils sont disposés devant la fenêtre. Le crépuscule étire sa luminosité étrange, auréolée par la neige dans laquelle elle se reflète. On dirait que, trop tôt disparu du ciel, le soleil rechigne maintenant à s'éclipser à l'horizon, dessinant un trait violet mouvant. Des particules d'un sublime vert émeraude dansent au-dessus pour former un panorama aux couleurs magnifiques.

— Une aurore boréale !

— Je n'en ai jamais vu ! Quel superbe tableau !

Nous nous installons, et, durant de longues minutes, nous regardons le jeu de la nature, sans parler. Soudain, j'ai un sursaut, un peu comme si je me réveillais.

— Un tableau ! C'est ça ! Un tableau ! Il nous faut un tableau !

Ah, mon tableau ! Léo éclate de rire, tant ma remarque lui ramène des images en mémoire. Jules et lui, dans mon salon, qui se prennent pour des cowboys. Les fruits de notre corbeille, dans la cabine du *Divin Horus*, lors de notre croisière en Égypte. Et pour finir, les feuilles d'un bloc-notes, que nous avons scotchées au mur, pour y écrire dessus !

Que de souvenirs nous commençons à avoir en commun !

Je lui lance un regard affectueux. Même si nous avons eu des accrochages (mais qui n'en a pas ?), il est entré doucement dans ma vie, et depuis n'en est plus ressorti.

— On peut en inventer un ! propose-t-il avec enthousiasme.

— Oui, mais avec quoi ?

D'une œillade circulaire, il fait le tour de la pièce. Des tableaux de maîtres… heu, non… peut-être pas ! Une tapisserie aux arabesques colorées. Trop chargée ! Le parquet blond ?

Je glousse :

— J'imagine la tête de Kate si on gribouillait sur son précieux sol en point de Hongrie.

Soudain, j'ai une idée. Je lance :

— Je reviens tout de suite !

Sans plus d'explications, je me précipite dans le couloir.

James. James a toujours des solutions.

Et il en a, en effet !

Quelques minutes après, je suis de retour dans la chambre avec une plaque en bois, que je pose en équilibre entre nous, sur un guéridon contre la fenêtre.

— Il y a même un boulier !

Je jubile, alors que Léo hoche la tête, amusé.

— C'était à Duncan quand il était petit !

— Et personne ne jette jamais rien ici ?

Avant de lui répondre, je fais un geste large du bras :

— Oh, mais il y a de la place ! Alors, pourquoi mettre à la poubelle ?

— En effet, me rétorque mon voisin avec une mimique dubitative. On se le demande.

— En attendant, j'ai trouvé un tableau. Et des craies !

Je sors de ma poche mon précieux trésor.

— Tu en veux une ?

Cette fois-ci, Léo éclate carrément de rire :

— Elles étaient aussi à Duncan ?

Duncan, rappelons-le, qui aurait plus de 65 ans !

— Sans doute...

Mais déjà, je ne l'écoute plus et trace – comme j'aime le faire, il faut bien l'avouer – des patates dans lesquelles j'écris des prénoms. On y trouve, pêle-mêle, Wallace, Eliott, Tommy, Duncan, Ronald, Angus, et même Fiona.

On ne sait jamais, autant faire les choses en grand !

— Résumons...

— Oui, ce serait bien ! se moque mon compagnon en découvrant mes talents limités pour le dessin.

— Nous avons Wallace, qui décède d'un bête accident, alors qu'avec ses amis, il recherchait un trésor dans un vieux souterrain. Puis, près de cinquante ans plus tard, nous avons Tommy retrouvé chez Ronald, et ensuite Eliott, qui disparaît à son tour... chez Tommy. Bizarre, non ? Tu ne trouves pas ?

— Oui. C'est vrai.

Je poursuis.

— Duncan, lui, nous a quittés de mort naturelle. Il est hors jeu. Donc la question que l'on peut poser, c'est : y aurait-il quelqu'un qui voudrait punir les responsables de la fin tragique de Wallace, si longtemps après ? Mais pourquoi si tardivement ? Et qui pourrait le faire ?

— Oui, à mon sens, ce serait la proposition la plus logique : l'affaire Wallace. Je n'adhère pas trop à cette histoire de terrains. Que le groupe ait caché la mort d'un de leur copain et que quelqu'un cherche à se venger me paraît l'explication la plus plausible.

Nos petites cellules grises – comme dirait un héros de livre très connu – s'activent à la vitesse grand V.

— Il y a aussi le fait que tout cela corresponde avec ton retour en terre écossaise.

— J'en conviens. Et ça me perturbe assez, sois-en certain !

— Parce que tu n'es pas la coupable ?

— Oui ! Comment peux-tu en douter ?

Sournoisement, je lui rappellerai bien qu'il a émis un temps l'hypothèse que, dès mon arrivée, je me serais tapé Tommy contre des *shortbread*, avant d'en faire de même avec Eliott, en souvenir du bon vieux temps. Ou contre un *cranachan,* incontestable roi des desserts écossais, au choix.

Quelle fieffée gourmande, je fais !

Ensuite, une fois mes douceurs avalées, en balancer un dans les flammes d'une vieille distillerie imbibée jusqu'à la moelle, et l'autre dans une plonge remplie de lait n'aurait plus été qu'une formalité à accomplir. Cela va de soi !

Toutefois, je m'abstiens d'en faire la remarque. Nous avons signé un traité de paix, et même si nous ne l'avons pas ratifié avec notre sang, comme le groupe des amis de Duncan, jadis, je n'ai pas envie de polémiquer.

— Sérieusement, qui ressortirait une histoire du passé tout en me faisant porter le chapeau ?

Léo me contemple avec le regard de celui qui sait très bien à quoi je viens de penser. Nous devenons trop proches, tous les deux. Comme des âmes sœurs qui n'ont plus besoin de communiquer, car elles perçoivent les ressentis de l'autre.

— Je ne m'excuserai jamais assez de ce que j'ai pu te dire.

J'avais donc raison !

— C'est bon ! Là n'est plus le propos... Réfléchis plutôt et aide-moi à comprendre.

Il acquiesce et, avec sa propre craie, dessine deux bonshommes bâtons sur le tableau.

Aussi doué que moi !

— Tu ne m'as pas raconté que Wallace avait un frère jumeau ?

— Si Allan Junior. Il est métayer sur le domaine. Mais Allan n'a rien à voir dans cette histoire.

— Pourquoi en es-tu si sûre ?

Tout en fronçant les sourcils, je marmonne :

— Disons, parce qu'il ne sait pas que Wallace est mort.

— OK. Et s'il l'avait découvert ?

— Comment ?

— Peut-être en trouvant l'entrée du souterrain. Tu es d'accord, quelqu'un y va. Il a calé la porte secrète et déblayé l'éboulement. Le corps n'y est certainement plus. Qui mieux qu'un jumeau peut faire ça ? À part un père ?

— Le vieil Allan est mort il y a quelques mois. Finlay me l'a dit l'autre jour.

— Donc, il reste le frère.

La réflexion de Léo n'est pas sans logique, mais j'ai du mal à croire qu'Allan Junior puisse venger son frère après en avoir recueilli le squelette. Et même s'il avait trouvé le corps, comment aurait-il été certain qu'il s'agissait bien de son jumeau ? Je lui en fais la remarque.

— Je ne sais pas. C'était la mode des gourmettes en argent, pour les hommes, avec le prénom. Il en portait peut-être une. Ou il avait une marque distinctive.

— Et pourquoi orienter les soupçons sur moi ? Je ne lui ai rien fait.

Je me tais un court instant, puis soudain je bondis de mon siège.

— Attends… attends… Finlay m'a dit qu'Allan ne payait plus son métayage depuis plusieurs années. Il allait le voir pour ça. Imagine que la situation lui fasse péter un câble. Ses ancêtres élèvent des moutons ici depuis autant de temps que le clan de MacLitha s'est installé sur les terres. Et là, il est menacé d'expulsion. Alors, pour se venger, il tue tous les protagonistes du groupe de Wallace…

— … et comme Duncan est mort, il profite de ton arrivée pour te toucher à sa place.

— Pourquoi pas ?

Est-ce que notre hypothèse se tient ? Je n'en suis pas très sûre. Mais le meilleur moyen, c'est encore d'aller rendre visite à Allan, notre nouveau suspect.

— On y va demain ?

Léo me tape dans la main.

— On y va demain !

*

Le lendemain nous accueille avec un épais manteau blanc. Dans le parc, Ruby retrouve son enfance encore proche en édifiant un magnifique bonhomme de neige, alors qu'emmitouflés comme des Bibendum, nous mettons avec précaution un pied dehors.

— Vous allez où ?

— Chez Allan.

Elle arrête de rouler l'énorme boule qui formera la tête, et nous regarde, étonnée.

— Pourquoi ?

— Oh ! Rien. Je fais visiter le domaine à Léo.

— Avec cette météo ?

— Tu es bien là, toi ?

— Hum… c'est vrai.

Peu intéressée, en fait, par notre escapade hivernale, elle retourne à son activité en nous souhaitant une belle promenade.

Belle promenade, c'est vite dit !

Difficile de ne pas grelotter. Ai-je déjà confessé que j'étais frileuse ?

Dans son bureau – les animaux étant à la bergerie avec le temps qu'il fait –, Allan nous reçoit un peu vertement. Me revient à l'esprit que mon fils est passé par là, il y a peu. Je ne pense pas que l'entrevue se soit bien déroulée.

En deux mots, nous lui expliquons que nous trouvons les décès de Tommy et d'Eliott surprenants et que nous aimerions aider la police pour en retrouver l'auteur.

Il pâlit. C'est un grand gaillard, barbu et chevelu – comme beaucoup d'hommes par ici – le torse large, les bras musclés, aguerri à la vie au grand air et aux épreuves des Jeux des Highlands[1]. Pourtant, nous l'inquiétons.

— Vous ne croyez tout de même pas que c'est moi !

1. Jeux, organisés généralement de mai à fin septembre, comprenant notamment le tir à la corde, le lancer de troncs d'arbres, la course jusqu'au sommet d'une colline ou le haggis hurling (lancer de haggis).

— Non.

— J'ai assez de soucis avec votre fils sans m'en créer d'autres.

— Nous en convenons, affirme Léo.

Allan le détaille, surpris de voir un inconnu chez lui. Je le rassure :

— C'est un ami français.

— Ah… je me disais bien que l'accent n'était pas banal.

Il finit par nous offrir un sourire timide et nous propose un café. Mon Commandant sans nom jubile de plaisir. Enfin un type qui ne lui refile pas un thé !

Tout en posant une tasse devant nous, il nous invite à nous asseoir. Nous lui demandons s'il sait où se trouve son frère jumeau.

— Wallace ?

Il baisse la tête et dit :

— Sa fugue, à l'adolescence, a été difficile. Mon père, en vieillissant, racontait volontiers qu'il était mort. Mais ma mère refusait cette théorie. Jusqu'à la fin, elle a toujours espéré recevoir une carte postale d'Amérique du Sud. Un mot qui lui aurait confirmé que son gamin allait bien. Mais rien… jamais rien…

Ces mots me ramènent à ma propre expérience. Après mon exil en Écosse, je n'ai jamais revu mes parents. Mon cœur se serre. Après le décès de ma mère, mon père m'avait écrit qu'il considérait que je l'avais tuée.

Mais c'est bien loin tout ça !

— Et puis il est mort, lui aussi, il y a quelques mois, et il y a eu ce…

Il se tait. On dirait qu'il se demande, soudain, si sa confession est légitime.

— Ce ? insiste doucement Léo.

Le regard d'Allan se pose sur lui. Il paraît apprécier mon compagnon. Lui, au moins, n'a aucun lien avec la menace d'expulsion qui plane sur son exploitation agricole.

— Un testament. Plutôt un document écrit, qu'il a communiqué à notre notaire et que ce dernier m'a lu, après son décès.

Nous nous concertons en silence. Pouvons-nous nous permettre de lui demander ce que contenait ce texte posthume ? Allan semble comprendre notre réticence, et c'est de lui-même qu'il décide de se confier.

— Je veux que les choses soient claires. C'est pour cette raison que j'accepte de vous en parler. Je ne suis pour rien dans ces meurtres ! Même si ce que je vais vous révéler va vous pousser à croire le contraire.

Il se tait et boit d'un trait son café. Il grimace. A-t-il oublié, sous le coup de l'émotion, de le sucrer ?

Mary ! Concentre-toi !

Bon, je le trouve lent, notre potentiel suspect, qui nous annonce, avant de parler, qu'il est innocent. Nous ne l'avons pourtant pas encore accusé !

Bizarre.

J'entends en fond sonore le bêlement des brebis qui trépignent, car le mauvais temps les tient enfermées. Finlay aimait bien venir ici, lorsqu'il était petit. Maintenant, le voilà qui menace l'éleveur de le mettre dehors.

L'argent pourrit tout.

Allan ne s'est jamais marié. Avec lui s'éteindra la lignée des Wilson.

— Dans ce testament, mon père expliquait qu'il connaissait l'existence d'un souterrain qui reliait la crypte du manoir à la fontaine du Cerf d'Or. Tous les anciens étaient au courant, mais plus personne ne l'empruntait depuis longtemps. La paix avait fait tomber cette cachette dans l'oubli. Jusqu'à la fin de sa vie, mon père a chassé le cerf. Il y en a trop par ici. Ils bouffent tout ! Mais baste… pour en revenir à mon père, en traversant la clairière, un jour, sans comprendre pourquoi, il a repensé à cet endroit. Wallace était parti depuis longtemps. Ma mère nous avait quittés. Un cancer généralisé. Il a raconté au notaire, qui l'a consigné, que c'était comme une évidence. Un peu comme si, à l'heure de rejoindre sa femme et, sans le savoir, Wallace, celui-ci l'avait appelé. Alors, il est descendu, en passant par la grille de la fontaine… et là…

— Il a découvert le corps de votre frère, finit Léo en complétant l'explication que l'émotion a coupée court.

— Oui. Il a dégagé les pierres. Au départ, il souhaitait simplement rouvrir le goulet. Mais très vite, il a trouvé un crâne… et puis le reste d'un squelette.

Je glisse discrètement :

— Comment l'a-t-il reconnu ?

Allan me fixe. Oh ! Pas avec méchanceté. Il sait très bien que je suis étrangère à la gestion du domaine. Mais son animosité est tout de même palpable. Après tout, même s'il ne m'en veut pas, je suis une MacLitha !

— Sa médaille de baptême, qu'il portait autour de son cou. Avec son prénom et sa date de naissance gravés au dos. Je possède la même.

Léo n'était pas si loin de la vérité avec sa gourmette en argent.

Mon acolyte me regarde avec un air entendu. Presque triomphant.

— Et ?

— Il ne m'a rien dit. Il n'a rien dit à personne, d'ailleurs. Il est allé se confesser auprès d'un homme de loi, pour que sa parole soit certifiée… et puis… il s'est laissé mourir. Je crois qu'il s'est senti trop vieux, soudain, pour se venger.

— Et vous ?

Allan se lève en entendant la question de Léo.

— Hé ho ! Je vous vois venir ! Je n'y suis pour rien dans cette affaire. Le testament de mon père disait que j'avais le choix entre agir ou enfouir le passé.

— Et vous l'avez enfoui… ce passé ?

— Presque, me répond-il en grimaçant.

— C'est-à-dire ?

— C'est-à-dire que Finlay est au courant.

— Mon fils ?

— Oui.

Tout à coup, je comprends. Allan n'a rien dévoilé ; par contre, il se sert de ce document pour faire chanter le propriétaire de ses terres !

L'annulation de sa dette contre son silence.

— Bien joué !

Notre hôte hausse les épaules.

— Je n'avais pas d'alternative. Finlay tient trop à fournir une image intègre. Crier sur tous les toits que son père a laissé crever mon frère ne lui plaisait pas, mais alors, pas du tout !

En effet. Comment pouvait-il en être autrement ?

Nous le quittons avec, toutefois, un sentiment mitigé. Ainsi, contrairement à ce que nous pensions, il sait.

De cette information découle une nouvelle question : pourquoi Allan Junior n'aurait-il pas eu envie de venger son jumeau ? Nous ment-il ?

— En même temps, me dit Léo alors que nous rentrons après notre entrevue, il a appris à vivre sans lui. Près de cinquante ans, tout de même ! De plus, tous les humains ne sont pas nécessairement violents.

Il faut admettre que si cette rencontre a été intéressante, elle ne nous livre pas le coupable sur un plateau. Je lâche tristement :

— Il faisait pourtant un parfait criminel. Il avait le mobile. La carrure du fermier élevé à la dure. La revanche à prendre contre les MacLitha, et des emmerdes à la pelle !

— Oui, mais au lieu de devenir un monstre, il a choisi de défendre son job en menaçant de tout révéler, si ton fils ne lui fichait pas la paix. C'en est presque honorable.

— Compte tenu du contexte, oui. Je l'admets. Bon, on fait quoi ?

— On garde Allan à l'œil tout de même.

12

Photos funestes

Ronald n'est pas ce que l'on peut appeler, à première vue, un type sympathique.

— C'est lui ? me demande Léo, étonné.

Il ne s'attendait pas à ce genre de personnage.

— C'est lui.

Mon Commandant sans nom lisse sa barbe. S'il continue, il va finir par s'y habituer et la conserver, même après le concours.

— Quoi ?

— Ton geste.

— Qu'est-ce qu'il a, mon geste ?

— Je ne sais pas. On dirait que tu te prends pour le père Noël.

Il ricane.

— Je te remercie ! Elle n'est pas blanche et je n'ai ni l'embonpoint nécessaire ni l'âge.

— Oui, mais tout de même.

Je tourne la tête de côté pour le regarder.

— Tu vas la garder après ?

— Qui ?

— Ben ta barbe, pardi !

— Peut-être, rétorque-t-il. Ou peut-être pas. Je ne sais pas encore.

Je lui rappelle que le concours est pour le lendemain, et que, comme un athlète, il faut qu'il se mette en condition.

— Moque-toi de moi, grogne-t-il. Hé ! Il se barre !

Il parle bien entendu de Ronald.

Nous le chopons sur le pas de sa porte, alors qu'il s'apprête à démarrer son gros véhicule tout-terrain.

— Ma très chère lady Mary ! glapit ce dernier sur un air faussement joyeux, tout en ressortant de sa voiture. Quel bon vent t'amène ? C'est vrai que nous ne nous sommes pas vus depuis ton retour. Ton nouveau compagnon ?

Dire que j'ai pu avoir une aventure avec un type pareil ! Soit ! C'était un coup vite fait, entre deux tonneaux de whisky, il y a quarante ans ! Mais même si cela n'a duré que cinq minutes – pas plus, pas moins –, il a été mon amant.

Pouah !

Ces presque quatre dernières années ne l'ont pas changé. Tout comme sa femme Amy, il reste similaire au Ronald que j'ai connu. On pourrait croire que ce couple a vendu son âme au diable pour conserver une jeunesse éternelle !

Grand, svelte, impeccablement vêtu d'un polo à col roulé, d'un costume sombre, d'une soyeuse écharpe en cachemire et d'un long pardessus bien coupé, il a plus l'allure d'un mec de la City que d'un Écossais pur malt qui fabrique du whisky. Les mêmes dents blanches qui se découvrent derrière un sourire ravageur. Le même regard bleu électrique, qui tétanise et hypnotise à la fois. On pourrait le supposer sorti d'une page de pub :

Whisky GlenScott consommée, réussite assurée !

— Tu as rendu visite à ma femme, à ce qu'il paraît ?

J'opine du chef et reçois une grimace carnassière en échange.

— Tu sais, tu n'avais pas besoin d'embêter ma famille. Il suffisait de venir me voir. Je t'aurais répondu.

Blasée, je ne prends pas la peine de lui dire que depuis mon retour et le décès de ses deux amis de toujours, il est étrangement absent.

Il doit capter ma pensée, car il explique :

— C'est vrai que j'ai été pas mal occupé, avec cette histoire d'incendie. Tous ces dégâts. Les assurances. La reconstruction à gérer…

— … et la mort de Tommy. À ce sujet, tu as des nouvelles ? Les analyses ADN sont revenues ? Il s'agit bien de Tommy ?

Le regard qu'il pose sur moi en dit long sur ce qu'il pense, sur l'instant. J'attends que le mot *fouineuse* sorte de sa bouche. Mais il garde le silence. Nous ne sommes pas seuls. Aussi, devant témoin, surtout inconnu, je suppose que monsieur prend ses précautions. Imaginons que, sur le coup de l'emballement, trop d'informations soient divulguées ! Alors, pour me déstabiliser, il me détaille des pieds à la tête, avec un demi-sourire qui semble mugir :

Hou ! T'as vachement grossi, ma vieille ! La ménopause ?

Léo perçoit la manœuvre. Il m'attrape par la taille et me rapproche de lui.

— OK… tu fais dans le jeunot, à ce que je vois.

Oui, parce que je le vaux bien !

Mais ça, je ne le lui dis pas. Je laisse pour une fois Tattooed Man s'amuser à faire le gros dur, comme si j'étais une pauvre chose que l'on devait protéger. Je dois admettre qu'au fond, tout au fond de moi, je suis flattée. Mon hipster de service, avec sa chemise de bûcheron, son jean impeccable et son anorak noir, a lui aussi de la gueule. Il peut rivaliser avec Ronald, même s'ils jouent dans un répertoire différent.

— Donc, à part savoir si c'était bien Tommy, le macchabée retrouvé dans ma distillerie en flammes, tu voulais que je t'apprenne quoi d'autre ?

— Pensez-vous que la mort de vos deux amis puisse être liée à l'accident de Wallace, dans le souterrain de la crypte ?

L'intervention de Léo et le prénom de Wallace semblent perturber Ronald plus qu'il ne souhaiterait le laisser paraître. Je perçois son corps qui se raidit derrière son allure policée. Sa mâchoire se serre et les pupilles de ses yeux trop clairs se rétractent.

Que de signes qui attestent de son malaise !

— Comment savez-vous pour Wallace ?

— Eliott s'est confié à moi.

— Putain de bavard ! Sur l'oreiller, je suppose.

Je le mitraille du regard, alors que Léo insiste.

— Votre sentiment sur le sujet ?

Mais notre interlocuteur, rompu aux manœuvres commerciales, reprend vite son aplomb.

— Wallace est parti au Brésil. Point à la ligne. Je ne sais rien de plus et je n'ai pas à répondre à vos questions. Vous n'êtes pas flics, que je sache. Quant aux deux accidents, c'est une coïncidence.

— Tu veux dire qu'Eliott est tombé, comme ça, dans une plonge remplie de lait ? Tommy, je peux comprendre. Il pouvait se trouver dans tes locaux par pur hasard. Mais Eliott ? Voyons. Tu nous prends pour des buses ?

Un ricanement accueille ma réflexion. C'est terminé ! Ronald se contrôle de nouveau. Pire, il pavoise.

— Je serais toi, ma belle, glapit-il sur un ton assuré, j'arrêterais de chercher des pseudo-coupables et je me ferais toute petite. Histoire que la véritable police, celle de chez nous, ne vienne pas un peu trop te tourner autour.

— Tu veux dire quoi ?

Il sort son smartphone de sa poche, fait défiler, d'un doigt, des pages, puis le brandit sous mon nez.

— Je veux dire ça ! On m'a envoyé ces photos ce matin. Correspondant anonyme. Je ne sais pas pourquoi, mais je pense que les enquêteurs ont dû les recevoir aussi.

Léo et moi nous penchons de concert. Suffisamment pour voir, sur le premier cliché, ma très charmante personne un peu trop proche de Tommy, sur le pas de la porte de son arrière-boutique. Comme si nous nous embrassions. Et sur le second, Eliott et moi, dans la cour, derrière le pub, en train de nous étreindre.

— Une petite cachottière, notre lady Mary ! Et surtout une sacrée croqueuse d'hommes !

Comme si l'idée le ravissait, il me prend dans ses bras pour une accolade, qui me secoue le corps tant que je rechigne à me laisser aller contre lui.

— Contente de t'avoir recroisée, ma lady Mary ! glapit-il un peu fort.

Puis il tourne la tête pour rendre la suite plus feutrée et murmure près de mon oreille :

— J'ai besoin de te voir. Il y a un truc que je dois te dire au sujet de Wallace et d'Allan. Retrouve-moi vers 14 heures à la crypte. Et surtout, n'en parle pas à ton gigolo.

*

— Tu m'expliques ?

— Il n'y a rien à expliquer.

— Un mec a des photos de toi roulant des pelles à des types depuis refroidis… et, d'après toi, il n'y a rien à expliquer ?

Je pose un coup d'œil désespéré sur Léo.

— Tu ne vas pas remettre ça ? On a déjà fait le point sur l'histoire.

— Ah oui ! Mais je n'avais pas vu les clichés.

— Et qu'est-ce que ça change ?

— Tout, pour les flics !

Ronald est parti et nous regardons sa grosse voiture s'éloigner en soulevant un nuage de neige fraîche. À travers la vitre de son domicile, Amy nous observe.

— Je ne les embrassais pas. Je leur disais *au revoir*.

— Chaleureux, ton *au revoir* amical.

— Pas plus qu'avec toi ou Ronald.

Il retient sa réflexion qui pourrait être perfide et grommelle.

— Sauf que ces hommes sont morts.

Je soupire, désespérée. Les allusions de Léo me touchent autant que les faits. Quelqu'un aurait-il l'idée saugrenue de vouloir me piéger, depuis mon retour ? Et qui ?

Si je résume bien, d'un côté, nous avons Wallace, qui n'est pas parti au Brésil, et de l'autre, ses copains qui se font occire sans plus de procès, près de cinquante ans après sa disparition.

Et moi, au milieu de tout ça...

— Bon sang ! Mais que me veut ce meurtrier ? Qu'est-ce que je lui ai fait ?

Mon Commandant sans nom pose sur moi un regard accablé.

— Je te jure ! Je comprends ta douleur. Je sais que tu es innocente. Mais tu es tout de même dans de sales draps, Mary.

À qui le dit-il !

— Tu remarqueras qu'à chaque homicide, reprend-il, l'acte touche un homme et le bien d'un autre. Ils ne sont pas tués chez eux, mais dans l'entreprise d'un de ceux qui ont signé le pacte de sang. Tommy chez Ronald. Eliott chez Tommy.

— Serais-tu en train d'émettre l'hypothèse que la vendetta du criminel n'est pas terminée ? Qu'on va bientôt découvrir Ronald… je ne sais pas, chez Angus…

— Et Angus chez Eliott…

Une vague de froid, bien plus glaciale que celle que nous fait vivre la météo, m'envahit. Elle me fige, alors que je prends conscience que tout le groupe d'amis de Duncan est en danger.

— Donc, soit c'est une vengeance fomentée pour Wallace, et dans ce cas-là, je ne crains rien. Soit le tueur a d'autres motivations, et il m'en veut peut-être à moi aussi.

— On peut supposer ça… et au train où vont les choses, je dirais que tu as toutes les chances de payer pour Duncan.

Sa remarque m'amène les larmes aux yeux. Surpris de me voir réagir si fort, il me prend dans ses bras – un de plus – et me serre contre lui. Étonnée, je me laisse aller à cette étreinte qui me réconforte.

La tête posée de côté contre le torse de Léo, j'aperçois à nouveau le rideau bouger derrière la fenêtre et masquer, à grand-peine, Amy. Je maugrée sans enlever ma joue.

— Pion supplémentaire dans ce film de cape et d'épée, aux rebondissements de série B : Amy nous espionne. Ne regarde pas !

Il s'exécute et me lâche sans pour autant porter son attention du côté du cottage de Ronald.

— Tu crois que les photos pourraient venir d'elle ?

— Pourquoi pas ? Mais quelles seraient ses motivations ? Elle n'a rien à voir dans l'histoire. Ronald l'a rencontrée sur un site en ligne. Elle est née à Glasgow. Il avait déjà 40 ans, et elle, 35. Si elle avait voulu punir quelqu'un, lorsqu'elle est arrivée dans notre ville, tout le monde était encore là. Duncan compris. Non, ça ne tient pas. Elle n'a aucune raison d'agir maintenant.

— Même si elle était l'ancienne petite amie de Wallace ?

Je hausse les épaules et me redresse.

— Viens, on s'éloigne.

Nous partons en direction du centre. La neige a calmé le blizzard qui nous coupait en deux depuis quelques jours. Une fois les trottoirs déblayés et la place dégagée, les cabanes du marché de Noël, prévu pour le lendemain, pourront être installées. Un peu partout, les gamins empilent d'énormes boules pour en faire des bonhommes plus imposants les uns que les autres.

Je ne peux retenir mon enthousiasme :

— C'est magnifique, n'est-ce pas ? Une image de conte de fées ! Quant à Wallace, il avait 16 ans et donc Amy onze, si je compte bien. De plus, je ne pense pas qu'il avait une petite amie sérieuse, et surtout pas à Glasgow. Et puis, cela suggérerait qu'Allan l'aurait informée du contenu du document laissé devant notaire par son père.

Léo l'admet.

— Il ne te reste plus qu'une seule chose à faire.

— Quoi ?

— Allez parler aux flics.

*

Lorsque nous sortons du poste local, je suis dans un état proche…

… de l'Ohio… oups…

… un état proche de la crise de nerfs. Ce que craignait Léo est arrivé. Les policiers m'ont dans le collimateur, surtout depuis qu'ils ont obtenu les mêmes photos que celles de Ronald.

Il n'y a rien de plus difficile, je peux l'attester, que de faire admettre à des gens bornés que tu n'y es pour rien dans une affaire qui dépasse l'entendement. Car, comme me l'a bien résumé le sergent qui nous a reçus, depuis que je suis de retour, je sème des cadavres, à la manière du Petit Poucet qui laissait des cailloux blancs pour retrouver son chemin. Et moi aussi, je suis un peu perdue !

J'échappe, de justesse, à la garde à vue. Pas assez d'éléments contre moi. Léo, qui connaît toutes les ficelles de la machine policière m'a aidée à trouver les bons mots et à faire les bonnes réflexions. Le représentant des forces de l'ordre a fini par conclure qu'un *enlacement prononcé* – comme il l'a appelé – ne constitue pas encore une preuve de culpabilité… même si tous les regards restent braqués sur moi.

Mais au moins, c'est fait !

Je n'ai pas aimé son clin d'œil grivois ni sa main un peu trop longtemps demeurée dans la mienne. Il m'a prise pour quoi, ce gros bonhomme même pas jovial ? Une *marie-couche-toi-là* à la cuisse légère. Ce machisme me tire les nerfs !

Je rectifie mon anorak bleu et resserre mon éternelle écharpe de laine rouge autour de mon cou. Avec mon bonnet vert sur la tête et mes bottes en fausse fourrure, dignes des années 1980, je dois admettre que je ne passe pas inaperçue.

— Tu trouves que j'ai une allure qui peut laisser supposer que…

Léo me lance un coup d'œil goguenard. Il a pris l'habitude de mes tenues excentriques et ne s'en formalise plus.

— Disons que nous sommes au fin fond du trou du…

— Je ne te permets pas ! Tu parles de la ville où j'ai vécu. Des Highlands !

— Ah ! De cet endroit où l'on conçoit encore qu'un monstre amical et facétieux, nommé Nessie, hante les profondeurs d'un lac énigmatique aux eaux noires ?

Pour toute réponse, je hausse les épaules et pars devant.

— Tu ne peux pas comprendre, toi qui penses qu'Angus te tire les pieds et secoue ton lit, la nuit.

Malgré l'inquiétude que je ressens, j'éclate de rire et poursuis mon chemin.

Même si Fiona nous a reçus avec froideur, la dernière fois, nos pas nous conduisent chez elle. Un bon thé nous réconforterait, d'autant plus qu'il est l'heure de déjeuner. Et puis, n'est-elle pas la première personne à m'avoir dit qu'on m'avait aperçue avec Tommy et Eliott ? Au moment où apparaissent des photos envoyées par un expéditeur mystère, n'est-ce pas logique que je vienne lui poser des questions ?

Son accueil est distant. Toutefois, quand je lui explique que je suis allée voir la police, et qu'elle n'a rien contre moi, son attitude se radoucit.

— Tu peux me comprendre, avoue-t-elle, tu arrives, et c'est la catastrophe !

La catastrophe, oui. Mais si elle avait gardé confiance en moi, si elle était restée une véritable amie, se serait-elle posé des questions à mon sujet ?

Loin des yeux, loin du cœur.

— Tu nous sers de quoi nous sustenter, s'il te plaît ? Léo, thé ?

Ce dernier grimace.

— J'ai du café, admet Fiona à contrecœur. J'ai décidé d'en proposer, car les pays du Nord tordent le nez devant le thé. Et comme nous avons de plus en plus de touristes qui viennent de là-bas…

Léo n'a pas ce que l'on pourrait appeler un physique de Norvégien ou de Finlandais, mais les points de suspension à la fin de la phrase de Fiona le font jubiler. L'idée d'une agréable tasse de café pour accompagner ses sandwichs semble être la meilleure nouvelle de sa mi-journée. Je le regarde porter le breuvage à ses lèvres, avec une sorte d'extase sur le visage.

— Il est bon ! assure-t-il en hochant la tête.

Fiona est ravie. Elle se détend tout à fait et vient discuter avec nous. Nous lui parlons de notre rencontre avec Ronald, mais lui cachons notre entrevue avec Allan et les révélations qu'il nous a faites au sujet de son père. Le salon de thé est plein, aussi je la félicite.

— Ça fonctionne de mieux en mieux, nous confirme-t-elle en effectuant des allers-retours entre notre table et celles de ses clients.

Je culpabilise de ne pas dévoiler, ni à l'un ni à l'autre, le rendez-vous que Ronald m'a fixé. Mais il a peut-être ses raisons de ne pas vouloir que notre rencontre soit connue de tous.

Je hausse les épaules et Fiona me demande si tout va bien.

— Oui, oui. J'aimerais simplement que cette tragique histoire soit résolue, afin que nous soyons plus sereins pour aborder le temps des fêtes.

Elle me le confirme, tout en jetant un œil à son portable, sur lequel elle vient de recevoir un message.

— Encore une réservation pour quatre, se réjouit-elle. Je vais tout préparer.

Avec une attitude affairée, elle s'éloigne.

— Ton port…

Léo me balance un coup de pied et fronce les sourcils, afin de m'encourager à me taire. D'un geste rapide, il glisse le téléphone sous la table, à l'abri des regards et ouvre la galerie de photos.

— Tu fais quoi ?

— Je vérifie.

— Mais il n'y a pas de code ?

— Elle vient de le consulter. Il n'a pas eu le temps de se verrouiller.

— Qu'est-ce que tu espères trouver ?

Un silence. Et il me montre un cliché. Je baisse les yeux. Juste assez pour me découvrir en train d'embrasser Eliott, assise près de lui sur la banquette.

Il referme l'application.

— Ça…

Je retrouve là mon Commandant sans nom, le flic pour qui enquêter est une seconde nature. Mais ce que j'ai entraperçu sur l'écran me scotche. J'en reste bouche bée.

Ainsi, quelqu'un m'espionne au point de pouvoir me prendre en photo, alors que je me trouvais à l'intérieur du pub d'Eliott ! Et pourquoi Fiona a-t-elle ce cliché sur son téléphone ? Est-ce elle, la personne qui m'épie ?

*

Difficile de lui demander des comptes, alors que son salon de thé est plein de touristes. Nous terminons notre déjeuner et prenons congé, repoussant notre discussion.

Dans la rue, j'ai le droit, comme je m'y attendais, à un Léo grognon qui bougonne :

— Tu en as encore d'autres comme ça ? Des photos qui vont réapparaître et qui te mettent en scène ?

Je hausse les épaules et prends de l'avance sur lui.

— Tu devrais être content. On ne tue pas les gens qu'on embrasse.

J'admets, c'est piteux. Mais j'n'ai rien de plus en rayon.

— Grande nouvelle !

— Et d'abord, je ne l'embrassais pas… vraiment.

— Ah ? Et tu faisais quoi ? Je veux bien accepter que les autres photos soient discutables. Mais là ? J'ai bien vu ce que j'ai vu, non ?

— C'était un baiser chaste.

— De mieux en mieux ! Et c'est quoi, pour toi, un baiser chaste ?

Je m'arrête sans prévenir, me retourne et, faisant fi des passants, très nombreux en vue du marché de Noël, je plante ma bouche sur ses lèvres, l'espace de quelques secondes.

— Ça.

Ma réaction le laisse pantois. Après tout, il l'a bien mérité ! Et il n'en revient pas. Un coup d'œil discret vers le salon de thé. Fiona nous surveille derrière la vitre de sa devanture. Je sens que l'idée met Léo mal à l'aise. Il en rougit et bafouille :

— Tu m'as embrassé.

Sur le ton léger de la plaisanterie, je lance avec frivolité :

— Les Russes font comme ça tout le temps.

De mieux en mieux.

— Donc… tu es Russe ?

— Mais tais-toi ! Ce que je veux dire, c'est que cela n'a aucune importance et ne tire pas à conséquence.

— Tu admets que ce que tu viens de faire, là, avec moi, ne signifie rien ? C'est ça ?

Aïe ! Je sens bien que si je réponds oui, je signe mon arrêt de mort.

Mary... Mary... sur quelle pente savonneuse t'es-tu engagée ?

Avant que je ne me casse totalement la figure, je tente un sourire piteux.

— Je ne veux pas dire que ça ne me touche pas.

Cumul de phrases négatives.

— Ah ?

— Mais pas comme si c'était… torride.

— C'est sans importance ?

Je réponds oui ou je réponds non ?

— Heu… non… oui… enfin. Je ne peux pas dire que t'embrasser ne me procure aucun plaisir.

— Donc tu reconnais qu'il s'est produit le même effet avec Eliott ?

— Non ! Oui ! Oh, et puis tu me fatigues ! Viens, on rentre. J'ai froid.

Je le traîne derrière moi comme un boulet. S'il savait, en plus, que j'ai rendez-vous avec Ronald dans la crypte dans une petite demi-heure, ce serait le bouquet ! D'ailleurs, une question se pose…

... et je me la pose...

Comment vais-je faire pour m'éclipser sans qu'il s'en rende compte ?

Je ressens soudain un drôle de pincement au cœur, un peu comme si je le trahissais. Pourquoi, dans l'existence, rien n'est vraiment simple ?

Ou alors, est-ce moi qui complique tout ?

Sans le savoir, il m'offre la solution sur un plateau.

— Demain, c'est le concours. Je vais passer chez le barbier. Tu n'y vois pas d'inconvénient ?

Oh que non !

— Et pour rentrer au manoir ?

— T'inquiète. Je vais me débrouiller. Soit je marcherai, soit je demanderai à Fiona.

Fiona ?

— OK. Moi, si tu permets, je vais me reposer. Et faire le point aussi.

Oh ! La menteuse !

Il opine du chef. Mais, je ne sais pas pourquoi, je n'aime pas son regard. Il a compris que je lui raconte des bobards, ou peut-être a-t-il derrière la tête un truc que je ne dois pas apprendre ?

Me voilà suspicieuse. Pourtant, c'est moi qui ne lui dis pas tout !

J'hésite. Et si je restais ?

— Va, va ! m'encourage-t-il, en renforçant son propos d'un geste de la main.

J'ai soudain la nette impression que je me fais jeter. Je le regarde en fronçant les sourcils. Il me dévisage ingénument.

— Une petite sieste te fera le plus grand bien… souligne-t-il avec un sourire désarmant.

Le *à ton âge* n'est pas loin. Il me frôle les oreilles et me frise le chignon.

J'aimerais être une mouche pour le suivre et comprendre ce qu'il mijote. Sauf que, la mouche, il faut qu'elle se rende illico presto à la crypte, si elle ne veut pas rater Ronald.

— OK, je t'obéis ! À plus tard !

Un baiser sur la joue, et je le laisse en plan, courant presque, malgré *mon âge* canonique et la neige tassée qui glisse, vers mon van, avec une question lancinante à l'esprit, ombrée d'une pincée d'inquiétude et d'une pointe de couteau de jalousie (je l'avoue) :

Qu'est-ce que mijote Léo ?

*

Ronald m'attend avec le sourire. Son attitude est même, je dois en convenir, joviale. Il est beaucoup plus détendu que quelques heures auparavant et m'accueille avec une accolade chaleureuse.

— Content que tu aies pu venir seule.

D'une voix calme, je lui rappelle que je ne suis pas liée à Léo. Nous sommes des amis, rien de plus, comme lui et moi.

— Je me permets de te remettre en mémoire que nous avons été plus.

Peut-on nommer « plus » ce que nous avons vécu ?

Je hoche la tête et rigole.

— Ah ! Lui aussi ! Tu caches bien ton jeu, Mary ! Ce doit être ta marque de fabrique. Tu couches, puis tu deviens amie.

— S'il te plaît, Ronald, nous ne sommes pas là pour parler de ça…

Je n'ai pas envie que notre conversation vrille. J'attends beaucoup des révélations qu'il pourrait me faire.

Mais va-t-il m'en faire ?

Je décide d'attaquer pour que notre échange reste dans les rails.

— Pourquoi m'as-tu demandé de te rejoindre ici ? Et précisément ici ?

Ronald a apporté une torche puissante, qu'il a posée sur une stèle et qui éclaire toute la salle.

— Que de souvenirs j'ai là !

— Je suis au courant. Eliott m'a tout raconté.

Mon interlocuteur grimace une sorte de rictus dubitatif.

— Ah ! Ce brave Eliott ! Il t'avait dans la peau.

— Je ne sais pas.

— Si… si… je peux te l'assurer. Il aurait tout fait pour te piquer à Duncan.

Je tique en attendant sa remarque.

— Je n'ai jamais été une chose dont on dispose. J'avais mon mot à dire.

— Ah ça, c'est certain ! Et il s'en est rendu compte récemment.

Un sursaut.

— Que veux-tu sous-entendre par là ?

Mon esprit gamberge. Est-ce lui qui a fait les photos qu'il m'a montrées, alors qu'il m'a expliqué les avoir reçues ? Un frisson bien désagréable court dans mon dos. Et si j'étais venue me jeter dans la gueule du loup ?

Dans un mouvement de recul imperceptible, mais bien réel, je détaille Ronald. Le loup en question a quitté son beau pardessus pour une doudoune bien rembourrée. Il a chaussé des bottes et mis un bonnet. Il a eu raison, parce qu'il fait un froid de canard, dans cette crypte.

Bon, en même temps, pour les morts, cette ambiance est plus hygiénique.

Je me traite de gourde, sans savoir si c'est pour le fait que l'endroit n'a pas reçu de nouvelles dépouilles depuis bien des décennies, ou parce que je me sens un peu comme une oie blanche, piégée par la faute de son ingénuité.

Loup. Canard. Oie. On dirait Fiona et son service à thé. Je nage en pleine basse-cour.

J'en suis à me demander s'il est sain de laisser entrer un prédateur au pays des volailles, lorsque Ronald se dirige vers le souterrain.

— Tu sais donc que Wallace est mort dans ce tunnel ?

— Oui. Eliott me l'a raconté, tout en me faisant jurer de n'en parler à personne.

— OK. Mais sais-tu où il se trouve, maintenant ?

— Je n'en ai aucune idée.

— Eliott a dû te dire qu'il était encore là.

— Oui.

Il faut que je bluffe sans que mon interlocuteur s'en rende compte. Heureusement, la lumière rasante joue en ma faveur, laissant mon visage moins exposé que le reste de mon corps.

— En fait, ce n'est pas le cas.

Une exclamation.

— Tu es au courant ?

Je me mords les lèvres. Mais pourquoi suis-je si spontanée ? J'aurais tellement aimé être une personne réfléchie, tempérante dans ses plaisirs, modérée dans ses paroles tout comme dans ses choix. Sachant toujours où elle va… et surtout avec qui…

En face de moi, Ronald se moque ouvertement de moi. Comment dois-je interpréter cette attitude ?

— Allan ?

— Oui.

— OK. Alors, je vais tout t'expliquer. C'est de toute façon ce que j'envisageais de faire, en te demandant de me rejoindre ici.

Il tire sur le bas de son pantalon pour s'asseoir sur la marche devant une des stèles.

— Allan Wilson n'a pas trouvé son fils tout seul. Il n'avait aucune raison de descendre dans la fontaine, surtout à son âge. En fait, c'est moi qui suis allé lui parler. Il était vieux. Il lui restait peu de temps à vivre. J'ai pensé que c'était mon devoir de lui expliquer comment l'accident avait eu lieu. Lui raconter que Wallace n'était jamais parti pour le Brésil. Que c'était une idée de Duncan et qu'on avait tous suivi, par trouille.

— Duncan ?

— Oui, ton gentil Duncan. C'était lui, le chef de file de notre groupe. Nous lui étions assujettis corps et âme. Pas le calme tourtereau que tu as rencontré. Mais un tordu de première qui aimait la défonce et les endroits glauques… ainsi que les petites gamines aussi. De ça, tu es au courant !

J'essaie de garder une attitude sereine, malgré la colère qui bout en moi. Dénigrer mon mari ne me le fera pas apprécier, lui.

— Et qu'a fait le vieux Wilson ?

— Ce que tout père aurait fait. Il m'a demandé de l'aider et, ensemble, nous avons sorti le squelette de Wallace pour lui donner une sépulture plus digne.

— Vous l'avez enterré où ?

Ronald se met, une nouvelle fois, à rire.

— Si je t'ai donné rendez-vous ici, ce n'est pas pour rien.

— Ce qui veut dire ?

Doucement, il tourne la tête vers la stèle derrière lui.

— Non !

Je viens de comprendre. Le père de Wallace ne pouvait enterrer dignement son fils sans dénoncer le groupe de jeunes gens, devenus depuis des adultes. Duncan nous avait quittés. L'heure n'était plus, pour le vieil Allan, à la vengeance. Ce qu'il voulait, c'était donné une tombe à celui qui n'avait pas eu le droit d'en avoir une. Et surtout, pouvoir s'y recueillir pendant les quelques mois qu'il avait à vivre.

— Au bout du souterrain, il y avait la crypte. Quel lieu plus adapté qu'une crypte pour accueillir un corps ? Avec un pied de biche, j'ai réussi à ouvrir la stèle d'Angus MacLitha. Vu qu'il avait perdu la vie à Culloden, on avait peu de risques de découvrir des restes à l'intérieur. À la place, nous y avons déposé Wallace. Regarde.

Il se relève et contourne le tombeau de pierre du vénérable ancêtre de la famille. À l'arrière, grâce à la lumière du flash de son portable qu'il oriente dans un coin sombre, il me montre une épitaphe gravée récemment au burin.

WALLACE BRUCE HENRY WILSON
1959 - 1975
REPOSE ENFIN EN PAIX

— Mon Dieu ! C'est dingue !

— Oui, mais on l'a fait. J'ai considéré que, pour racheter notre lâcheté du passé, cette démarche était nécessaire. Le vieux Wilson a pu mourir tranquille tout en se réconciliant avec un fils, qu'il pensait vivant, mais en désaccord avec lui.

Je regarde le sol.

— La pierre qui bloque la paroi ouverte, c'était pour qu'il puisse entrer ?

— En empruntant le goulet par la fontaine, oui. Ses visites étaient plus discrètes que s'il était descendu par la chapelle. Quelqu'un aurait fini par voir les traces. Alors que là, chaque jour de la fin de son existence, il est venu se recueillir et raconter à Wallace tout ce qu'il n'avait pas pu vivre durant toutes ces années.

Je suis émue. Je sens même une larme couler sur ma joue.

— Pourquoi m'as-tu mise dans la confidence ?

Nous revenons vers le centre du mausolée.

Parce que je suis le meurtrier. Je venge Wallace à la place de son père. J'ai voulu que tu saches... avant de te tuer.

Stop !

Je muselle mon imagination qui cogite plus vite que son ombre.

Et si elle avait raison, mon imagination ?

Mon regard scanne, des pieds à la tête, mon partenaire. Que souhaite-t-il au juste ? Soulager sa conscience ?

Je résume : il pense avoir expié sa faute, en l'avouant au vieux Wilson. Pour lui, il devient le bras justicier qui s'abat sur les autres membres du groupe… et moi, je vais payer pour mon feu mari.

Nooon !

Un peu bêtement, je balance :

— Léo sait que je suis là.

Soudain, j'ai l'impression d'être dans un film d'Hitchcock, au moment où l'héroïne, blonde platine imperturbable, à la plastique irréprochable, raconte n'importe quoi pour meubler le dialogue et reculer le passage à l'acte tragique.

La réponse se fait du tac au tac :

— Ça m'étonnerait.

J'hallucine et le fusille du regard.

Il va m'assommer, me caser dans le tombeau d'Angus, et je vais me réveiller en compagnie du squelette de Wallace. Personne n'entendra mes cris.

Une chair de poule gagne ma peau et provoque un tressaillement au creux de mes épaules. Mon épitaphe viendra rejoindre celle du jeune Wilson.

Que faire pour l'amadouer ? Le flatter ? Ça peut plaire.

— En attendant, c'est très chouette, ce que tu as fait pour le vieux Wilson. Il a pu mourir en ayant fait le deuil de son fils.

— Oui. Il était heureux.

Je bluffe.

— Et Allan ? Il est informé pour la sépulture ?

Il coule sur moi un regard presque amusé. Sait-il que nous sommes allés, Léo et moi, lui rendre visite ?

— Oui. Je lui ai dit après le décès de son père. Et il s'en tape. Il a tourné la page.

— Ah ?

Ainsi Allan était au courant avant l'annonce du notaire ? Il a eu le temps de ruminer sa vengeance et de passer à l'acte après que je suis revenue.

Dans ma tête, j'emboîte les pièces du Lego dont les multiples briques s'étalent devant moi. Allan sait pour l'accident de son frère. Aurait-il pu être sauvé si ses amis avaient donné l'alarme ? Allan le pense. Mon retour agit sur lui comme un déclencheur. En plus, Finlay, mon fils, menace de l'expulser. Il dit passer un accord avec lui, afin d'éponger sa dette. Mais il n'en est rien. Il va tout faire pour que je sois accusée à sa place. Il sera la main qui punit. Et je paierai, en étant condamnée, pour Duncan maintenant défunt.

— Wallace était le fils préféré de ses parents. Son absence ne lui a pas été préjudiciable.

— OK. Donc ce n'est pas lui le meurtrier ?

— Non, ce n'est pas lui.

Pourquoi n'ai-je pas parlé de ce rendez-vous à Léo ?

Parce qu'il t'aurait interdit de venir, pardi ! Il t'aurait dit que c'était dangereux.

— Tu as une idée de qui il s'agit, alors ?

— Oui.

Les pensées les plus farfelues envahissent ma tête. En fait, pour sauver sa peau, il est devenu le complice d'Allan.

— Et c'est… ?

Il va tout m'avouer et m'assommer... rebelote... retour à la case départ. Me revoilà, dans le noir, avec le squelette de Wallace. Bouh !

— Toi, Mary.

Dans ma vie, déjà longue, on m'a raconté des choses bizarres, qui dépassaient l'entendement, mais là, c'est le pompon ! Pourtant, sa phrase me soulage. S'il croit que c'est moi, c'est que ce n'est pas lui !

Tu n'as rien de plus absurde à penser ? Si c'est moi, ce n'est pas lui... non, vraiment...

— Moi ?

— J'ai tout épluché, en procédant par élimination. Il n'y a que toi qui réponds à tous les critères.

Mon corps se vide de son sang.

— Oh non ! Pas le tombeau !

Ronald me dévisage.

— Que veux-tu insinuer ?

— Que tu vas m'assommer et m'enfermer dans la stèle d'Angus, avec Wallace !

— Non.

— Non ?

— Non.

— Ah.

Je ravale ma salive :

— Et tu vas faire quoi ?

— Te dénoncer. C'est pour que tu avoues, que je t'ai demandé de venir ici. Je t'enregistre depuis le début.

Il m'enregistre et me croit coupable ?

— Mais je n'ai rien fait ! J'étais chez les flics. À part des photos sorties de je-ne-sais-où, ils n'ont rien contre moi. Il n'est pas interdit d'enlacer ses amis ! Comment j'aurais fait pour traîner Tommy dans ta distillerie et jeter Eliott, un ancien rugbyman de plus d'un quintal, dans une plonge pleine de lait ?

— Avec ton complice. Ton gigolo.

— Carrément !

Une idée surgit dans mon esprit.

— D'ailleurs, à ce sujet, pourquoi Tommy se trouvait chez toi, au moment de l'incendie ?

— Comment veux-tu que je le sache ?

— Peut-être parce que tu lui avais donné rendez-vous ? Un vieil entrepôt impossible à mettre aux normes qui flambe soudain. Reconnais que c'est une aubaine ! N'est-ce pas toi qui négociais des terres avec Duncan ? Tu vas pouvoir reprendre tes transactions avec Finlay pour construire cette distillerie dont tu rêves.

— Qui t'a raconté ça ?

— Peu importe. Je suis au courant. C'est tout.

La balle change de camp. C'est au tour de Ronald de m'inspecter des pieds à la tête.

— Et tu expliques comment le meurtre d'Eliott ? me lance-t-il sur un ton acerbe.

— Il ne cautionnait pas ton idée de piquer des terrains à Duncan en profitant de sa faiblesse.

Un rire tonitruant emplit la crypte et résonne contre les parois voûtées.

— Mais c'était il y a cinq ans ! Duncan ne voulait pas en entendre parler. Je ne suis pas allé plus loin. Depuis, j'ai négocié avec d'autres investisseurs qui m'ont aidé à dénicher un endroit parfait pour y construire la nouvelle distillerie. Si j'ai fait effectuer un devis par un artisan, c'était parce que je souhaitais faire de l'ancien local un musée ouvert aux touristes, de plus en plus nombreux. J'en ai d'ailleurs parlé à Kate qui a trouvé l'idée excellente. Il faut désenclaver Glenmoray et faire de ce village authentique un lieu de villégiature.

Kate ? Voilà une nouvelle brique inattendue dans mon jeu de Lego.

— Tu n'es donc pas en train de négocier avec Finlay ?

— Jamais de la vie ! Ton fils est aussi têtu et borné que toi.

C'est à n'y rien comprendre !

— Je résume : Allan est, d'après toi, innocent… ce dont je doute de plus en plus. Tu n'es pas coupable non plus. Je suis pour rien dans cette histoire. Alors, qui tue ?

— Tu n'en sais rien ?

— Non !

Nous sommes debout au milieu du mausolée. Sur le mur du fond, dans une alcôve encore vide, persistent les restes des fêtes que les jeunes organisaient, bien à l'abri de l'autorité de leurs parents. Un feu de camp. Un pentacle, tête en bas. Des mégots de cigarettes illicites, sans doute. Des slogans antimilitaristes : *Make love, not war.* Un bien curieux mélange.

— Vous avez dû passer de bons moments, ici, loin de tout le monde ?

Ronald, surprit, se retourne, suit mon regard et sourit.

— Notre jeunesse. C'est dommage que l'accident de Wallace nous ait plongés dans l'âge adulte. Nous avons grandi en quelques heures. Plus d'insouciance. Plus de folies. Plus de rêves, non plus. Nous venions de comprendre que chaque jour que nous vivrions, désormais, ce serait avec le souvenir de notre ami enseveli sous un amas de pierres.

Il soupire, puis lâche :

— Et je n'ai pas non plus donné rendez-vous à Tommy à la distillerie. Si j'avais voulu lui parler, je serais allé chez lui.

— Tu ne l'avais pas chargé de mettre le feu ?

— Certainement pas ! Qui t'a raconté des sornettes pareilles ? Je ne voyais que très peu Tommy. Il ne venait même plus au pub, chez Eliott, depuis quelques mois. Il ruminait. Son traitement ne faisait plus effet. Il était en pleine dépression, et l'approche des fêtes de Noël n'arrangeait rien.

La lampe qui nous éclaire donne des signes de faiblesse. Il murmure, soudain plus calme :

— Il va falloir partir.

Un silence.

Après Angus, le frère, Fiona se profile. N'est-ce pas elle qui m'a dit que Ronald avait donné rendez-vous à Tommy dans la distillerie ?

Fiona.

— Fiona aurait-elle pu avoir quelques raisons de mettre toute cette machinerie en place ?

— À part le fait qu'elle me déteste depuis notre divorce ?

— Tu plaisantes !

— Je n'ai pas la tête à ça, crois-moi.

— Elle m'a confié qu'elle aimait Eliott.

— Elle, aimer Eliott ? Foutaise ! Elle m'a dans la peau.

— Et elle t'a quitté ?

Un nouvel éclat de rire.

— Je l'ai foutue dehors, oui ! Et en grand gentleman que je suis, je l'ai laissée raconter n'importe quoi.

De mieux en mieux.

— Et les photos de moi ?

Il hausse les épaules.

— Au lieu de chercher de potentiels coupables chez tous tes anciens amis, tu devrais peut-être ne plus te préoccuper de tout ça et abandonner l'affaire à la police. Fêter tes 60 ans. T'amuser et faire découvrir les Highlands à ton gi… à Léo, d'une manière agréable ? Et non pas à travers les différends qui ont bousculé la vie de notre petite ville, par le passé. Songes-y.

Pourquoi est-ce que je trouve que la fin de sa phrase résonne un peu comme une menace ? Il y a quelques minutes, il voulait me dénoncer à la police. Et voilà que, maintenant, il me conseille de faire profil bas.

Encore ma foutue imagination !

Il a pourtant retrouvé une attitude sereine. Un sourire paisible flotte sur son visage. Je dois me faire des idées.

— J'ai un rendez-vous. On y va ?

Un ultime regard vers le tombeau, qui ne m'accueillera pas aujourd'hui.

Ciao Wallace ! Repose en paix.

Je suis soulagée, sans bien comprendre si cela vient du fait que je m'en sors bien. Mais pas satisfaite pour autant ! Je suis encore plus dans la panade que lorsque j'ai accepté ce rendez-vous, avec la certitude que Ronald était le coupable.

— On y va.

Nous nous quittons sur le seuil de la chapelle, dont la porte, à force d'être utilisée ces derniers jours, ne grince plus. Je le regarde s'éloigner en direction de sa voiture, garée sous les arbres. Une discussion entre deux vieux potes ?

Je retourne doucement vers le manoir. J'avoue être un peu perdue.

Lorsque j'y parviens, Léo n'est toujours pas là. Rassurée, je monte dans ma chambre.

13

Paparazzi mystère

Il y a bien quelqu'un qui fait ces photos ? Je n'ai pas rêvé ! Léo les a vues, tout comme moi. Quelqu'un qui a pris des risques, au point de pouvoir voler l'instant où Eliott et moi nous sommes embrassés.

Donc le paparazzi était aux aguets.

Pourquoi ?

Quel est le but d'un tel agissement ? Qui m'en veut au point de désirer me nuire à ce point-là ? Qu'ai-je fait dans le passé pour qu'à mon retour, je devienne la cible d'un corbeau mal intentionné ?

Fiona ?

Pour *je-ne-sais-quel-obscur-dessein ?*

Ronald, qui vengerait Wallace, après un vœu fait au vieil Allan sur son lit de mort ?

À ça, j'y crois de moins en moins.

Allan Junior ?

A priori, il s'en tape un peu, de tout ça. Enfin, c'est ce que Ronald, mon interlocuteur précédent, a bien voulu me laisser entendre et ce qu'il raconte aussi. Mais est-ce la réalité ?

Il ne reste plus qu'à mettre en avant une désastreuse coïncidence? Question : est-ce que les coïncidences existent?

Tommy meurt par hasard. Il était au mauvais endroit, au mauvais moment. Soit! Suit Eliott. Meurtre pour lui. C'est certain. On ne se plonge pas dans un évier plein de lait lorsqu'on est allergique. Ce serait idiot. Mais ce n'est rien à côté de l'idée qui pousserait quelqu'un à agir ainsi.

À part s'appeler Cléopâtre ! Et encore ! Il aurait choisi une baignoire !

Je pouffe bêtement – nerveusement, je dirais –, alors que j'entends des pas dans le couloir. Je passe la tête par l'entrebâillement de ma porte.

— Tu as bien dormi? Reposée?

— Impeccable.

Mon mensonge me tord le ventre.

— Et toi? Le barbier t'a fait beau?

— Regarde.

Il lève le menton, afin que je puisse admirer le travail d'orfèvre du maître de l'art. Taillée, huilée, policée, peignée, parfumée, sa barbichette ressemble à une starlette des années 1950, se pavanant en bikini sur la plage au moment du Festival de Cannes.

— Tu vas mettre une protection pour dormir, comme Poirot avec sa moustache?

Amusé, il hausse les épaules, tout en se lissant le poil.

— Pourquoi pas? Il ne faut pas que demain elle soit hirsute. Bon, je dois te parler.

— Tu veux entrer?

Il glousse :

— Attention, un homme va franchir le seuil de ta chambre !

— J'ai rangé pas mal d'affaires de Duncan pour les donner, et enlevé ses livres.

— OK.

Comme si on l'invitait à pénétrer dans l'antre des voluptés, Léo se glisse avec des mines de jeune effarouchée.

— Tu ne crains rien.

En grimaçant, il tourne la tête vers moi.

— Dommage.

Pour toute réponse, je m'efface pour qu'il entre tout à fait.

D'un coup d'œil rapide, il embrasse la pièce et note les détails. Un baldaquin doré, des murs tendus de toile de Jouy, des rideaux assortis. Un salon confortable, en velours bleu nuit, endroit cocooning que j'avais imposé à Duncan. La cheminée en marbre clair. Une photographie prise lors de notre mariage *en toute intimité* attire son attention. Je porte une simple robe d'été blanche, avec un petit chapeau à voilette – très années 1980 – prêté par Suzy. Duncan est en kilt, aux couleurs du clan. Quand je nous regarde, je me rends compte que nous ressemblions à des enfants posant le soir du bal de fin d'année de leur école.

— Il était beau gosse, ton Duncan. Et toi, toujours aussi craquante.

Je saisis le cadre sur la commode et le contemple en souriant.

— Plus de quarante ans de moins, et presque autant de kilos !

— N'exagère pas, tout de même ! Et puis, là, tu étais une gamine. Maintenant, tu es une femme accomplie, dans la force de l'âge.

Je lui ferais bien remarquer que *la force de l'âge* commence à être derrière moi, avec mes soixante piges qui m'adressent des coucous de plus en plus audibles, mais j'aurais un peu trop l'impression de faire ma chochotte.

— Tu voulais me dire quoi ?

Il cherche des yeux un endroit pour s'asseoir. Je lui désigne un fauteuil et je m'installe sur la méridienne. J'aimais m'y reposer, lorsque j'attendais mes enfants. Un plaid sur les genoux. Un bon livre. Une tasse de thé et un feu dans la cheminée.

Mon esprit s'évade, un instant, vers un ailleurs maintenant lointain. C'est bizarre, mais en vieillissant, il devient difficile d'étirer une échelle de temps. Est-ce une période reculée ? Est-ce un souvenir encore proche ? Un conglomérat d'événements se bouscule dans notre mémoire et en ressort, comme on tirerait des épingles d'un aimant qui les regroupe, des moments heureux ou plus douloureux, sans que les années puissent inscrire leur nombre.

Loin de mes pensées mélancoliques, je vois mon visiteur qui s'agite. Je renifle l'air en me penchant. Cette odeur de vanille. Je l'interroge du regard.

— Fiona m'a ramené. Et toi ?

— Quoi, moi ?

— Tu as dormi ?

Pour ne pas lui mentir, j'omets de répondre et lui demande ce qu'il tenait tant à me dire.

— Elle t'en veut.

— Comment ça, elle m'en veut ?

— Elle m'a raconté qu'elle en a bavé avec Ronald, qui était un fieffé coureur de femmes, et misogyne de surcroît. Elle ne l'aimait pas. C'est par dépit qu'elle l'a épousé.

Vais-je lui avouer que Ronald n'a pas tout à fait la même version des choses ? Ce serait admettre que je l'ai vu cet après-midi.

La raison l'emporte et je m'abstiens pour l'instant. Je lance un laconique :

— Je sais.

— Oui, c'est pour ça qu'elle t'en veut. Elle dit que tu n'as rien fait pour qu'Eliott t'oublie.

Là, je ne peux me retenir et je m'insurge :

— Comment ça, je n'ai rien fait ? Il ne l'aimait pas, voilà tout ! Il ne m'a pas demandé mon autorisation pour épouser Megan. Elle exagère.

— Elle est malheureuse.

— Ben, voyons.

Je le regarde par en dessous, tout à coup méfiante.

— Tu n'aurais pas fait *tac-tac*, tout de même ?

— Pourquoi, ça te dérangerait ?

Est-ce que les frasques de Léo me gênent ? Je me souviens de son *crush* pour la jeune influenceuse, sur le bateau, lors de notre croisière sur le Nil, et mon cœur se serre. J'admets que mon attitude avec lui est loin d'être claire. J'aime sa compagnie. J'aime partager des aventures avec lui. J'aime nos échanges. J'aime même nos querelles. J'aime son sourire timide, quand il me regarde, et ses déclarations spontanées. J'aime son contact. Sa peau. Son odeur…

Oui, je l'aime !

Mais non ! Il a vingt ans de moins que moi ! Lorsque je me suis mariée avec Duncan, il n'était pas né !

— M'en fous.

— Pardon ? Je n'ai pas entendu.

— Tu fais bien ce que tu veux, dis-je d'une voix plus intelligible.

Ma déclaration est accueillie par un profond soupir de désespéré. Et pour marquer son dépit, il se laisse aller en arrière, contre le dossier en velours.

— Fais chier, Mary.

— Pourquoi ?

— Parce que tu ne sais pas ce que tu désires.

Pour toute réponse, je croise les bras et il murmure.

— Nous nous sommes embrassés. Caressés. Chaud. Bouillant. Dans la cuisine, une fois sa serveuse partie. Bien sûr, elle espérait plus. Mais je suis un abruti. J'ai une autre personne dans la tête. Alors, chaque fois qu'une jolie femme m'approche et souhaite coucher avec moi, comme un idiot, je ne pense qu'à celle qui ne veut pas de moi. Je ne vois qu'elle. Et tout mon bel élan s'étiole.

Il gronde :

— Il va falloir que je me soigne. Et puisque tu n'en as rien à faire, je sais comment procéder. Je dois t'oublier.

Sa phrase cause un blanc, épais comme le *Big smog* de Londres, en 1952[1].

Fiona et Léo. Non, je ne peux pas admettre ça !

---

1. Du vendredi 5 au mardi 9 décembre 1952, a eu lieu, à Londres, la pire pollution atmosphérique de toute l'histoire du Royaume-Uni (cf. Wikipédia).

Beurk ! Mary, fais quelque chose. Agis ! Insurge-toi ! Saute-lui dessus ! Brame des mots de femme amoureuse, pour déclarer ta flamme.

Au lieu de ça, comme à mon habitude, je temporise :

— Tu sais que tu viens, peut-être, de signer ma condamnation, en refusant ses avances.

Je crois que j'ai prononcé là la phrase la plus stupide qu'il m'a été donné d'énoncer. Je pensais pourtant avoir déjà atteint les sommets. Mais non ! J'ai prouvé, à l'instant, que je pouvais faire plus dans *le grand n'importe quoi.*

Léo n'en revient pas. Afin d'échapper à son regard interrogateur, je me lève et me plante devant la fenêtre.

— Si je traduis correctement, tu viens de m'informer que Fiona risquait d'attenter à ta vie, tout ça parce que je n'avais pas couché avec elle ? C'est exact.

Exprimée de cette manière, je dois admettre que l'idée est déroutante. Ma moue en dit long sur le chaos qui m'envahit. Je serais Léo, je me lèverais et claquerais la porte.

Mais je ne suis pas Léo.

Ce dernier quitte son fauteuil et me rejoint. Il bloque mon vingtième-troisième va-et-vient en posant ses larges mains sur mes épaules. Il me toise au moins d'une tête. Et la différence entre nous deux est encore plus grande, car je me tasse. Comme si je voulais disparaître.

— Arrête, Mary. Tu es tellement sur la défensive, que tu en es à lancer des énormités. Je comprends que notre écart d'âge te perturbe. Je ne suis pas bête. Mais il ne doit pas te pousser à me faire du mal, et à t'en faire par la même occasion. Tu veux quoi ? Tout gâcher entre nous ?

— Non…

D'un mouvement doux, il m'attire contre lui et me berce avec tendresse.

— Admets que tu tiens à moi, mais que tu n'es pas encore prête.

— C'est le cas.

— À la bonne heure !

Il pose un baiser sur le sommet de mon chignon, et reste là, sans me lâcher. Mes yeux se perdent dans le parc, tout blanc de neige, vers le bonhomme énorme que Ruby a fait le matin même et sur lequel elle a planté un chapeau de pluie de son arrière-grand-père, et vers Suzy, pour une fois chaussée et habillée – le temps n'est pas propice au naturisme – qui se dirige, semble-t-il, vers le jardin d'hiver.

J'aime cet endroit et j'aime Léo.

La vie pourrait être facile, si je n'avais pas le chic pour toujours tout compliquer…

*

— Vous êtes prêts pour demain ? questionne Kate au moment du *five o'clock*.

Le feu dans la cheminée ronronne comme un gros chat heureux, et George, frileusement, frotte ses deux mains l'une contre l'autre, devant ses flammes dansantes.

— J'ai préparé quelques mandalas, informe Léo en portant, sans rechigner, sa tasse à ses lèvres.

George, depuis sa place au chaud, lui jette un clin d'œil malicieux. Ne comprenant que trop, je plonge mon regard vers le breuvage ambré. Si la couleur peut laisser des doutes, l'odeur, elle, ne trompe pas.

— Magnifique ! Un scone ? lui propose notre hôtesse.

Elle le *tartouille* de crème et de confiture, puis le lui tend.

Entre le whisky de mon beau-père et les gâteaux dont le gave ma belle-fille, je crains sérieusement pour sa santé et pour sa ligne !

— Pour ma part, j'ai réuni quelques effets de Duncan. Même si c'est douloureux, il est temps, à mon avis, que je m'en sépare enfin.

— N'est-ce pas un peu tôt ? relève Suzy en me fixant drôlement.

Radoucie par la présence de mon compagnon, Kate me touche la main et murmure :

— Moi, je trouve que c'est honorable de sa part.

— Bien entendu, rectifie ma belle-mère dans un sourire contrit.

Chacun énumère, plus ou moins, avec quoi il compte enrichir notre stand au marché de Noël. Vente de charité, rappelons-le, pour les bonnes œuvres.

— Bonnie préparera plusieurs litres de *Hot Toddy*[1], informe Suzy en reprenant la parole.

— Pas *de Mulled Wine*[2], j'espère, glapit George, j'ai horreur du *Mulled Wine*.

— Pas de *Mulled Wine*, le rassure sa femme, de bonne grâce.

Finlay semble sortir d'une douce torpeur et complète :

1. Boisson chaude à base de whisky, de miel, de citron et de clous de girofle.
2. Vin chaud épicé.

— Père avait de beaux livres. Je pense qu'ils intéresseront de nombreux amateurs éclairés et rehausseront, ainsi, le montant de notre cagnotte. Très bonne idée, mère.

Tout le monde acquiesce – sauf Suzy –, alors que vient l'heure de parler du menu des fêtes, réveillon du 24 et le 25 compris, jour de mes 60 ans.

La mâchoire de Léo n'arrête pas de se décrocher, déclenchant l'hilarité de Ruby. Il s'étonne devant la soupe traditionnelle proposée en entrée, à l'orge et aux pruneaux – une soupe pour Noël ! –, et se rassure avec le saumon fumé promis, bien que la sauce aux câpres le déstabilise quelque peu. La dinde rôtie semble le satisfaire.

— Avec une sauce à base de pain, de lait, d'oignons et de clous de girofle, le taquine Ruby, avec espièglerie, et une purée de pommes de terre avec des rutabagas.

— OK.

Mon Commandant sans nom déglutit et vrille sur le plat de choux de Bruxelles accompagnés de châtaignes. Quant aux desserts…

— Le *cranachan,* j'adore !

Puis je rougis en me souvenant que c'est la dernière chose qu'Eliott a concoctée pour moi.

— Il va falloir que Bonnie prépare elle-même des *shortbread*, soupire Kate en se rappelant que notre pâtissier préféré a rendu l'âme. Ainsi qu'un gros Christmas pudding. Léo, vous ne pouvez qu'aimer le Christmas pudding !

Par prudence, il n'ose demander ce qu'il contient et hoche la tête avec un demi-sourire inquiet.

Nous cessons là nos débordements culinaires. Le thé et les gâteaux étant terminés, nous regagnons tous nos appartements.

— Étranges, ces mélanges.

— Pas plus que les nôtres, tu sais. N'oublie pas que nous mangeons le foie cirrhosé d'un canard ou d'une oie, un dessert qui ressemble à un morceau de branche d'arbre mort, et juste avant du fromage qui pue.

Il l'admet, alors qu'il me suit dans ma chambre.

— Tu prends de sales habitudes.

— Je la trouve cosy. Et puis, j'ai un secret à te confier, je hais les tentures murales de la mienne. Ces arabesques ont quelque chose d'hallucinatoire. J'en fais des cauchemars. Tout comme je déteste savoir que le fantôme d'Angus me surveille et a pris possession de mon lit.

Tout en le laissant entrer, je rigole :

— On va finir par se faire capter.

— Parce qu'on est là tous les deux ?

— Oui.

Un ricanement répond à mon inquiétude.

— Lady Mary chérie ! Je te rappelle que tu as 60 ans dans deux jours. Il serait temps que tu te détaches des *qu'en-dira-t-on*. Tu ne crois pas ?

Je grommelle un *oui* inaudible qui le fait éclater de rire.

*

— Elle a voulu coucher avec toi ?

Cela fait bien deux heures que nous sommes là, tranquilles, à prendre un peu de repos devant la cheminée de ma chambre. Léo a réussi à obtenir que je mette entre parenthèses l'enquête qui m'occupe la tête pour profiter d'un moment de vacances.

— Si tes deux amis n'avaient pas eu la malencontreuse idée de mourir pour les fêtes, nous aurions eu de longs instants de paresse charmants, à nous réchauffer à un feu de bois, tout en sirotant un des excellents whiskies de George. Nous aurions fait de belles balades dans la campagne. Nous aurions visité cet étrange château, au milieu de l'eau, sur le lac du côté de Glencoe. Tu m'aurais emmené espionner Nessie ou prendre le train des jacobites, comme Harry Potter. On aurait même pu manger dans un pub sympa des biftecks de la largeur d'une main.

— C'est vrai… je suis désolée d'être une si mauvaise compagne.

— Tu l'es.

Sa déclaration spontanée me désarme. J'admets que je n'imaginais pas que ces quelques jours dans le pays qui a accueilli la plus grande partie de ma vie d'adulte se transformeraient en un parcours morbide.

J'ai envie d'avoir la paix, moi !

Bon, en même temps, Eliott et Tommy n'ont pas demandé à mourir, non plus.

— Avec cette histoire, je n'ai même pas tout ce que je veux offrir à Noël. Tu as tout, toi ?

Léo reconnaît que non. Il a rapporté pas mal de choses de France dans ses valises, mais pas tout. Il n'a pas encore trouvé mon cadeau.

— Comme quoi, tu ne penses pas à moi.

— Comme quoi, je cherche quelque chose d'exceptionnel.

Discussion stérile.

— Allez, viens. On va en ville faire du tourisme et dénicher ce qui nous manque. Prends une lampe de poche. La nuit tombe vite.

Nous quittons d'un commun accord notre cocon douillet et, vêtus chaudement, nous nous lançons à l'assaut du froid polaire qui règne sur la région.

— Il fallait me dire que j'arrivais chez le père Noël.

— Habituellement, il y a beaucoup moins de neige.

— Le changement climatique.

— Sans doute.

— Ou un accueil particulier conçu pour moi.

Il rigole :

— Tu crois que l'Écosse ne m'aime pas ?

Autour de nous, le décor est féerique. Pas besoin de guirlandes lumineuses pour rendre l'atmosphère magique ! Les pins, lourds de givre, ploient et nous ouvrent le passage, avec leurs arceaux de branches, jusqu'à la route. Nous avons décidé de marcher. Didou reste donc dans la cour du manoir, le nez abrité par une couverture, afin de protéger son vieux moteur des affres du froid.

Il ne manquerait plus qu'il tousse !

Malgré nos bottes et leurs semelles épaisses, nous glissons sur le goudron gelé. Plusieurs fois, je dois me retenir au bras de Léo, qui en profite pour m'agripper les épaules. Au loin, le village ressemble à s'y méprendre à une carte postale de vœux de fin d'année. Mon compagnon m'en fait la remarque.

— *Hogmanay.* C'est ainsi que nous appelons le jour de l'an. C'est beaucoup moins formel qu'en France. Nous

nous réunissons, souvent au pub, entre amis, et chantons, jouons de la musique. À minuit pile, au lieu de nous embrasser, nous buvons un *dram*[1] de whisky, avec un *shortbread* et un bout de pain noir aux fruits secs. Puis nous admirons les feux d'artifice. Tout cela dure parfois jusqu'au 2 janvier, puisque c'est un jour férié ici. C'est également l'occasion de rendre visite aux proches avec trois dons. Du sel pour la nourriture, un morceau de charbon pour souhaiter qu'ils aient chaud tout l'hiver, et pour finir une petite pièce de monnaie pour la prospérité.

— C'est charmant !

— Oui. Par contre, pour Noël, c'est aux pauvres que nous pensons, avec le *Boxing Day*. Le 26 est aussi férié et, ce jour-là, nous remplissons des boîtes d'offrandes pour les enfants et ceux qui n'ont rien.

Léo me fait la réflexion que je suis un *Wikipédia* sur pattes, ce qui me tire un gloussement.

— J'ai vécu plus longtemps ici qu'en France, tu sais.

Sur la place du bourg, les cabanons sont prêts pour le marché. Plusieurs employés s'activent et tendent les décorations entre les stands, alors que d'autres montent un podium pour le concours de la plus belle barbe. Au centre, un énorme sapin a été dressé sur ses pieds et clignote déjà.

— Pendant longtemps, les presbytériens ont interdit les fêtes de Noël. Elles n'avaient pas d'importance pour leur religion. Alors, depuis que c'est légal, les Écossais se rattrapent.

1. Dose se situant entre 4 et 5 cl.

En effet, sur les maisons, les boutiques, dans les rues, tout n'est qu'ornements lumineux.

— Demain, ça sentira le *Mulled Wine*. Tu sais la boisson que George n'aime pas.

— L'équivalent de notre *vin chaud*.

— C'est ça !

Autour de nous, les boules de neige fusent, accompagnées par les éclats de rire des enfants. C'est joyeux. C'est festif. Ça met du baume au cœur. L'espace de quelques minutes suspendues, j'en oublierais presque que deux de mes amis de jeunesse ont trouvé la mort de manière bien mystérieuse.

— Lorna, Nora ! Revenez par ici. La nuit tombe. Il est temps de rentrer.

Je me retourne vers la voix. Un homme me salue tout en appelant ses filles.

— Hey ! Colin !

— Lady Mary ! Comment allez-vous ?

Tout en hélant, à mon tour, mon interlocuteur, je louche sur Léo, qui retient un rire. Depuis le début de notre séjour, le *lady Mary* ne passe pas !

— Ce sont tes enfants, Colin ?

Colin et Callum, je les ai vus naître. Sa mère était une excellente cliente, lorsque j'étais herboriste.

— Oui ! Le croyez-vous ? Des jumelles !

— Tout comme ton frère et toi.

— Oui.

— Ah ! La génétique, tout de même !

— Et elles sont soudées, tout comme Callum et moi !

— Elles sont surtout adorables ! Tu transmettras le bonjour à ta mère.

— Je n'y manquerai pas ! Bonnes fêtes à vous et à votre famille, lady Mary.

— Bonnes fêtes à vous tous de notre part aussi.

Colin et sa précieuse progéniture s'éloignent, et je les suis des yeux alors qu'ils se dirigent vers leur domicile, dans une ruelle non loin de la place.

— Ah ! C'est fou, les jumeaux, comme ils sont en général proches l'un de l'autre. On raconte que chez certains, lorsque l'un des deux a mal, le second le ressent.

Mon compagnon le confirme, avec un regard attendri en direction des enfants qui disparaissent à l'angle du pub.

Quel père attentif doit-il être !

— J'avais des copains qui étaient jumeaux, m'explique-t-il en souriant, des inséparables. Fiona se souvenait que, pour Wallace et Allan, c'était pareil.

En entendant ses derniers mots, je m'arrête nette.

— Qu'y a-t-il ?

— Répète ce que tu viens de dire ?

Léo m'observe bizarrement, puis hausse les épaules :

— Fiona m'a raconté que Wallace et Allan étaient très proches. Ça te dérange qu'elle me parle ?

Je marmonne :

— Non… pourquoi ? C'est plutôt l'info sur les garçons du vieil Allan Wilson.

Wallace et Allan Junior, je ne les ai jamais vus ensemble. Lorsque je suis arrivée dans leur vie à tous, Wallace était déjà… *je bugue…* mort.

— Et ?

Je repense à Ronald, dans la crypte.

— Ronald m'a affirmé le contraire.

C'est au tour de Léo d'être surpris.

— Tu as rencontré Ronald Scott, dernièrement ?

Mon *oui* est presque inaudible.

— Merci de ne pas me l'avoir raconté.

Mon soupir vient du fond de mon cœur. Vais-je lui faire la remarque qu'il ne m'a pas dit grand-chose, après son trajet dans la voiture de Fiona ?

Outre le fait qu'il sentait très fort la vanille.

J'hésite. Non, en fait. Ce serait chercher des histoires pour rien. Nous avons mieux à faire !

— J'allais te mettre dans la confidence. Mais nous n'avons pas pris de temps, ni toi ni moi, pour discuter.

Ben, voyons ! Deux heures à ne rien faire devant la cheminée !

Il perçoit l'insistance sur le *ni toi* et arrête là ses récriminations.

— C'était risqué, ce que tu as fait.

— Je sais. Mais en fait, c'est moi qu'il accusait.

— Toi ?

— Oui.

Mon Commandant sans nom me toise, avant d'éclater de rire.

— Toi, transformant Tommy en marshmallow trop cuit et jetant ton ancien *crush,* dans un évier rempli de lait, après l'avoir assommé ?

Il reprend son sérieux et me fixe :

— Tu n'as pas fait ça, au moins ?

— Léo… sois un peu raisonnable…

— Nous sommes tous des assassins en puissance. La seconde est courte, entre l'avant et l'après.

— Oui, peut-être. Mais pas moi.

— Tu en es certaine ?

Je n'aime pas son insistance, qui me trouble. Aussi, je change de conversation.

— Je résume. Fiona t'a dit que Wallace et Allan Junior avaient toujours été des jumeaux très proches. Et Ronald m'a expliqué le contraire. Il m'a raconté qu'Allan n'en avait rien à faire de toutes ces vieilles histoires. Et que, de toute façon, il n'avait jamais été fusionnel avec son frère.

Mon interlocuteur ne me répond pas tout de suite. Il réfléchit avant de reprendre la parole.

— Des deux, l'un ne dit pas la vérité.

— C'est ça.

— Et si l'un des deux ne dit pas la vérité, c'est qu'il a de sérieuses motivations pour ne pas le faire.

— Toujours exact.

Je songe à Fiona, amoureuse, qui a ses entrées partout et que personne ne remarque. Fiona, qui détient une photo de moi et d'Eliott, en train d'échanger un baiser. Chaste pour nous. Mais un cliché ne raconte pas ce qui a pu se passer l'instant d'après. Et sur ce sujet, je sais que l'imagination peut faire des miracles. Enfin, lorsque je parle de *miracles...* ce seraient plutôt des dégâts. En même temps, je me dis que si c'est elle qui a fait ça, elle a assisté à la suite du rendez-vous ! Donc pas de malaise !

Je me gratte la tête sous mon chapeau en laine.

Vous en conviendrez, la laine, ça gratte.

Qui, de Ronald et Fiona, aurait le plus de raisons d'éliminer les membres d'un ancien groupe d'amis ? Fiona me semble la mieux placée, sans que je parvienne à comprendre pourquoi. Toutefois, le mensonge de Ronald sur le lien qui unissait Allan Junior et Wallace, son frère jumeau, me laisse perplexe. Qu'avait-il à gagner en me poussant à croire l'inverse ? Qui protégeait-il ? Et pourquoi me raconter que son ex-femme était folle de lui, alors que cette dernière clame le contraire ?

À quel jeu jouent-ils, ces deux-là ?

Et Allan ?

— Bon sang ! Qu'est-ce qui pourrait lier Ronald, Allan et Fiona ? J'avoue que je nage en pleine eau trouble. Qui fait quoi dans cette histoire ? Et pourquoi ? Je reçois un son de cloche de Ronald, qui ne correspond ni à celui de Fiona ni à celui d'Allan.

— J'admets que, ne disposant pas de toutes les pièces du dossier, comme lorsque je mène une enquête en France, j'ai moi aussi du mal à faire la part des choses. On peut retourner chez Allan. Peut-être que nous arriverons, en discutant à nouveau avec lui, à nous faire une idée plus précise.

— Pourquoi pas ? En espérant qu'il ne nous virera pas de chez lui avec un fusil.

— Ah carrément ? Les Écossais sont comme ça ?

— Ils sont comme tous les humains qui craignent quelque chose.

Léo ne peut retenir un rire étouffé, alors que je propose :

— Tu viens ? La nuit tombe vite. Allons manger un morceau avant de nous rendre à la ferme.

— Le Cerf d'Or a rouvert ?

— Oui, c'est le fils d'Eliott qui est arrivé. Zone d'intérêt public. Le Cerf d'Or est le seul pub aux alentours. Le laisser fermer, c'était risquer la révolution.

— Je vois. Il est courageux.

— Oui. Mais il est parfois des circonstances qui font que les sentiments doivent passer après le travail. C'est le cas ici. Viens ! Autant prendre des forces avant de marcher, car si nous voulons nous rendre chez Allan en véhicule, il faut que nous allions d'abord récupérer Didou au manoir.

*

La route du retour, à pied, a été rocambolesque à souhait. Dans le halo de nos lampes de poche, un grand cerf a rebroussé chemin, alors qu'une biche, impassible, a attendu que nous soyons très proches d'elle, avant de fuir à son tour.

— Magique ! a murmuré Léo, qui n'en est pas revenu.

— Ici, tu sais, il n'est pas rare d'apercevoir ces animaux, au petit matin, sur la place de Glenmoray. En fait, ils commencent même à être envahissants. Ils sont trop nombreux et font des dégâts. Mais personne ne veut y toucher. C'est un peu notre symbole. Notre image de marque.

Lorsque nous pénétrons enfin dans le hall, encore émerveillés par le spectacle que la nature nous a offert, nous nous tenons par le bras.

Je lance :

— Je vais récupérer les clefs de mon van dans ma chambre. Tu m'attends là ?

— Pas de souci, *my darling lady Mary.*

James nous accueille. Je le trouve toutefois bizarre. Presque gêné. Est-ce la proximité que j'entretiens avec Léo qui le dérange ? Imagine-t-il une situation plus équivoque entre nous deux, et la juge-t-il déplacée dans la demeure de mon époux ?

Sortant de sa réserve habituelle, il me suit dans l'escalier.

— Est-ce que lady Mary et ce… monsieur resteront longtemps parmi nous ?

Je suis sur le point de lui répondre que je suis ici chez moi. Cependant, la polémique me semble inutile. Alors, j'arbore mon plus beau sourire afin de l'informer que je n'ai pas encore de date précise, et que tout dépendra de l'avancée de…

... l'enquête...

Je me tais.

... du jour de l'enterrement de mes deux amis.

— Lorsque la police rendra les corps, nous pourrons en reparler.

Puis je le laisse en plan et grimpe les marches.

Lorsque je retrouve Léo, notre majordome a disparu, l'abandonnant seul dans l'entrée. Je lui rapporte mon inquiétude.

— James m'a paru bizarre. Il m'a demandé quand on comptait repartir en France.

— Vraiment ?

— Oui.

Léo bougonne :

— Moi, il ne m'a pas adressé la parole et s'est volatilisé.

Nous montons dans mon véhicule sans plus aborder la question. Après tout, un majordome respectable peut, lui aussi, avoir des états d'âme. Même s'il n'est guère convenable qu'il les manifeste.

Nous faisons la route en silence. Allan habite de l'autre côté du domaine, et ce dernier est assez grand pour nécessiter plusieurs minutes en voiture. Étrangement, la porte n'est pas fermée à clef et il n'y a personne à l'intérieur, malgré l'heure tardive.

— C'n'est pas normal.

— Il a peut-être dû se rendre à la bergerie d'urgence.

— Nous allons l'attendre.

Un feu ronronne dans l'âtre, signe que le propriétaire des lieux n'est pas absent depuis longtemps. J'allume et je m'assois dans le rocking-chair en bois du père Wilson. Léo, quant à lui, reste debout et tourne un peu. Il regarde les photos, exposées dans des cadres.

— Les jumeaux ?

— Oui.

En examinant le cliché, n'ayant pas connu Wallace, je reconnais que ces deux-là étaient des photocopies.

— Allan ne faisait pas partie du groupe ?

— Apparemment non. Les autres ne le voulaient pas, il me semble.

— Et Wallace l'abandonnait pour les suivre ?

— Il faut croire. Allan était ce qu'on appelle dans un couple gémellaire le gentil. Tout le contraire de Wallace qui donnait les ordres. Allan a conservé ce côté tranquille.

C'est un *vieux garçon*. J'ai d'ailleurs du mal à l'imaginer en coupable.

Léo pose le cadre et se tourne vers moi.

— Je comprends. Quel âge a-t-il ?

— Soixante-cinq, à mon avis. Je pense que l'épée de Damoclès que mon fils lui brandit au-dessus de la tête a dû le perturber. Vivre seul et se voir menacer par un petit arrogant d'expulsion ne doit pas être facile à gérer.

— Tu parles de ton fils.

— De mon fils, dont je ne cautionne pas le fonctionnement. L'internat lui a ôté tout affect.

— Il faut reconnaître que les pensionnats anglais pour garçons n'ont pas très bonne réputation en matière de rigueur. On raconte qu'ils sont peu permissifs. Voire castrateurs.

— Je sais… mais je n'avais pas mon mot à dire. George et Duncan y sont allés… alors…

Léo me rejoint et appuie sur le rocking-chair pour le balancer.

— Tous les adolescents ne réagissent pas pareil. Finlay était peut-être trop sensible. Il aura voulu cacher ça sous un vernis glacé.

— C'est possible.

L'intérieur du séjour de la ferme est austère, mais propre. Les murs blancs sont chaulés, et le plancher ciré avec soin. Allan ne se laisse pas aller. Il est peut-être bouleversé, mais ses sentiments ne se reflètent pas dans son environnement. Un buffet bas en bois foncé occupe le fond de la pièce, assorti à une table massive. Pas de chaise, mais deux bancs. Un portrait de ses parents au mur, le jour de leur mariage. Un brassard noir a été glissé sur l'un des coins du cadre.

— Tu crois à cette histoire de chantage sur ton fils ? questionne mon compagnon en caressant un gros chat blanc qui dort sur un coussin.

— Je l'espère. Si Allan a eu l'intelligence de se servir de ce qu'il sait pour effacer sa dette, je cautionne.

Je regarde l'heure à la vieille pendule au mur. Ici, rien n'a changé depuis des décennies. Des générations de Wilson se sont succédé dans cette ferme, tout comme des générations de MacLitha au manoir.

Une forme de mélancolie s'empare de moi, alors que je murmure :

— Il n'y aura plus personne après Allan. Est-ce la fin d'une époque ?

J'imagine déjà les bâtiments et quelques ares cédés à prix fort à des touristes. Les rénovations qui apporteront du modernisme à l'intérieur, tout en conservant *le jus* d'origine.

Les pancartes en couleur des promoteurs fleurissent dans ma tête :

Pour des vacances heureuses, achetez ici votre cottage typique des Highlands.

Avec des enfants qui courent après un westie[1] *dans l'herbe verte. L'eau du lac qui scintille. Le père qui se tient devant un barbecue, pendant que la mère lit sur un transat.*

— Je te trouve désabusée, lance mon compagnon, sans savoir ce que j'ai à l'esprit.

— Ce doit être le lieu.

---

1. West Highland White terrier, race de chien d'origine écossaise.

Pour couper court à mes états d'âme, je lui accorde un sourire, puis bondis du fauteuil qui, dans l'élan, s'énerve dans un va-et-vient frénétique.

— Où peut bien être Allan ?

— On va voir à la bergerie ? me propose Léo.

— OK.

Nous sortons de la maison. Dehors, une nuit noire et épaisse nous accueille. Nous devons allumer nos lampes pour nous diriger.

Le hangar à moutons est calme à cette heure. Lorsque nous faisons coulisser la grande porte pour nous frayer un passage, quelques brebis se lèvent, en alerte. Comme elles savent que ce n'est pas le moment d'être nourries, elles nous reçoivent avec curiosité.

Je scrute. Aucun point de lumière à l'horizon !

Nous traversons le bâtiment de part en part, sans pour autant dénicher la moindre trace d'Allan.

— Où se cache-t-il ?

Je l'appelle. Peine perdue. Ma voix ne fait qu'alarmer quelques animaux, parmi les plus farouches, qui se mettent à bêler comme si nous souhaitions attenter à leur vie.

— Chuuut !

Mais rien n'y fait. Le concert, au contraire, prend de l'ampleur. Si nous ne voulons pas risquer la mutinerie ovine, il nous faut fuir au plus vite !

— Qu'est-ce qu'on fait ? me demande mon Commandant sans nom, tout en éternuant.

Ses atomes crochus avec les moutons semblent déficients. Je soupçonne même une allergie latente.

— On rentre.

Nous rejoignons Didou et reprenons le chemin du manoir.

— C'est étrange, tu ne trouves pas? s'inquiète Léo après un dixième *atchoum,* alors que nous nous séparons devant nos portes respectives. Tout laisser en plan, comme ça, si tard...

Mon portable m'annonce un message.

— J'admets. Mais nous n'allons pas le chercher maintenant, dis-je en prenant connaissance du SMS. Nous verrons demain.

— Rien de grave? me glisse mon interlocuteur en suivant mon regard.

— Non, non. C'est Rosalie[1] qui me donne des nouvelles d'Arsène.

— À cette heure?

— Tu sais comment fonctionne Rosalie! Un oiseau de nuit!

Je pouffe tout en posant une bise sur sa joue.

— Dors bien!

— Toi aussi, ma lady Mary.

J'attends qu'il ait refermé derrière lui et lis à nouveau le texte écrit :

Viens me rejoindre à la boutique. J'ai un truc important à te dévoiler. Je l'ai appris à l'instant. C'est une question de vie ou de mort.

Et c'est signé Angus.

---

1. Amie de Mary. Elle garde son chat Arsène.

14

Jour de marché

Le lendemain matin, alors que Léo esquive George afin d'éviter l'assiette de *beans*, nous apprenons de la bouche de Finlay que la police locale a eu la même idée que nous.

— Les flics ont fait quoi ? s'étonne Tattooed Man en nous rejoignant à table.

— Ils ont arrêté Allan en fin de journée. Ils le soupçonnent d'avoir tué Elliot et Tommy.

— C'est pour cette raison que la maison était vide, hier soir.

— Comment ça, la maison était vide ? demande Finlay.

Je coupe court d'un :

— Non, rien !

Mais il insiste :

— Vous y êtes allés ?

— Oui, on voulait lui parler.

Suzy en profite pour intervenir.

— Qui aurait cru ça ! lâche-t-elle avec un air désolé sur le visage. Il n'a rien d'un tueur.

Je ne sais pas pourquoi, mais sa remarque me choque.

— Il n'est pas encore dit que ce soit lui le coupable.

Mon fils me décoche un regard consterné.

— Ma pauvre mère, soupire-t-il, mais qui veux-tu que ce soit, à part lui ? Tout l'accuse. Il va falloir que je trouve un berger pour qu'il s'occupe de ses moutons.

Je dois l'admettre, tout l'accuse, puisque nous en sommes, Léo et moi, arrivés au même stade. Un frère retrouvé mort dans les décombres d'un vieux souterrain. Et tout un groupe d'amis qui a caché cet accident durant plus de quarante ans ! Il y a de quoi éveiller une envie de représailles. Surtout lorsque ce frère était en fait son jumeau !

— Il a de quoi être choqué et désirer se venger, soupire Léo.

Je hoche la tête pour en convenir, tout en songeant à Ronald, qui m'a dit l'avoir informé avant.

Je termine mes œufs au bacon et tente de faire le point. En résumé, nous avons un type tout gentil, tout mignon : Allan. Il est le dernier d'une longue lignée d'éleveurs de moutons. Alors que son père vient de décéder, il apprend par Finlay qu'il va être expulsé, et que son jumeau est mort depuis belle lurette. Il en déduit que le groupe d'amis de ce dernier a caché son accident, et que mon fils est un beau salaud, pour oser le mettre dehors.

Nous avons, de ce fait, un pondéré qui sort de ses gonds.

Paf ! Ça fait mal, un pondéré qui sort de ses gonds ! Surtout si des années de soumission se camouflent sous ce calme apparent.

Allan pète un câble. Il voit rouge. Sa vie n'a plus aucun sens. Il peut donc la terminer en prison, si, avant cette étape, il fait exploser tout le ressenti accumulé. Une éducation à la dure, avec un père qui préférait Wallace, car il était plus courageux. Un travail peu rémunérateur. Le découvert à la banque à gérer, depuis des années. La solitude. La certitude d'avoir un frère qui a échappé à tout ça, et qui se la coule douce au Brésil, bien au chaud, pendant que lui trime. Puis l'annonce de sa mort. La menace d'être délogé de sa ferme, par un type qu'il a vu naître.

Il passe à l'acte.

Il tue !

— Mary ? Hé ho ! Mary ?

Mais pourquoi les photos ?

Je sursaute.

— Hein ? Quoi ? Oui !

Sauf si ce n'est pas lui qui a envoyé les clichés.

Léo, goguenard, me regarde en rigolant, alors que Suzy fait claquer ses doigts l'un contre l'autre pour m'interpeller.

— Où étais-tu partie ?

— Je pensais à Allan. Pourquoi ?

— Parce que je te demandais à quelle heure tu venais tenir le stand, au marché de Noël. Tu sais que nous nous relayons.

Un cri s'échappe de ma bouche.

— C'est aujourd'hui ?

— Eh oui ! C'est aujourd'hui ! Kate y est déjà. Mais elle ne va pas y rester longtemps. Pas dans son état.

Le *pas dans son état* résonne dans ma tête.

— Elle est enceinte ?

Suzy grommelle.

— Je n'étais pas censée l'annoncer tout de suite. Excuse-moi, Finlay. C'est un peu tôt. Mais voilà ! C'est fait ! Tu vas être grand-mère pour la quatrième fois. Heu… et moi, arrière-grand-mère. Grand Dieu ! Quel terme affreux ! On dirait un vieux truc qu'on sort du placard au fond du couloir. Bon, j'espère que ce sera un garçon ! Un futur George.

Je lâche un *Félicitations, Finlay !,* puis louche vers mon beau-père qui mange avec application ses haricots blancs. Rien ne le perturbe dans cette tâche journalière, si importante à ses yeux. Certains attendent avec impatience leur premier *petit noir* du matin. George, lui, c'est son assiette de *beans*. Chacun ses préférences.

— Bon ! Enfin, voilà ! Passons. À quelle heure penses-tu pouvoir la remplacer ?

Je ravale ma salive sur le *passons* de ma belle-mère et grommelle contre le fait que j'avais oublié cette histoire de stand ! Je voulais fouiner et glaner, çà et là, des informations. Apprendre comment la police en est arrivée à des conclusions analogues aux nôtres ? Savoir si les habitants de Glenmoray jugent Allan coupable ? Qui était Wallace ? Et comment le vieux Wilson traitait ses gamins ? Cuisiner Fiona pour connaître l'identité de celui qui lui a envoyé des photos de moi. Enfin, des petites choses banales, mais très importantes aux yeux de l'enquêtrice amatrice que je suis.

Ah ! Et puis rendre visite à cet emplumé d'Angus, aussi ! Le traître qui m'a fait ressortir à 11 heures du soir, et qui n'était pas dans sa boutique à l'heure de notre rendez-vous.

Alors que là ! Je vais devoir servir des verres de *Hot Toddy* et emballer dans du papier cadeau les menus objets que nous avons réunis pour l'occasion !

— Que dirais-tu si nous prenions la tranche la plus tardive, Mary ? Juste après le concours de la plus belle barbe.

J'acquiesce avec enthousiasme. Si je vois le côté positif, nous avons devant nous plusieurs heures de liberté.

— Parfait ! jappe Suzy. Je vous mets tous les deux de 18 à 22 heures. Ça vous va ?

— Très bien !

Je sens mon interlocutrice contrariée, mais je n'arrive pas à comprendre si c'est de notre faute ou si un autre sujet la préoccupe. Peut-être la future naissance ? Il n'y a aucune raison. L'arrestation de son métayer ?

Je repense à la question saugrenue de James, la veille au soir. James et Suzy sont comme les deux doigts de la main. A-t-il voulu me transmettre le ressenti de ma belle-mère au sujet du couple que je forme avec Léo et qui, peut-être, sous ce toit, dérange ? L'un d'eux nous a-t-il vus entrer dans la même chambre ? Celle de Duncan…

Alors qu'aucune raison apparente ne m'y conduit, je hausse les épaules. Je ne forme aucun couple avec Léo ! Et ma belle-mère a dû tromper mon beau-père avec tout ce qui était capable de la satisfaire dans son entourage. De là à me juger ! Non !

Je décide de passer sur le sujet, en me confortant dans l'idée que je me fais des films.

*

La fête bat son plein. De tous côtés, les gens se bousculent devant les stands débordant de douceurs, de décorations et de cadeaux artisanaux. Près de la scène en bois, le traîneau du père Noël n'attend plus que son hôte de marque, alors que les enfants se massent déjà dans la queue pour se faire prendre en photo avec lui.

J'aime cette joie. J'aime cette ambiance aux odeurs de cannelle et de sucre. J'aime tous ces regards qui brillent.

Alors que j'ai repéré une belle bougie parfumée incrustée de fils d'or, des cris nous interpellent :

— Le voilà ! Le voilà !

Un mastodonte, tout de velours rouge vêtu, une barbe à faire pâlir de jalousie Léo, vient de monter sur le podium. Il salue la foule d'une main gantée de blanc.

— Ho ! Ho ! Ho !

Les gamins hurlent de joie pour toute réponse. Ravi, le héros du moment redescend de l'autre côté, enjambe les patins arqués de la luge et se glisse sur le siège recouvert de cuir noir. Pour signifier qu'il est prêt à accueillir ses petits sujets, il agite une clochette.

— Santa Claus ! C'est Santa Claus !

L'émoi de certains enfants fait plaisir à voir. On les sent touchés au plus profond de leur cœur, émus de vivre cet instant intense.

— Jasmin ou patchouli ?

— Pardon ?

Visiblement affecté lui aussi, Léo ne quitte pas des yeux le bonhomme et le regarde installer sur ses genoux le premier gamin de la file. Il doit penser à son fils, Tim. La suite me l'atteste.

— Sa mère m'a envoyé une photo de lui avec le père Noël. Elle a été prise au supermarché. Il est heureux, mais, en même temps, j'ai discerné de l'inquiétude sur son visage. C'est vrai que lorsque tu es petit, ce personnage tout en rouge peut terrifier.

Je confirme.

— À l'âge de trois ans, Finlay a hurlé lorsque Duncan l'a assis dans le traîneau !

Finlay. Une bouffée d'émotion me submerge. Et si nous nous étions ratés, lui et moi. Et s'il convenait de refaire le chemin, maintenant qu'il va être père à nouveau. Un père plus mature. Pas comme au moment de la naissance de Ruby.

Quant à Tim, je sais que, cette année, il passera Noël avec sa mère. Léo l'a une année sur deux. Il m'a avoué que c'était toujours difficile quand ils n'étaient pas ensemble pour les fêtes. Cette alternance lui procure le même sentiment que les personnes ayant vu le jour un 29 février. L'étrange impression d'avoir des trous dans le calendrier.

— Tu disais ?

Je sursaute.

— Qu'est-ce que je disais, déjà ? Ah oui ! La bougie ? Jasmin ou patchouli. Un cadeau pour Suzy.

— Patchouli. Sans hésitation.

Nous éclatons de rire, de concert. Sacrée Suzy et son goût immodéré pour la provocation. Je me demande souvent ce qui l'émeut. Même le fait de devenir une nouvelle fois arrière-grand-mère l'agace.

Je me tourne vers le vendeur pour lui annoncer mon choix. Pendant qu'il me fait un paquet cadeau, je regarde

Léo s'éloigner du stand. Il revient vers moi avec des *shortbread* et du vin chaud.

— Moins bons que ceux de Tommy !

Je hausse les épaules après sa remarque. Le vin sent fort les épices et nous réconforte. Je croque dans le biscuit. Son goût de beurre envahit ma bouche. Les *shortbread*, ce sont mes *madeleines de Proust !*

Fort heureusement, mon Commandant sans nom veille au grain. Les souvenirs n'ont pas le temps d'arriver dans ma tête et de percuter mes pensées que je l'entends s'inquiéter du devenir de sa barbe.

— Ça m'embête un peu de la couper, après.

— Ben, tu la garderas.

— Je suis gendarme. Il faudra que je la raccourcisse de toute façon.

— Mouais.

La réponse ne le satisfait pas. Il va insister, lorsque je l'interromps.

— Tu crois qu'Allan avait suffisamment de rancœur contre Tommy et Eliott pour les tuer, comme il l'a fait ?

Shortbread. Tommy. Donc Eliott. Et Allan. Vous me suivez ?

Si les souvenirs n'ont pas eu le temps de refaire surface, c'est l'enquête qui, elle, prend le relais.

— Hum ?

Mon interlocuteur se lisse le poil avec délectation. Il va finir par m'inquiéter ! S'il ne gagne pas ce concours, je crains la dépression *post-concursum*.

J'insiste :

— Allan ?

— Quoi, Allan ?

— Tu le penses coupable ?

D'un coup d'œil rapide, il jauge le fond de son gobelet et fait un cul sec avec le vin chaud qu'il lui reste.

— Sais pas. Tous les signes vont dans ce sens.

— Ce n'est pas une réponse de grand flic, ça.

— Oui, mais le grand flic est en vacances. Si la police a arrêté Allan, c'est qu'elle a ses raisons. Moi, je jette l'éponge. Un moment magnifique m'attend, tout à l'heure. Et je ne veux pas rater ma rencontre avec la gloire.

Moment magnifique ? Rencontre avec la gloire ? Non, mais pincez-moi ! Je rêve !

Lorsque nous avons mis les pieds sur ce marché de Noël, quelqu'un a kidnappé mon Tattooed Man chéri et me l'a remplacé par un *Mister Univers* avec un pois chiche en guise de cerveau !

Je prends le paquet cadeau que le vendeur me tend et me tourne vers le podium. Et là, je comprends ! Je comprends pourquoi mon compagnon est indisponible depuis quelques minutes et ne parle que de son système pileux ! Sur un écran géant viennent d'apparaître les photos des futurs compétiteurs. Se succèdent les portraits de types tous plus barbus les uns que les autres !

— Tu crois que j'ai mes chances ?

Le doute suit la certitude. Nous voilà dans de beaux draps !

— Mais oui. Regarde comme tu es magnifique !

Je dis ça, bien entendu, quand le profil de mon Commandant sans nom, sérieux comme un pape, la mine sombre, surgit en grand.

— Un véritable *killer* !

Je le vois froncer les sourcils. Zéro pour cent d'humour, aujourd'hui ! Pour l'autodérision, je repasserai !

Je consulte l'heure sur mon téléphone. Nous avons deux heures avant *le grand moment* ! J'en profite pour me confier, ce que je n'ai pas encore fait depuis la veille.

— Au fait, je voulais te dire. Hier soir, après le message que j'ai reçu, je suis ressortie.

Pas de réponse.

Il va finir par m'énerver !

Je tente le tout pour le tout.

— Hier soir, j'ai découché.

Toujours rien.

— J'ai passé la nuit avec Angus.

— Hein ?

Ses yeux ont quitté l'écran géant pour s'abattre sur moi.

— Mais Angus n'aime pas les femmes !

— Ah, tout de même !

Il me regarde du coin de l'œil, tout en fronçant les sourcils.

— Tu te paies ma tête.

— Non, j'essaie d'attirer ton attention.

Malgré le bruit que font les gens autour de nous, je trouve que son silence est pesant.

— Tu n'as pas donc couché avec Angus ?

— Mais non ! Tu es bête ou quoi ? Toutefois, il souhaitait me voir. Alors, je suis ressortie.

— Seule ?

— Je suis grande.

— Et que te voulait-il si tard ?

— Je ne sais pas.

D'une volte-face, il se tourne vers moi. Son instinct de chasseur se réveille. Il en aura fallu du temps et de l'énergie !

— Comment ça, tu ne sais pas ?

Un chat sournois se loge dans ma gorge. Je tente de l'expulser, sans succès. Alors, je murmure :

— Il n'est pas venu.

Il y a, quelquefois, des phrases qui prennent tout leur sens lorsqu'elles sont prononcées à voix haute. Et là, c'est ce qui se passe.

Angus, qui ne vient pas ? A-t-il été victime du tueur ?

— Pas possible, dis-je pour répondre à une question qui ne m'a pas été posée, Allan a été arrêté. En plus, j'ai reçu un autre SMS, lorsque j'étais vers sa boutique, dans lequel il s'excusait de ne pouvoir être présent.

— Et tu as eu des nouvelles depuis ?

— Non. Je pensais lui rendre visite, de nouveau.

Je n'ai pas le temps d'épiloguer. Déjà, il me saisit par le coude et m'entraîne à l'écart.

— Eh ben ! On y va !

Quelle énergie, soudain ! Je trottine à sa suite, heureuse d'avoir récupéré le Tattooed Man des grands jours. *Mister Univers* et sa barbe de hipster se dissipent. Je retrouve le type qui a ce besoin d'enquêter dans les veines et qui ne lâche jamais rien.

Il ne nous faut que quelques minutes pour nous éloigner de la place et rejoindre la rue où se trouve le cottage d'Angus. La boutique est fermée. Je m'autorassure :

— Il doit être, comme tout le monde, au marché de Noël.

— On espère que c'est le cas. Parce que si ce n'est pas ça, cela signifie que le chemin d'Angus a croisé celui de notre meurtrier.

Un froid glacial court dans mon dos. Je résume. Dans cette éventualité : primo, j'étais peut-être sur place quand le tueur était là. Et dans cette éventualité : deusio, Allan est hors de cause.

Quelle mouise !

Nous tapons contre la porte de la boutique, tambourinons sur la vitrine. Rien n'y fait. Angus reste invisible.

Nous sommes prêts à appeler la police, quand une tête hirsute, cheveux en bataille, apparaît à la fenêtre de l'étage.

— Que me voulez-vous ? demande l'antiquaire d'une voix pâteuse.

— Te voir.

— Ben, vous me voyez.

— Savoir si tu es en vie.

L'interpellé se gausse tout en palpant ses joues :

— Je pense encore l'être, en effet.

Je ravale ma salive, un peu outrée. Voilà un type qui prend bien à la légère le fait qu'on l'a cru mort !

— Descends !

Haussement d'épaules.

— Minute ! Je me rafraîchis et je m'habille.

Si j'analyse le contenu de sa phrase, je peux être en mesure d'affirmer qu'Angus était à poil au fond de son lit. À plus de 14 heures !

Nous patientons sur le trottoir, jusqu'à ce que l'objet de notre visite apparaisse enfin, en peignoir de soie aux arabesques bleues et or, dans l'encadrement de la porte. Il bâille sans mettre la main devant sa bouche et s'efface pour nous faire entrer.

— Que me vaut cette visite matinale ?

Là, je sors de mes gonds !

— Matinale ? Tu te moques de nous !

Angus tourne les yeux vers un cartel français[1] posé sur son socle, et *gloups* :

— *My god* !

Il resserre la ceinture de sa robe de chambre, sans doute pour paraître plus décent, et poursuit :

— Je n'avais pas vu l'heure !

Nous le suivons dans l'arrière-boutique et le regardons se préparer un café.

— Vous en voulez un ?

— Volontiers ! dit Léo, qui ne refuse jamais ce genre de boisson, surtout dans un pays où le thé et le whisky (parfois les deux ensembles) sont de rigueur.

— Il va être très fort, pour me remettre les idées en place.

— C'est encore mieux !

— Un sucre ? Deux ?

Je les observe jouer à la dînette pendant que je brûle de poser mes questions. Irritée, je finis par intervenir, alors que ces messieurs en sont à tremper délicatement leurs lèvres dans le liquide bouillant.

1. Pendule posée sur un petit socle fixé au mur.

— On s'active ?

Les yeux au niveau de sa tasse, Angus me jette un regard interrogateur.

— Que t'arrive-t-il, lady Mary ? Tu es speed comme un électron libre. Tu as sniffé de la coke ?

Là, il y va un peu fort ! Ce n'est donc pas sur le ton de la franche camaraderie que j'attaque le chapelet de mes récriminations.

— Ce que j'ai ? Tu me fais sortir à point d'heure de chez moi, parce que tu as un truc urgent à me révéler. Une question de vie ou de mort. J'arrive ici, inquiète, pour constater que tu m'as posé un lapin ! Pour toute excuse, je reçois un message laconique, comme quoi tu n'as pas pu venir, car tu as été retenu ailleurs.

Angus glousse :

— Tu parles si j'étais retenu ailleurs. Un vrai piège dans lequel je suis tombé.

— Un piège ? s'alarme Léo, imaginant un véritable guet-apens.

— Oui, une soirée de malade chez un touriste allemand. On a picolé comme des trous. On a pris des trucs *chelous*. J'ai dragué un type tout mignon qui dansait tel un… waouh ! Un déhanché du feu de Dieu… à la Elvis Presley quand il a été censuré à la télévision. Suggestif en diable ! Une merveille ! … Et puis plus rien ! Le grand vide ! Je me suis réveillé dans mon lit, à poil, avec des énergumènes qui braillaient devant ma porte.

Il marque un temps d'arrêt :

— Vous !

Mon Commandant sans nom et moi nous fixons, avec la même interrogation dans le regard.

— Fais voir les messages que tu as reçus ?

Je déverrouille mon téléphone et le brandis devant mon interlocuteur, qui en recule le visage pour ne pas le prendre dans le nez.

— C'est quoi, ça ?

Il lit à haute voix :

— *Viens me rejoindre à la boutique. J'ai un truc important à te dévoiler. Je l'ai appris à l'instant. C'est une question de vie ou de mort. Ta réponse : J'arrive ! Mon SMS suivant : Toutes mes excuses, j'ai été retenu ailleurs. Ta re-réponse : Putain !*

Angus relève la tête, surpris :

— J'n'ai jamais écrit ça, moi !

— Fais voir ton téléphone !

— Appelle-moi, je n'sais pas où j'ai bien pu le fourrer.

Tout en bougonnant, je m'exécute. Une sonnerie – l'*Adagio* d'Albinoni, rien que ça – résonne dans la boutique.

Je grogne, tout en l'attrapant :

— Il est là !

Notre hôte chope l'objet du délit en plein vol. La détection faciale refuse de le reconnaître (à voir sa tête, on comprend aisément pourquoi), il entre donc un code et ouvre son application.

Léo se penche, afin de servir d'arbitre.

— Vous avez bien envoyé ces messages, affirme-t-il en relisant les échanges que nous avons eus.

— Impossible !

Angus louche à son tour, et force est de constater que le rendez-vous fixé provenait bien de son téléphone. Je brame :

— Je ne suis pas encore folle ! Ton nom s'affiche à la place de ton numéro. Je l'ai enregistré.

L'incriminé hausse les épaules et grommelle :

— Me souviens plus de rien. Nada !

— Ben, voyons ! Elle a bon dos, ton amnésie passagère.

De son côté, Tattooed Man tente de calmer le jeu.

— L'essentiel, c'est que vous soyez vivant.

Oh ! La phrase qu'il ne fallait pas prononcer !

Notre interlocuteur devient tout blanc. Encore plus blanc que nature. C'est dire s'il en devient plus blanc que blanc ! On croirait une vieille publicité de lessive. Il est livide et, soudain, sans prévenir, vire à un vert pâle sordide qui ne laisse rien présager de bon.

— Il tourne de l'œil ! m'annonce mon acolyte.

En secouriste aguerri, il lui saute dessus et se met à lui administrer des claques, jusqu'à ce que du rouge apparaisse sur ses joues.

Après être passé par toutes les couleurs, Angus accepte de reprendre vie.

— Vous m'avez cru mort ? articule avec peine le macchabée qui ne l'est pas.

— Oui, crétin !

— Mais pourquoi ?

C'est vrai, ça, pourquoi ? Allan est en prison. Qui d'autre que le suspect de la police pourrait attenter à l'existence de notre bon vieil antiquaire, un peu coureur sur les bords ?

— Vous avez dû consommer de la drogue du violeur, tranche en soupirant Léo. Votre jeune éphèbe doit y être pour quelque chose. Il a dû en glisser dans votre verre. Classique.

— Vous croyez ? C'est pour cette raison que je ne me souviens de rien ?

— Sans doute. Vous avez de la chance que votre agresseur ne se soit pas tiré avec la caisse.

Au fur et à mesure que mon compagnon parle, je vois les traits du visage d'Angus se figer.

— Je n'ai pas vérifié, articule-t-il avec difficulté.

Avec ses petites jambes grêles qui dépassent du peignoir, pieds dans ses chaussons en fourrure, il court dans sa boutique et coule un œil circulaire sur la marchandise. Il débloque le tiroir-caisse avec soulagement. Examine la porte de son coffre-fort.

— Tout semble en place, glapit-il. Vous m'avez foutu une de ces frousses ! Vous êtes dingues !

— Il vaut mieux être prudent, assène Léo, qui a retrouvé tous ses tics de commandant de gendarmerie.

Nous nous apprêtons à sortir. Angus est entier, et son magasin idem. Il n'a plus besoin de nous. De plus, je pense qu'une bonne petite douche fera le plus grand bien à l'énergumène qui nous fait face. Une douche, et un cachet effervescent.

... peut-être même quelques heures supplémentaires de sommeil.

Gentleman, il nous raccompagne, au mépris du froid qui, sur le trottoir, doit le saisir sous sa robe de chambre.

— Je suis soulagé et je vous remercie de vous être inquiétés pour moi. Heureusement, tout va bien !

Il jette un regard aimant à sa Dame de Fer, installée devant la vitrine, et qui, elle non plus, n'a pas bougé.

— Vous ne la rentrez jamais ?

— Non, je l'ai fait boulonner à la devanture. Elle décore. Je ne la vends pas.

— Vous ne craignez pas l'accident ?

— Pas possible, je la verrouille avec un…

Un sourire. Il frotte, du revers de sa manche, une trace vers la fermeture.

— Je vais devoir lui remettre un vernis de protection. Elle rouille.

Un rire. Puis il astique à nouveau la ferraille et fronce les sourcils.

— Quelque chose ne va pas, s'inquiète Léo, qui a vu l'attitude de l'antiquaire changer.

— Ce n'est pas de la rouille. Et le cadenas a été forcé.

Il humidifie son index du bout de sa langue et recommence son geste. Puis il renifle et murmure :

— On dirait…

— … du sang.

J'ai compris au même moment que lui.

Mon Commandant sans nom nous regarde tour à tour, puis actionne l'ouverture de la Dame de Fer, que le cadenas ne protège plus.

Il recule.

Un cri.

Angus a porté sa main à son cœur et, une nouvelle fois, défaille. Je dois admettre que je n'en mène pas large non plus.

Harponné par les pointes acérées de l'ancien instrument de torture qui le transpercent de part en part, Ronald nous observe sans pour autant nous voir.

15

Le piège se referme

— Et de trois ! a gloussé le policier en découvrant le corps. Il va bientôt y avoir plus de morts que de vivants !

Il a de l'humour. Il faut dire que dans un pays où le dernier meurtre recensé était celui d'un chien (tiré comme un lapin par un voisin qui n'en pouvait plus de ses aboiements), trois à la suite en quelques jours – et d'humains en plus –, il y a de quoi surprendre ! Et il est surpris.

Comme deux badauds sur le trottoir, Léo et moi nous regardons. Si Ronald n'est plus de ce monde et qu'Allan est en prison… une question évidente se pose : qui est l'assassin ?

La police, cette question, d'ailleurs, elle se la pose également. Le chef m'observe et ne peut retenir un :

— Trois, depuis votre retour.

Il est gentil, mais je m'étais orientée, toute seule, vers cette conclusion. Léo aussi, à vrai dire. Je regarde le service de la morgue mettre mon ancien ami sous plastique. Mon voisin se penche vers moi et me murmure :

— Mon petit doigt me dit que tu es dans de sales draps !

Un méchant frisson, désagréable, frétille le long de ma moelle épinière, suivi d'une irrésistible envie de vomir.

— Ce n'est pas Angus qu'on a voulu piéger, hier au soir, poursuit-il sur le ton de la confidence, mais bien toi.

Eh oui ! Moi ! La reine des pommes !

Je récapitule :

- Qui est allé acheter des *shortbread* tous chauds, au petit matin, chez Tommy, juste avant qu'il rôtisse chez Ronald ? Moi !
- Qui a rendu visite à Eliott, de nuit, peu avant qu'on le retrouve chez le même Tommy, baignant dans du lait ? Moi !
- Qui s'est pointé à la boutique d'Angus, alors que ce dernier dansait, collé-serré, la lambada avec un gigolo, la nuit avant que l'on découvre Ronald empalé dans la Dame de Fer ? Encore moi !

Moi… moi… moi… toujours moi !

— Qui peut m'en vouloir à ce point ?

Déjà, dans les potentiels suspects, trois sont devenus des certifiés innocents. Blanchis à la suite de leur trépas. Ne reste plus sur ma *wishlist* que Fiona et Angus. Le frère et la sœur. Allan étant au trou.

Oh ! J'allais oublier ! Où avais-je la tête ? Il y a moi, bien sûr. Quitte à être dans le grand n'importe quoi, je peux me soupçonner toute seule !

Angus, qui feindrait de ne se souvenir de rien ? Mais quel serait son mobile ?

Quant à Fiona…

Ce troisième corps retrouvé sonne le glas des festivités. Deux, on pouvait continuer à faire semblant. Mais trois, dont un le jour du marché de Noël, cela devient critique. Faire comme si de rien n'était pourrait passer pour un non-respect envers les familles en deuil. Surtout que, dans le cas de Ronald, ses enfants ont encore l'âge d'être chez papa-maman !

J'ai soudain une pensée pour eux, et pour Amy aussi. Perdre un être cher est terrible. C'est une fracture qui touche le corps tout autant que l'esprit.

Malgré les circonstances, tout en comprenant bien que cela ne pouvait être autrement, Léo ronchonne près de moi. Il regarde les belles lumières du podium s'éteindre, et avec elles, ses espoirs de gloire.

— Je vais me la couper ! tranche-t-il.

Bêtement, je demande quoi.

— Ma barbe !

Je louche dans sa direction. Ce ne sera pas une grosse perte. Je le préfère mal rasé qu'avec des poils soyeux taillés en pointe, comme les aurait un jeune citadin branché, amateur de produits bio et équitables.

— Tu achètes du bio ?

— J'essaie le plus possible. Pourquoi ?

Je hausse les épaules. Ma question était bête. Je désirais faire de l'humour, alors que les circonstances ne s'y prêtent pas.

— Tu viens ?

Avant que la police décide de mettre son nez dans mes alibis, je veux rendre visite, encore une fois, à Fiona.

Lorsque nous arrivons chez elle, elle est effondrée et pleure, assise à une table.

— Après Tommy et Eliott, maintenant Ronald ! C'est impensable... Ronald ! Je l'ai tout de même épousé !

Elle doit revoir sa longue robe blanche virginale et son bouquet de fleurs d'oranger. Nous compatissons. Même si le divorce a été prononcé il y a belle lurette, rien n'empêche notre hôtesse de larmoyer sur un passé disparu.

— Ne suis-je pas, d'une certaine façon, un peu veuve, moi aussi ?

Je me fais la constatation muette que cette réflexion n'est pas très charitable envers Amy, mais je m'abstiens de l'émettre à voix haute. De plus, malgré son chagrin évident, les regards langoureux qu'elle lance à Léo ne m'échappent pas.

De ce fait, j'attaque sans prévenir. Aux vues des événements, et compte tenu de la propension à mourir de mes anciens amis, je considère que je n'ai plus de temps à perdre... pas plus sur un sujet que sur un autre.

— Je sais que tu as une photo de moi, sur laquelle j'embrasse Eliott.

Elle me retourne, malgré ses larmes, un regard noir.

— Il te les faut tous.

— Il ne me faut rien du tout, Fiona. Un peu de logique. Je n'ai rien fait avec Eliott et ce baiser était aussi chaste que celui de Brejnev avec Honecker[1].

— Personne n'est là pour l'attester.

1. Cliché pris sur le vif, par le photographe Régis Bossu, le 5 octobre 1979.

— Si, toi ! Puisque tu as pris le cliché. Tu as vu la suite. Tu as vu que je quittais Eliott, dans la cour, et que je rentrais chez moi.

— Non ! Ce n'est pas moi !

— Alors, c'est qui ? Et pourquoi as-tu cette photo dans ta galerie d'images ?

— Parce que quelqu'un me l'a envoyée. Je l'ai enregistrée. C'est tout ! Je voulais te confondre. Montrer à Léo qui tu es.

— Léo ?

J'en reste sans voix. Qu'est-ce que Léo vient faire dans cette histoire ?

Soudain, je comprends. Fiona en pince vraiment pour Léo ! Bien plus encore que ce dernier me l'a laissé entendre !

Je les regarde tous les deux.

— Faites chier. Allez au diable !

Je sors précipitamment et vais m'asseoir sur les marches gelées, devant la porte du salon de thé. Au bout de quelques minutes, mon Commandant sans nom me rejoint.

— Je t'ai dit qu'elle avait envie qu'on couche ensemble. Mais je ne me suis pas encore décidé.

— Grande nouvelle ! Tu ne t'es pas encore décidé !

— Non. Mais n'oublie pas que tu m'as donné ta bénédiction.

Je tourne la tête vers lui et le foudroie du regard.

— Ne lui en veux pas. Elle est jalouse. C'est tout.

— Et la photo ?

— Elle ne connaît pas l'expéditeur. C'était un numéro inconnu.

Je grommelle. Un numéro inconnu qui connaît toutefois bien le sien !

Il admet.

— Tu as remarqué un truc bizarre dans la Dame de Fer ? reprend-il.

De bien mauvaise grâce, je murmure un *non*.

— Pas de sang.

— Pas de sang ? Tu as raison.

— Transpercé comme il l'a été, le corps aurait dû se vider sur le trottoir. Alors que là, presque rien.

Je me radoucis.

— Ce qui veut dire ?

— Qu'il a été tué ailleurs !

D'un bond, je me relève et glisse sur une plaque de verglas. Je manque tomber et me retiens à l'épaule de Léo, toujours assis. De l'intérieur de la boutique, je vois Fiona nous épier.

— Mais dans ce cas ?

— Si je me fie à mon expérience, poursuit-il en posant sa main sur la mienne pour me soutenir, je suis en mesure de te dire que l'assassin est une personne lambda, qui ne maîtrise pas les ficelles des homicides. Quelqu'un qui veut faire des mises en scène, mais qui est novice. Il t'attire chez Angus pour que tu sois accusée d'avoir perpétré ce forfait, mais laisse des marqueurs comme quoi le meurtre n'a pu être commis sur place.

— Exact !

— De plus, pour mettre ton bel Eliott d'un bon quintal dans une plonge pleine de lait, il faut être deux. Pour traîner le corps de Ronald, tué ailleurs, et l'empaler dans la Dame de Fer…

— … il faut être deux aussi ! Pourquoi n'y avons-nous pas songé plus tôt ?

Il soupire :

— Cela nous ramène encore une fois au couple Fiona et Angus. Mais quelles seraient leurs motivations ?

Tout en me rasseyant sur la marche glacée, je me penche pour écouter avec attention mon interlocuteur, qui me prend la main. Derrière nous, la clochette de la porte du salon de thé tinte :

— Soit vous entrez, soit vous vous barrez ! grogne la susnommée Fiona dans notre dos. Vous empêchez les clients de pénétrer dans la boutique !

Elle n'a pas tort. Nous nous levons de concert et choisissons l'option *intérieur.* Avec le temps qu'il fait, poser son postérieur sur le coussin moelleux d'une chaise ne sera pas désagréable.

Je scrute celle qui a toujours été mon amie. Elle me tire la tête. Soudain, d'une manière irraisonnée, spontanée, je la prends dans mes bras.

— Tous nos copains sont en train de disparaître un à un. Tu ne crois pas qu'on devrait enterrer la hache de guerre ?

Surprise, elle s'écroule sur mon épaule sous le regard consterné de Léo. Il m'interroge des yeux :

Tu fais quoi ?

Alors que notre hôtesse sanglote contre moi et scande entre deux spasmes :

— Oh que oui ! J'étais tellement heureuse de te revoir. On a été des idiotes toutes les deux.

Je le lui confirme.

Maintenant que le marché de Noël a fermé ses portes et qu'il est l'heure du goûter, le salon de thé se remplit. Nous nous dirigeons un peu à l'écart, vers la cuisine.

— Je crains pour mon frère, soupire-t-elle en posant, devant nous, une belle théière avec des chats.

Je souris en repérant le changement de décor sur le service qu'elle installe. Plus de coq pour Léo et de poule pour elle ! Léo n'ayant pas encore tenu ses promesses, y aurait-il de l'eau dans le gaz ?

— Tu as raison, reconnaît mon Commandant sans nom.

— Si nous pistons le parcours du ou des assassins, nous pouvons croiser les lieux et les personnes visées. Tommy chez Ronald, Elliott chez Tommy…

— … et Ronald chez Angus, complète notre hôtesse.

— En suivant ta déduction, dis-je, dans la logique, le corps d'Angus devrait être retrouvé dans le pub d'Eliott ? C'est exact ?

— C'est bien ça !

Je perçois le frisson de Fiona à l'évocation du potentiel décès de son frère. Un doute. Joue-t-elle très bien la comédie, ou est-elle troublée ?

— Tu as bien dit *du ou des* assassins ? demande-t-elle d'une voix altérée par l'inquiétude.

— Oui. Second point important. Je pense de plus en plus que le tueur n'agit pas seul. Neutraliser Tommy, avant de mettre le feu à la distillerie, passe. Mais balancer Eliott dans une plonge remplie de lait, c'est un peu comme traîner le corps de Ronald dans la Dame de Fer.

J'acquiesce :

— Ou alors l'agresseur est très costaud. Mais j'en doute.

Léo pense-t-il que dévoiler nos déductions poussera Fiona à la faute… si faute elle doit commettre ? J'entre dans son jeu en poursuivant :

— Et ton histoire de personnes peu au fait de ce genre de… crime ? Des novices, tu as dit.

Imperceptiblement, notre voisine de table rougit. Mais peut-être n'est-ce que le reflet de mon imagination.

— J'y viens. C'est mon troisième point. Pour Tommy, tu as été la dernière à l'avoir vu. On peut considérer qu'il en est de même pour Eliott. Mais pas pour Ronald. Et c'est là l'erreur. Si c'est toi qui es ciblée, et que l'on montre du doigt aux policiers pour qu'ils t'arrêtent, Ronald est la faille. Pas de sang. Il a donc été tué ailleurs.

— N'oublie pas que j'ai rencontré Ronald dans l'après-midi.

— Oui, mais les faux messages d'Angus t'ont conduite à proximité de son magasin d'antiquités à l'heure du crime. C'est-à-dire le soir.

Notre hôtesse tique :

— Ce ne peut pas être Angus qui t'a écrit au moment du meurtre ? Il n'était pas là.

— On lui a dérobé son téléphone pour me donner rendez-vous chez lui. J'y suis allée, mais il n'y était pas.

Fiona me jauge tout à coup, avec un air de suspicion sur le visage.

— Dis ? Ce n'est pas toi qui tues ?

Je la fixe. Quarante ans que je la connais. Presque toute une vie. Pourquoi chercherait-elle à me nuire ? Un court instant, je pense à Alice[1]. Ai-je la poisse avec mes amies ?

Elle rougit presque d'avoir osé prononcer ces paroles.

— Excuse-moi. Donc, si je suis l'évolution de votre enquête, Allan, en garde à vue, n'a rien à voir avec tout ça ?

— C'est ça. On le suspectait de vouloir venger son frère.

— Wallace, abandonné par notre groupe d'amis ? questionne Fiona. Ah ! Quelle histoire ! Tout le monde en parle, ici. Bon, c'étaient des gosses ! Je suppose qu'ils ont tous eu la trouille. Angus craignait déjà que notre père se rende compte qu'il était homosexuel. Alors, imaginez si, en plus, il avait dû confesser un tel accident !

Sans aucun effort, nous en convenons. L'affolement. Le manque de maturité. La peur d'une correction, que tout le monde pressentait démesurée.

Pour ma part, je poursuis ma réflexion par rapport aux déductions de Léo. Je dois découvrir parmi les personnes qui me connaissent quelqu'un qui savait que j'arrivais à Glenmoray. Que je passerais chez Tommy, que je me rendrais chez Eliott, et qui a pu piéger Angus ! Cette personne, je le soupçonne de plus en plus, est proche de nous tous.

— Est-ce qu'Allan a été libéré ? demande Fiona sur un ton détaché.

— Non, pas encore. Je suppose que les policiers vérifient les alibis… même si Allan était chez eux à l'heure du troisième forfait.

1. Voir Tempête dans un encrier de la même autrice, dans la même série.

Léo a tout juste le loisir de terminer sa phrase que deux agents entrent dans le salon de thé. Ils s'approchent de notre table, l'air sérieux.

— Tu crois que c'est pour toi ? hoquette Fiona, bouleversée.

La police.

Léo me saisit la main. Il craint le pire, lui aussi. J'ai croisé toutes les victimes. N'étais-je pas avec eux, quelques heures avant leur mort ? À leur place, en France, ne serait-il pas venu m'arrêter, au moins le temps de vérifier mes alibis ?

Atterrée, je retiens mon souffle.

Ils me menottent devant tout le monde et me traînent, manu militari, jusqu'au poste pour me cuisiner. Ils me jettent dans une geôle infâme. Je m'imagine dormir, à même le sol, au milieu des rats et des détritus puants. On me lance une écuelle de soupe dans laquelle flottent des cafards.

— Non !

Le cri que pousse mon amie m'extirpe de ma torpeur. Je quitte mes pensées les plus sordides pour découvrir Fiona debout, entre deux agents.

— Madame Fiona Gloria MacAllister, ce jour, à 17 h 06, commence votre garde à vue. Tout ce que vous allez dire, à partir de maintenant, peut être utilisé comme preuve.

— Préviens mon frère, me lance-t-elle en pleurant, avant de sortir. Préviens mon frère…

*

Fiona ? Non d'une pipe ! On avait raison !

Alors que je m'attendais à être embarquée, puisque tout m'accuse, c'est Fiona qui se retrouve en garde à vue !

— Comment sont-ils arrivés jusqu'à Fiona ?

Léo me regarde. Malgré moi, je suis soulagée.

— Tout comme nous, je suppose. En procédant par élimination.

Je ne peux retenir une moue sceptique. Lorsqu'on y songe, quel pourrait bien être le mobile de Fiona ? Que souhaitait-elle en me faisant incriminer ? Et pourquoi tuer tous nos proches… comme ça… un peu sur un coup de tête ? Ou un grand dépit.

— Tu crois qu'elle peut m'en vouloir très fort, tout au fond d'elle, par rapport à Eliott ?

— Je ne peux te le dire. Les motivations des agresseurs sont parfois étranges. Va savoir, si c'est elle, ce qui lui a traversé l'esprit.

— Pourtant, elle m'a juré que sa passion pour Eliott était du passé. C'est vers toi qu'elle regardait maintenant.

Je fronce les sourcils.

— Et pourquoi tuer Ronald et Tommy ? Non, cela n'a aucun sens. On est allés vers elle par facilité, et la police aussi.

Son départ musclé, bien encadré, a semé l'émoi dans tout le salon de thé. Nous essayons d'expliquer à des touristes qui ne parlent pas tous anglais – et encore moins français – que la patronne de la boutique a reçu une mauvaise nouvelle et que les policiers sont passés la chercher pour la lui l'annoncer.

Sa serveuse nous aide du mieux qu'elle peut, mais nous sentons bien qu'elle est inquiète.

— Est-ce que je viens demain ? demande-t-elle, comme si le sort de son employeuse était scellé.

— Bien entendu ! Si elle n'est pas là, je prendrai la relève !

Mon Commandant sans nom louche vers moi, d'un air surpris. Son regard interrogatif semble dire :

Toi, Mary, patronne d'un salon de thé ?

Et pourquoi pas ?

— Tu te souviens que nous serons le 24 décembre. En plus de l'enquête que nous menons, tu as tout plein de choses à organiser pour les fêtes qui arrivent.

J'en conviens. Mais qui ne risque rien n'a rien. Et je ne vais certainement pas abandonner une amie dans la panade !

— Erin, vous fermerez ce soir et vous conserverez les clefs. Si Fiona n'est pas là, je viendrai vous rejoindre. Nous ferons *service minimum*, mais nous garderons tout de même le salon de thé ouvert.

La jeune femme opine du chef, tout en gérant du mieux qu'elle peut les badauds qui se pressent à l'intérieur, depuis que la nouvelle de l'arrestation de Fiona s'est propagée.

— Les gens sont des sangsues, prêts à se gaver du sang des autres.

Même si mon compagnon a l'habitude de mes envolées lyriques, je dois admettre que celle-ci le laisse sans voix.

— La curiosité n'est-elle pas l'apanage des humains ?

Sage personne que mon Tattooed Man.

Mais comme je suis bien contrariée, je me contente de hausser les épaules, tout en desservant les tables. Léo passe en cuisine et commence à faire la plonge. À deux, nous soulageons Erin, qui nous remercie d'un sourire timide.

— Dire que notre meilleure journée de l'année sera celle où Fiona a été arrêtée, soupire-t-elle un peu attristée.

Il y a de quoi être dépitée !

Au bout d'une heure, le calme étant revenu, nous prenons enfin congé. Sur le pas de la porte, je souffle :

— Quelle histoire !

Mon compagnon me regarde.

— Qui l'aurait cru, en effet.

Oui, qui l'aurait cru…

16

Angus, notre héros !

Le marché de Noël a pris une allure de déroute. Chacun plie son stand, la mine triste, le regard bas. D'une belle journée festive, aux parfums d'enfance, l'animation est devenue un vaste champ de foire après le départ des bestiaux. Il y en a de partout !

— Je n'y comprends rien !

— Moi non plus… Depuis le décès de Ronald, j'avais l'impression que le coupable voulait faire en sorte que je sois accusée. Et voilà que c'est Fiona que l'on embarque !

Léo me prend par les épaules.

— Après tout, les policiers du cru sont peut-être bons. Imagine que ce soit Fiona qui ait tout manigancé pour te viser, toi, mais que les enquêteurs aient découvert l'arnaque.

— Tu crois ça possible ? J'en doute de plus en plus.

— Admets un fait. Angus est le seul à ne pas avoir été touché.

— C'est vrai. Oh ! Comme j'aimerais être une mouche !

— Moi aussi.

Il hésite et soupire en regardant la scène dont il ne reste que la structure en métal.

— Ah… comme participer à ce concours m'aurait fait plaisir !

J'éclate de rire.

— Tu ne m'as toujours pas dit, pourquoi cette envie de gloire ? Ce n'est pas ton genre.

Il le reconnaît. Puis baisse un peu la tête avant de poursuivre, sur un ton plus bas, comme pour une confidence.

— J'ai eu une adolescence… tardive.

— Comment ça ?

D'un coup d'œil rapide, je jauge la charpente massive du bonhomme qui me tient contre lui. Un manque de virilité serait-il la cause d'une envie de notoriété, même si celle-ci est éphémère ?

— À 17 ans, j'étais un gringalet et je n'avais pas un poil sur le menton. Tous les autres types du foyer se moquaient de moi.

— Eh bien, dis-moi ! Tu t'es rattrapé depuis !

— J'ai fait du sport.

— Les tatouages font aussi partie du processus.

— Oui.

Une bouffée de tendresse monte en moi, et je le saisis par la taille… enfin, j'essaie, car mon bras est trop court.

— Ce concours m'amusait à cause de ça. Je prenais un peu ma…

Je plonge mes yeux dans les siens pour qu'il y lise mon soutien.

Vengeance. Le mot est *vengeance*.

— Revanche.

Je souris.

Nous nous retrouvons désœuvrés, à ne plus avoir à fouiner. D'autant plus que l'ambiance n'est plus à la fête !

— Depuis que je t'ai rencontré, je me pose une question. Tu peux être tatoué et gendarme ?

— Oui, du moment qu'en uniforme, rien ne se remarque.

— Donc pas sur les mains ni dans le cou.

— C'est ça.

Nous décidons de retourner au manoir, lorsque nous nous faisons percuter, en plein milieu de la place, par un Angus affolé.

— Elle n'est pas coupable ! Elle n'est pas coupable ! brame-t-il.

Des larmes coulent sur ses joues.

— C'est vous qui avez raconté n'importe quoi aux flics ?

Notre *non* est collégial.

— Quelle drôle d'idée !

— Il paraît qu'elle avait des photos sur son téléphone et qu'elle en a envoyé à pas mal de monde, dont Ronald.

Ainsi c'était bien elle !

— Comment le sais-tu ?

— Les policiers sont sympas avec moi. Alors elle a eu le droit de m'appeler. C'est affreux. Pourquoi ? Pourquoi, d'un coup, se serait-elle mise à tuer tous nos amis ? Depuis ton retour, surtout. Ça ne veut rien dire.

Ses yeux verts se plissent jusqu'à ne faire qu'un trait.

— C'est toi ? Hein ? C'est toi qui es venu semer la mouise chez nous ! Tout allait bien avant ton arrivée. Et maintenant, ma sœur est accusée de meurtres qu'elle n'avait aucune raison de commettre. Pourquoi aurait-elle subitement attenté à la vie de gens qu'elle croisait tous les jours ?

La question est bonne, et nous devons bien admettre que, Léo et moi, nous nous la posons chaque seconde. Pourquoi une telle attitude ? Pourquoi ces envies d'homicides ? Il faut être sacrément remonté pour passer à l'acte !

— Écoute, Angus, même si je sais que tu es trop bouleversé pour me croire, je te jure sur la tête de ce que j'ai de plus cher au monde que je n'ai rien fait.

— Pourquoi prêterais-je attention à ce que tu me racontes ? Notre ville était calme avant que tu débarques. Toi et ce… grand type tatoué.

Je pouffe.

— Ce grand type tatoué, comme tu le nommes, est commandant de gendarmerie en France. Il fait partie de l'armée. Tu veux remettre en cause sa probité ?

Angus bafouille un *non* piteux. Tout semble désorganisé, dans sa tête. Il n'arrive plus à reprendre le fil cohérent de ses pensées. Son trouble évident ne lui permet que la calomnie.

— Si au moins les tests ADN de la première victime revenaient, coupe Léo, irrité par les accusations d'Angus, nous saurions déjà s'il s'agit bien de Tommy.

— Parce qu'il y a des doutes ? demande notre interlocuteur, très étonné par cette réflexion.

— Personne n'a pu attester que c'était lui. La puissance de l'incendie n'a pas permis de trouver de preuves tangibles. C'est sa disparition qui accrédite son décès. Mais c'est tout. Et au point où nous en sommes, pourquoi ne pas reprendre cette piste…

— Ah…

La surprise semble calmer l'antiquaire.

— Tout devient tellement tordu, dans cette affaire, qu'il faut chercher l'aiguille dans la botte de foin. Si Fiona n'est pas coupable, si Mary n'est pas coupable, si Allan Junior n'est pas coupable, si vous, Angus n'êtes pas coupable…

— Certainement pas !

— Alors qui l'est ? Et pourquoi tue-t-il depuis le retour de Mary, précisément ?

La question est importante et demeure sans réponse.

Qui pourrait avoir des raisons de me nuire ?

— Il faut bien admettre que tu t'es barrée un peu vite, après la mort de ton mari ! Comme une fautive ! Si tu étais restée parmi nous. J'ai l'intime conviction que rien de tout cela ne serait arrivé…

Nous sommes, là, plantés au cœur du marché de Noël, qui en quelques minutes a perdu tout son clinquant. Cette constatation me rend tellement triste que je propose :

— Maintenant que le fils d'Eliott a rouvert le pub, venez, tous les deux, nous allons nous y poser un instant, pour réfléchir.

*

Alors que je regarde, depuis quelques secondes déjà, la banquette du fond sur laquelle Eliott et moi avons discuté, un peu avant sa mort, j'entends Léo faire le point.

L'atmosphère du pub est restée la même. Feu dans la cheminée. Odeur forte de bière, renversée par mégarde, se mélangeant à celle du whisky. Lumière tamisée. Sauf qu'Eliott ne se tient plus, droit comme un I, numéro 5 de seconde ligne de rugby, derrière le bar en bois sculpté. C'est Jim qui a pris la place.

Parce qu'Eliott est mort. Tout comme Tommy et Ronald.

J'avoue avoir un choc chaque fois que cette phrase envahit mes pensées. J'ai l'impression d'avoir perdu une partie de mes souvenirs.

Je m'ébroue, comme après un court sommeil, juste à temps pour entendre Léo annoncer à Angus que s'il est le suivant sur la liste, on devrait le retrouver ici même, dans ce pub.

En face de moi, mon ancien ami roule des yeux exorbités. Il est à nouveau blanc comme un linge et je crois pouvoir dire qu'il bave. Ce n'est pas tous les jours, il faut l'admettre, qu'on peut visualiser le lieu de sa mort. D'autant plus que mon Commandant sans nom, voulant sans doute se venger de l'agressivité de notre interlocuteur à notre égard, ne ménage pas son effet. Il se lâche avec moult détails. Feu. Noyade. Sang. Ne resterait-il pas, au délicieux programme prévu, pour symboliser la Terre, un petit ensevelissement vivant ? Dans la cave peut-être ?

Angus n'en peut plus et me fixe, avec un regard de fou.

— Ce type est un malade, hoquette-t-il.

— Non, je crois que ce type tatoué te fait payer tes accusations infondées. Tout simplement.

Eliott s'estompe, au loin, et je lui souris avant que sa haute stature disparaisse de la banquette. Il m'adresse un dernier signe de la main :

— *Trouve le coupable, lady Mary.*

Je lui fais oui de la tête, alors que Léo se tourne vers le fond, tout en se demandant si je salue quelqu'un.

Ce qui me dérange le plus, dans tout ça, c'est que, le responsable de tous ces meurtres, Eliott le connaît bien. Et pour cause…

Tu pourrais m'aider tout de même, Eliott.

Cette fois-ci, Tattooed Man me touche le bras, afin de me ramener à la réalité.

— Ça va ? m'interroge-t-il, un peu inquiet.

Je sursaute.

— Oui, oui… j'étais dans mes pensées.

— J'ai cru comprendre ça. Tu parlais à un mort.

Je rougis.

— Vous en étiez où ?

Mon voisin de table pose sur moi un regard bienveillant, qu'il accompagne d'un de ces sourires timides dont il a le secret. Maintenant que je connais des épisodes de sa vie en foyer, je saisis mieux l'origine de ce voile de tristesse que je perçois parfois.

— Je rappelais à notre… ami… que Tommy chez Ronald, Eliott chez Tommy, Ronald chez Angus… il nous restait donc Angus chez Eliott. Mais je ne sais pas pourquoi, il ne prise que peu la blague.

— Tu parles d'une blague ! bougonne ce dernier.

— J'avoue ! Elle n'est pas drôle !

— Ah, c'est certain !

Pour calmer le jeu, je remets mes condisciples sur les rails.

— Si nous revenions sur l'ADN ?

Léo acquiesce, tandis qu'Angus demande :

— Vous envisagez donc que Tommy puisse être encore vivant ? Et qu'il puisse être l'auteur de ces…

— Crimes ? Oui. Pourquoi pas ? Toutes les pistes sont à explorer. Si nous ne trouvons aucun lien entre Fiona et les meurtres…

— Il n'y en a pas ! coupe son frère.

— Soit ! S'il n'y en a pas non plus avec Mary…

— C'n'est pas prouvé.

Je foudroie du regard l'antiquaire, qui hausse les épaules.

— Que nous reste-t-il ?

— Comme dans *Ils étaient dix !* jubile Angus qui a compris où veut en venir son interlocuteur. Tommy, qui aurait mis sa mort en scène…

— … car il est le seul à ne pas pouvoir être identifié.

— Oui ! C'est futé !

— Imaginons que Tommy ait eu une rancœur inavouée contre son groupe d'amis. Il rumine sa vengeance, et profite du retour de Mary pour faire d'elle la coupable idéale. Il sait que le résultat des analyses ADN du corps trouvé dans les décombres mettra plusieurs jours pour arriver jusqu'ici. Surtout en période de fêtes de fin d'année. Il dispose donc de pas mal de temps pour commettre ses forfaits, avant de quitter le pays. Laissant toutes les preuves accumulées contre Mary en place.

J'enchaîne :

— Jusqu'à ce que les tests, démontrant que la première victime, ce n'est pas lui, tombent et me disculpent.

— Mais d'ici là, continue Léo, il aura rejoint un endroit d'où on ne pourra pas l'extrader.

— Fabuleux ! s'extasie Angus. Je n'y avais pas songé ! Ma sœur ne serait qu'un pion dans toute cette histoire ?

— Un malencontreux pion venu se rajouter sur l'échiquier. Sa jalousie a fait qu'elle m'a sans doute suivie et a pris des photos de moi et d'Eliott. Puis elle les a diffusées à pas mal de monde, dont la police. Sauf qu'elle a oublié que, maintenant, on peut récupérer le numéro de portable de l'expéditeur, même s'il est caché. Sa faute, un peu bête, il faut l'avouer, a fait qu'elle se retrouve à ma place, au poste, pour un interrogatoire.

Nous marquons un moment de silence, durant lequel chacun réfléchit à ce montage de l'histoire. Jim en profite pour nous apporter, en personne, notre commande.

Bien que ressemblant plus à sa mère Megan, et moins charpenté qu'Eliott, il en a tout de même le sourire bonhomme, plein de gentillesse.

— Lady Mary, me dit-il, mon père parlait toujours de vous avec beaucoup d'affection. Il vous appréciait. Je suis content de vous revoir.

En voilà un, au moins, qui ne m'imagine pas en meurtrière !

Je le remercie. C'est vrai que nous nous sommes peu croisés, lorsqu'il était enfant, puis adolescent.

— Que pouvons-nous faire ? reprend Angus après le départ de Jim.

Pour sauver sa sœur, il s'identifie à *Hercule Poirot !*

— Tout d'abord, chercher dans votre tête ce qui pourrait bien motiver Tommy. Et lui tendre un piège.

Je trouve personnellement que les deux hommes vont trop vite en besogne. Si le pauvre Tommy fait partie des victimes – paix à son âme –, lui tendre un piège est un peu idiot. Par contre, je reconnais que si Angus est le prochain tout désigné sur la liste du tueur, quel qu'il soit, un traquenard permettrait de le confondre !

Notre antiquaire de service, soudain à fond motivé, cherche dans sa caboche ce qui aurait pu inciter Tommy à péter un câble sur le tard.

Des soucis d'argent ? Non, il avait hérité de sa mère.

Des soucis de femme ? Non, Tommy était un véritable moine.

— Même pas un homo refoulé, précise le frère de Fiona avec le plus grand sérieux.

Des soucis d'entente dans le groupe ? Ils ne se voyaient que très peu, surtout depuis le décès de Duncan.

Quoi d'autre ?

De vieilles rancunes revenues à la surface, l'âge venant ? Difficile de sonder le cerveau de quelqu'un, il faut bien l'admettre.

— Tommy ne voulait pas que l'on cache à son père l'accident de Wallace, murmure Angus, qui frôle la surchauffe de ses petites cellules grises.

— Ah ! Intéressant ! glapit Léo.

— Sa mère l'élevait seule. Il imaginait sa douleur si elle se retrouvait soudain sans nouvelles de lui. Si ses amis lui annonçaient qu'il avait fugué, alors qu'il était mort. Je crois bien que ça l'a rendu dépressif. Il avait des hauts et des bas… et souvent des bas. Il voulait expier. Il parlait de se foutre en l'air.

— C'est une piste.

Notre antiquaire de service se rengorge. Il vient de passer chef dans les résolutions d'énigmes, oubliant l'épée de Damoclès qui flotte au-dessus de sa tête. Au summum de l'enthousiasme, il demande :

— On fait quoi ?

Mon Commandant sans nom et moi échangeons un regard entendu. Ce qu'on va faire ? Angus glisse de l'un à l'autre, avec de plus en plus d'effroi dans les yeux. Il a compris.

— Ah non, non ! Je ne serai pas votre lapin sacrifié pour attraper le renard !

J'imagine notre voisin de table avec de longues oreilles et un pelage roux, soyeux.

— Ce ne sera pas dangereux, le conforte Léo avec des trémolos dans la voix. Nous serons là. Bien en place, pour choper le meurtrier.

Personne n'y croit ! Et surtout pas notre appât potentiel !

— Vous êtes de grands malades !

— Tu veux aider ta sœur ?

— Oui, mais pas au péril de ma vie !

Petit joueur...

— C'n'est pas chevaleresque, ça.

— M'en fous !

Il boude et croise les bras.

— Non, non et non ! répète-t-il comme pour se conforter lui-même dans sa décision.

Un silence.

— Tant pis, lâche Léo dans un soupir déçu.

Angus ravale sa salive.

— Comment ça, tant pis ?

— Eh bien ! Si on ne la disculpe pas, Fiona va rester au poste.

Je complète, sur un ton dramatique :

— … elle sera sans doute transférée en ville…

Nous sommes, là, sur l'instant, de fieffés tordus ! Mais ne dit-on pas que la fin justifie les moyens ?

— Ils vont la mettre en examen ?

— Tout l'accuse.

Lorsque les larmes arrivent au bord des paupières d'Angus, je me sens fautive, soudain.

— Mais non, ne t'inquiète pas. Elle va s'en sortir.

Brisé, l'homme me dévisage avec bienveillance.

— Que dois-je faire ?

*

Nous avons gagné sans gloire et sans panache, mais nous avons gagné tout de même. Chacun se sustente de ce qu'il peut !

— Il ne craint rien ?

— Non. Si c'est Tommy le meurtrier, ce n'est pas un battant.

— Mais s'il a une arme ?

Léo me jette un coup d'œil un peu noir. Il est dans le feu de l'action, et rien ne peut le démotiver.

— Il n'en a jamais utilisé, jusqu'à présent.

— Tu en es certain ?

Mon interlocuteur doit bien avouer qu'il n'en sait rien.

Nous sommes tous les deux camouflés dans le bas d'un imposant buffet sculpté. La cache n'est pas des plus confortables, mais elle nous dissimule bien. Par l'entrebâillement des portes, on voit le magasin en entier.

Une nouvelle fois, je me sens un peu comme dans un bouquin pour enfants. Mon Commandant sans nom, sans moyens humains ni équipe pour le soutenir dans son enquête, s'en trouve réduit à utiliser des procédés d'amateur.

Le Club des Cinq *et l'énigme de l'antiquaire.*

Je pouffe de rire.

— Qu'est-ce qu'il y a ? me demande Mick[1]... enfin Léo.

Je suis qui ? Claude ou Annie ?

— On est un peu idiots dans notre placard, non ?

C'est dit. En même temps, où nous planquer sans être vus ? La Vierge de fer a déjà été utilisée !

Pas drôle ! me crie une petite voix interne.

L'heure de la fermeture approche. Nous avons convenu, avec Angus, qu'il dormirait sur un transat, dans son magasin. Si l'assassin veut attenter à ses jours, ici ou ailleurs, cela ne changera rien, puisque, de toute façon, il le traînera chez Eliott. Et pour nous, la surveillance est plus simple !

Alors que nous n'attendons plus aucun client, la cloche tinte soudain. Comme un signal, nous nous tapissons dans notre cachette, avec l'espoir que notre meurtrier potentiel vient de passer la porte. Je surprends le regard d'Angus vers le meuble qui nous abrite.

— Il va nous faire repérer, grommelle mon acolyte, plié en quatre, comme une serviette de table le soir de Noël.

Alors que je me contorsionne pour ne rien perdre de la scène, je reconnais la voix de la personne qui est entrée.

1. Avec Claude et Annie, Mick est un personnage des livres pour enfants Le Club des Cinq.

— Suzy ! Quel bon vent vous amène ? glapit notre lapin de six semaines[1], visiblement soulagé.

Je murmure :

— Ma belle-mère ? Mais qu'est-ce qu'elle vient faire là, à cette heure ?

Angus, rassuré de ne pas affronter son assassin tout de suite, lui pose la question.

— J'ai revu ma liste de cadeaux. Et j'en ai oublié un ! Où avais-je la tête ?

— De qui s'agit-il ?

Son interlocutrice minaude un peu.

— Mary ! Croyez-vous cela possible ? Sans doute ai-je perdu l'habitude qu'elle soit présente pour les fêtes !

Tout au fond de notre refuge, Léo hausse les épaules, mais ne peut retenir un sourire moqueur que je devine dans la pénombre.

Suzy m'a oubliée !

Dois-je fermer les yeux et me boucher les oreilles pour ne pas être au courant de ce qui va suivre ?

— James est là, vers l'entrée, murmure Léo.

— Normal… Suzy ne conduit pas.

Depuis qu'il sait à qui sera destiné le présent que sa cliente impromptue s'apprête à acheter, Angus n'arrête pas de regarder dans notre direction. Avec tant de discrétion que ma belle-mère finit par lui en faire la remarque :

— Non, je ne vais pas lui offrir un buffet ! Il ne rentrerait pas dans son van de hippie !

Elle rit de son bon mot, tout en approchant.

— Il est pourtant magnifique, j'en conviens.

1. Expression familière signifiant que la personne est naïve.

En glissant mes doigts par l'interstice de la porte du placard, je pourrais presque toucher les franges de son châle.

— Mais trop grand !

D'un coup de genou, elle referme les battants. Nous nous retrouvons dans le noir complet et, forcément, entendons beaucoup moins bien.

— Putain !

— Tu causes de ma belle-mère !

Je glousse. Je ne sais pas si elle nous a repérés, mais elle a bien joué !

— En revenant sur le sujet de ta famille, me glisse en catimini mon compagnon *tétrissé*, c'est la seconde fois que quelqu'un rappelle que tu as quitté l'Écosse avant l'enterrement de ton mari. C'est vrai, cette histoire ?

On s'amusait bien, dans notre cachette. Pourquoi vient-il tout gâcher ? Je lâche un *oui* imperceptible, pas fait pour être entendu.

— Tes motivations ?

De l'autre côté du buffet, dans la boutique, les tractations s'éternisent. Traînent en longueur. Puis la clochette finit par tinter une seconde fois et je repousse vivement la porte.

C'est un Angus très satisfait qui aboie :

— Reste là-dedans ! Tu ne dois pas voir ce qu'elle t'offre !

La vente a dû être intéressante, car notre lapin est content. Malgré moi, ma curiosité maladive se demande vers quelle antiquité ma belle-mère a porté son choix.

Comme une gamine, je me sens soudain impatiente et j'en néglige notre cause actuelle.

— Je dois l'astiquer un peu, le plier et le livrer ce soir. James et elle n'avaient pas le temps d'attendre.

— C'est quoi ?

— Silence ! Rien ni personne ne pourra me corrompre.

C'est fou ce que l'argent peut faire. Une belle vente, et notre Angus en oublie ses turpitudes. À mes côtés, Léo affiche une mine dubitative lorsqu'il entend notre hôte dire :

— Je peux tout de même me rendre au manoir ? Vous n'allez pas me chanter que ma vie sera menacée là-bas ?

— Non ! Bien entendu !

Mais cela contrecarre nos plans.

— Nous te suivons.

— N'y pensez pas une seconde ! Vous, vous restez ici, et moi, je livre ! Qui sait, peut-être que notre coupable se pointera pendant mon absence ?

17

Le quatrième élément

Sortir de notre placard n'a pas été une mince affaire. Surtout pour Léo, qui a dû déplier ses longues jambes avec précaution pour ne pas risquer la crampe.

— Il se moque de nous, ce type !

En effet, à l'heure où nous montons de toutes pièces un traquenard pour confondre le tueur qui sévit, *monsieur* joue les filles de l'air et livre un cadeau au manoir !

— C'est foutu pour ce soir. Même si celui que nous recherchons arrive, il fera chou blanc puisque sa cible n'est plus chez elle.

Chou. Lapin. J'opte pour un gloussement autosatisfait.

— Et il nous repérera. Bon sang ! Quelle idée a bien pu passer par la tête de ta belle-mère ? Venir acheter un truc chez Angus alors que nous sommes en place pour attendre l'agresseur !

On se le demande.

— Notre lapin roux a déguerpi.

Pour nous détendre, nous rions. Un peu jaune, tout de même, car je visualise la scène. Notre antiquaire, affalé dans un fauteuil du grand salon, un verre de whisky à la main, en train de brailler des chants de Noël avec George. Bien loin de notre guet-apens. Se sentant à l'abri au manoir.

Une idée me traverse l'esprit.

— On pourrait créer un leurre. Ils font ça dans les films. On mettrait un traversin sur le transat, qu'on recouvrirait d'un plaid. On ferme la porte du magasin et on éteint. Avec la pénombre, si quelqu'un vient, il pourra se tromper. Nous lui sauterons alors dessus.

— Comme dans les films.

En répétant une de mes phrases, j'ai comme l'impression que Léo se moque de moi.

— Oui.

Il secoue la tête.

— Tu as oublié que, si notre réflexion est bonne, le meurtre ne devrait pas se produire ici. On ne zigouille pas un traversin.

Je fais la moue. Mon idée n'était pas mauvaise, je trouve. Mais je sens que Léo ne sera réceptif à aucune de mes propositions. Il est bougon. Suzy est venue contrarier ses plans, et ça, il n'aime pas du tout.

D'un commun accord, toutefois, nous décidons de rester dans le magasin à guetter un bruit suspect. Plus de placard ! Trop éprouvant. Et puis, nous n'avons plus à surveiller Angus, pour le moment.

Nous nous glissons derrière un paravent et, assis sur des chaises, nous attendons, entre somnolence et bâillements. La journée a été longue !

Les heures s'égrènent au cartel accroché au mur, près de nous. Le tintement de ses sonneries rythme notre nuit.

Mais rien ne se passe. Angus ne réapparaît pas. Et pas d'intrus dans la boutique !

— Notre *lapin roux* doit être en train de ronfler dans le salon, saoul comme un âne. Suzy lui aura jeté un plaid dessus pour le protéger du froid.

— Il faut dire que le whisky de George est mortel, se rappelle Léo, qui porte encore en lui le souvenir du terrible mal de tête qui a suivi l'arrivée du sapin dans le hall du manoir.

— Je l'admets.

Éreintés, nous décidons de rentrer. Nous refermons derrière nous, traversons la place sous un beau ciel étoilé et grimpons dans mon van, garé près de l'église. La nuit est magnifique, et si toute trace du marché de Noël a été effacée, les guirlandes lumineuses sont encore là pour apporter un air de fête à cette période très particulière. Toutefois, impossible de savoir si nous devons être heureux, ou pleurer nos disparus.

— Tout va bien ? me glisse Léo en se penchant vers moi.

— Pas sûr !

Tout irait pour le mieux si Didou, garé depuis des heures dans le froid, ne refusait pas de se mettre en route. J'ai beau tirer sur le démarreur, rien n'y fait.

— C'est bien notre veine.

Kof! Kof! Kof! tousse mon van au bout de sa vie.

— Fais gaffe. Tu vas le noyer.

— Comme si je ne le savais pas !

La remarque de mon Commandant sans nom me fait grommeler. D'autant plus qu'il n'y a pas un chat alentour. Pas même un conducteur noctambule qui pourrait nous prêter des pinces et les brancher sur sa batterie, le temps que Didou reprenne des couleurs !

— *Damn*[1] *!* Il va falloir rentrer à pied.

L'idée de marcher, en pleine nuit, pour retourner au manoir nous semble soudain irréalisable. Nous sommes bien trop crevés pour imaginer ça !

— J'ai bien une solution. On pourrait dormir là en attendant de se faire dépanner, demain matin.

— Comment ça ? Là ?

Léo scrute autour de lui, sans comprendre. Deux sièges de voiture inconfortables ne peuvent garantir une nuit reposante !

— Je croyais qu'il n'y avait pas d'hôtel dans ton bled ? Et puis, même s'il y en avait un, personne ne nous ouvrirait.

Je souris.

— Quand je dis là, c'est là.

Je lui désigne l'arrière de mon véhicule et je reçois, en échange, un long regard incrédule.

— Là ?

— Ben oui ! Didou est un van. Et la fonction d'un van, c'est aussi d'offrir un couchage.

Il écarte le rideau – un peu comme si quelqu'un allait le mordre – et glisse sa tête par l'ouverture.

— Bordel ! J'n'avais jamais vu qu'il y avait un lit ! Il y a du chauffage ?

— N'exagère pas ! Il est *vintage*.

L'idée de se glacer la couenne dans un tacot d'un autre âge ne paraît pas le transcender outre mesure. Mais les

1. Équivalent de « zut ».

kilomètres à parcourir dans le froid, sans lampe de poche, sur une route gelée non plus.

— À la guerre comme à la guerre !

Nous abandonnons l'avant, et nous dirigeons vers la portière coulissante, sur le côté. Mon Commandant sans nom doit se courber en deux – je dirais même en quatre – pour se glisser dans l'habitable. Après le buffet, l'exercice va lui paraître facile !

Sans plus de procès, il se jette sur la couchette et enlève son anorak et sa chemise.

— Tu viens ?

Revoir les tatouages qui s'étirent sur son torse me noue la gorge d'émotion. Je sais qu'il perçoit mon trouble, aussi j'attrape la couette repliée sur le côté, et nous en recouvre.

— Quitte au moins ton haut.

— Certainement pas !

— Pour combattre le froid, rien de mieux que d'être tout nu et de faire du *peau à peau*, me murmure-t-il au creux de l'oreille.

— Dans tes rêves !

Mais, comme je grelotte, je finis par admettre qu'il a raison, et obtempère sans rechigner. Ma doudoune, mon pull à col roulé et mon tee-shirt vont rejoindre ses vêtements que nous empilons sur nous, avant de nous enrouler dans l'édredon.

De bonne grâce, en maugréant toutefois pour la forme, je me blottis contre lui. La température, dangereusement négative, ne me laisse pas le choix. Avec douceur, il m'attire, colle mon dos à son torse, s'emboîte contre moi et m'entoure de ses bras. J'ai son souffle chaud dans mon cou. Un pincement dans le ventre me rappelle une autre nuit, dans un hôtel, plus d'un an auparavant. Toutefois, cette fois-ci, nous resterons sages comme des images.

À travers les rideaux tirés, le clignotement estompé des décorations de Noël me berce.

Je ferme les yeux.

Après le stress de ces derniers jours, une douce quiétude m'envahit.

Je suis bien.

*

Nous sommes allongés, l'un contre l'autre, sur une plage de sable blond. Le soleil nous réchauffe de ses rayons, alors que la mer d'un bleu irréel clapote à nos pieds.

— Si on se baignait nu, me propose Léo. Tu sais qu'il n'y a rien de tel pour se sentir bien dans l'eau.

— Dans tes rêves !

Il rit, et une portière claque.

Une portière claque ?

Je me redresse difficilement. Mon compagnon refuse de me lâcher. Il fait encore nuit et, sans la protection conjointe du corps de Léo et des couvertures, je tremble de froid.

— Qu'est-ce qui t'arrive ? me demande-t-il d'une voix endormie, et sans ouvrir les yeux.

— J'ai entendu du bruit.

— Du bruit ?

— Oui. Une portière de voiture a claqué.

— Quelle heure est-il ?

— Je ne sais pas. Quatre heures du matin.

Une portière de voiture qui claque en ville, cela n'a rien d'original. Les gens sont libres d'emprunter leur automobile à l'heure qu'ils veulent. Mon Commandant sans nom m'en fait la remarque, tout en me tirant en arrière afin que je reprenne ma position initiale.

— J'ai des idées plein la tête. Te serrer contre moi me fait un effet dingue.

— Léo…

À mon corps défendant, je dois reconnaître que le sentir dans mon dos ne me laisse pas indifférente, moi non plus. Mais là, tout de suite, j'ai entendu du bruit et je suis inquiète.

— Ça provenait du côté du pub.

Le mot *pub* le réveille tout à fait. Il râle néanmoins, en m'expliquant que nous pourrions faire des trucs plus cool. Toutefois, il accepte de regarder à travers la vitre.

— Il n'y a rien, constate-t-il. Allez, viens. On se recouche et on passe à des activités plus ludiques et plus réconfortantes qui…

Il n'a pas le loisir de finir sa phrase qu'un bruit de moteur se fait entendre. Nous bondissons, juste à temps pour remarquer les feux arrière d'un véhicule et les voir disparaître au détour d'une rue.

— Il y avait quelqu'un chez Eliott. J'en suis certaine, maintenant ! Viens. Il faut y aller.

Tout en ronchonnant, il se rhabille, enfile sa parka pendant que je remets mes bottes. En quelques minutes, nous sommes dehors.

— S'il n'y a rien, je te maudis, plaisante-t-il.

— Si c'est le meurtrier que nous avons vu filer, tu me complimenteras.

Alors qu'il rêve d'un café bien fort, j'imagine tenir entre mes mains une bonne tasse de thé chaud.

Arrivée dans la cour arrière du pub, j'allume le flash de mon téléphone pour y voir plus clair, et me dirige vers la sortie de secours. Je glisse mes doigts dans un interstice du mur, près de la porte, et en extirpe une clé.

— Tu es comme chez toi, ici, constate amèrement mon compagnon.

Je ne relève pas.

Sans bruit, nous entrons dans le Cerf d'Or. Personne ne vit plus dans la maison, mais par précaution, j'éteins ma lampe.

— Tu es souvent revenue après… enfin, tu vois ce que je veux dire.

Ce que Léo sous-entend, c'est que j'aurais été, bien plus longtemps que je le raconte, la maîtresse d'Eliott.

Je ne relève pas non plus.

— La cave est par là.

Oui, je connais bien les lieux. Aussi me dirigé-je sans encombre dans les couloirs et entre les tables.

— On a parlé de feu, de liquide et de sang. Reste la terre, n'est-ce pas ? Et de la terre, c'est au sous-sol que nous en trouverons.

Mon compagnon a sans doute décidé de me faire la tête, car il me suit sans un mot. J'ouvre une porte non loin de la cuisine et actionne l'interrupteur.

— Il n’y a pas de fenêtre là-dessous. Aucun risque qu’on puisse remarquer la lumière.

— Et le fils ?

— Il dort chez sa grand-mère, qui habite dans une ancienne ferme à la sortie de la ville. Les parents d’Eliott élevaient des chevaux.

Au prénom que je prononce, je vois le visage de Léo se rembrunir. Après les idées qu’il avait dans le van, je conçois qu’il n’apprécie guère la proximité que j’ai eue avec le dernier occupant des lieux.

Nous descendons les marches en bois qui gémissent sous notre poids. Le pub est très vieux. La légende raconte qu’il fait partie des premières maisons construites dans le village. Les gros blocs de pierre de sa maçonnerie en attestent, tout comme son toit de chaume, sa vaste cheminée, son absence d’étage et son plafond très bas. Il est le seul bâtiment, en dehors du manoir, à posséder un sous-sol.

Celui-ci est aussi grand que le rez-de-chaussée et se compose de plusieurs pièces, alignées les unes à la suite des autres. S’il y avait eu des fenêtres, on aurait pu croire que l’endroit avait servi de logement, par le passé.

Nous nous frayons un chemin entre les fûts et les bouteilles vides. Rien ne nous indique une présence.

Soudain, j’interpelle mon acolyte. Des caisses, dans la dernière salle, ont été tournées récemment. Comme si on avait voulu les empiler avec un peu trop de précipitation. Cela se remarque à la saleté qui les recouvre, et qui ne respecte plus leur nouvelle position.

— Une bouteille ne prend pas la poussière sur le dessous.

Je suis mon instinct et commence à retirer du tas tout ce qui a été accumulé à la va-vite. Léo m'aide en silence.

Comme je le supposais, le sol de la cave, sous l'amoncellement d'objets hétéroclites, est meuble.

— Pas d'outil, fait remarquer mon compagnon.

Nous nous jetons à genoux et déblayons avec nos mains. Oh ! Pas longtemps ! Très vite, nous touchons au but.

— Angus !

L'antiquaire est bien enterré là. Tout en redoublant d'efforts, nous le dégageons rapidement.

— Plus de pouls… constate Léo. Aide-moi à le sortir et à le mettre à plat sur le sol. Je vais pratiquer un massage cardiaque. Pendant ce temps, monte et appelle les secours. Tant qu'ils ne seront pas arrivés, je ne pourrai pas m'interrompre. Fais vite !

Pourvu qu'il ne soit pas trop tard !

Sans plus attendre, il évacue le reste de terre qui obstrue la bouche et les narines d'Angus, déboutonne sa chemise et joint ses doigts sur sa poitrine. Son visage ne reflète aucune émotion. Il agit instinctivement.

— J'y vais ! lance-t-il.

Il prend une profonde inspiration et commence à appuyer, en cadence, sur son thorax, tout en chantant *Stayin'Alive*[1] des Bee Gees…

… titre, oh combien, de circonstance !

---

1. Grâce à son tempo de 100 battements par minute, cette chanson correspond au rythme idéal pour faire des compressions thoraciques à une personne en arrêt cardiaque.

18

Stayin'Alive

Je crois qu'il n'y a rien de plus satisfaisant que d'épargner une vie humaine… outre, peut-être, d'en mettre une au monde.

Nous avons sauvé Angus.

Nous avons sauvé Angus !

Cette phrase, je me la répète depuis des heures.

Les pompiers sont arrivés pour prendre le relais de Léo, épuisé, qui continuait à brailler du disco au fond de la cave. Lorsqu'il a été libéré, nous sommes tombés dans les bras l'un de l'autre.

— Heureusement que tu as entendu cette portière claquer, n'arrêtait-il pas de murmurer contre mon oreille.

— Heureusement que tu es fan des Bee Gees !

Nous nous sommes retrouvés au commissariat. Notre intervention, une fois racontée dans les détails, disculpe, bien évidemment, Fiona. Nous en sommes soulagés.

Notre exploit a fait le tour de la ville. Lorsque nous sortons du poste, au petit matin, une haie d'honneur nous attend, avec des journalistes, micros aux lèvres, qui commentent tout en nous posant des questions.

Flattés par ces *hourras*, nous n'avons toutefois qu'une seule idée en tête : dormir ! C'est ce que nous faisons, une fois rentrés au manoir.

Lorsque nous nous levons, la maisonnée entière s'agite dans tous les sens. Déboussolés, nous en avons oublié que, le soir même, c'est la nuit du réveillon de Noël !

La joie de Ruby, combinée à celle de Lachlan qui est venu nous rejoindre, nous le rappelle bruyamment. Ils courent, tous les deux, pour installer des guirlandes lumineuses sur la façade du manoir, au grand dam de Kate, qui trouve cela… très prolétaire !

Ma petite-fille s'entend très bien avec Lachlan, le dernier de mes enfants. L'écart d'âge entre l'oncle et la nièce est plus petit qu'entre Finlay et son frère. C'est aussi le plus déluré de la famille. Toujours prêt à rire et à faire des blagues.

Lorsqu'il me voit apparaître en haut de l'escalier, il grimpe les marches quatre par quatre et me soulève de terre.

— Mum' !

Puis s'arrête devant Léo, le sourire aux lèvres.

— C'est vous, le héros qui sauve le monde en braillant une chanson des Bee Gees ?

Et pour bien marquer sa question, il se lance dans une figure de danse très stylée, en chantant *Stayin'Alive*. En fait, l'information n'a pas fait que le tour de la ville, elle est aussi parvenue jusqu'au manoir !

Toutefois, pour nous, rien ne change. Nous nous sommes reposés, mais nous ne savons toujours pas qui commet les meurtres.

Je résume, parce que ça devient très compliqué ! Tommy soi-disant mort. Eliott et Ronald assassinés. Allan en prison au moment d'un crime. Fiona, au poste de police lors de la tentative contre son frère. Angus, pour parler de lui, enterré vivant et ressuscité par les soins de Léo.

Il ne reste plus grand monde au portillon !

Tout en prenant un petit déjeuner tardif, nous faisons le point. Ruby et Lachlan, curieux, nous accompagnent.

— Un fait est sûr, constate Léo, nous avions raison, et pour la cible, et pour la manière d'opérer.

— Vous voulez dire quoi par là ? questionne mon fils qui n'est encore au courant de rien.

En quelques mots, nous partageons nos informations avec lui. La mort de Wallace, il y a cinquante ans, alors que tout le monde le croyait au Brésil. Le corps carbonisé retrouvé dans la distillerie, présumé être celui de Tommy. Eliott plongé dans du lait, et Ronald enfermé dans la Vierge de fer. Puis Angus, enfoui dans la cave du pub. L'arrestation d'Allan Junior, et celle de Fiona, tous les deux mis hors de cause depuis. Et surtout, tout ce bastringue qui correspond, pile-poil, à mon arrivée en Écosse.

Feu. Eau (même si c'était du lait). Sang. Terre.

— Le sang est de trop dans vos éléments, relève Lachlan. Par contre, il vous manque l'air.

Léo et moi, nous échangeons un long regard.

— Tu crois que je pourrais être visée ?

Beurk ! L'air ? Je m'imagine volant depuis le haut du clocher et m'écrasant sur une des tombes du cimetière. Comme je n'aime pas l'idée !

Nous nageons dans la semoule.

— Si je suis bien toute l'histoire, reprend mon fils, vous n'avez plus de suspects en vue.

Nos deux voix, dans un duo parfait, lui répondent :

— Si, Tommy.

Il rigole.

— Au moins, vous êtes d'accord ! Et pourquoi Tommy ? Il n'est pas mort ?

— Nous n'en savons encore rien, explique Léo.

— Ah ! OK. Vous attendez les tests ADN ?

— C'est ça.

— Et avec les fêtes, je suppose qu'ils arrivent à cheval ?

— C'est bien ça aussi.

Lachlan nous sourit. Et lorsqu'il sourit, je revois son père.

— En tablant là-dessus, si c'était lui le coupable, il pourrait s'être dit que le temps de retour des analyses lui laisserait quelques jours pour mettre en œuvre sa vendetta.

Entraîné par l'élan, il se sert un café. En suivant son geste, Léo le couve du regard. Je suis sa pensée profonde :

Une personne qui boit du café noir, dans un pays de thé, de whisky et de lait frais, ne peut être inintéressante, surtout si elle possède un bel esprit de déduction.

Je ne sais pas pourquoi, mais j'ai l'intime conviction que le courant passe bien entre ces deux-là. Tout comme avec Ruby qui ne parle pas pour l'instant. Mais que je sens prête à compléter le trio.

— Quoi qu'il en soit, heureusement que Didou est tombé en panne de batterie, cette nuit. Sans ça, nous ne dormions pas sur place et je n'entendais pas le bruit de la portière de voiture.

Je suis contente de moi. Après tout, j'ai bien insisté !

— C'est vrai, admet mon acolyte en se servant à nouveau un café, tout en reprenant des *tattie scones*[1] et de la saucisse de Lorne.

— Vous avez dormi sur place ? s'étonne Ruby.

— Oui, dans mon van.

— Et vous n'avez pas eu froid ?

Malgré moi, je rougis.

— Elle avait un bon radiateur, lâche laconiquement Léo, entre deux bouchées.

— Ah ! C'est bien s'il y a le chauffage, se rassure ma petite-fille.

— C'est certain ! glousse Lachlan, qui est loin d'être dupe.

Il glisse un regard entendu de l'un à l'autre et, sans se formaliser de quoi que ce soit, enchaîne :

— Parfois, quand on dort profondément, il suffit d'un rien pour nous réveiller. Moi, par exemple, cette nuit, j'ai aussi perçu un bruit de moteur. Lointain. Mais dans mon sommeil, je me suis fait la réflexion que je n'étais pas en ville, et qu'il n'y avait donc pas de route à proximité.

Je suspends le geste qui était censé apporter ma tasse à ma bouche et fixe mon fils avec attention.

— Ici ?

— Oui, ici ! Tout le monde ne découche pas, rigole-t-il en lançant un clin d'œil à son voisin de table. Je suis arrivé hier au soir.

---

1. Galettes de pommes de terre.

Nous sommes tous les quatre assis dans la salle à manger, à une heure où il n'est plus logique de prendre son petit déjeuner. Mais comme la nuit a été mouvementée et que nous avons sauvé Angus, personne ne s'en offusque. Et surtout pas Bonnie, qui a mis les petits plats dans les grands pour faire plaisir à ce beau Français qu'elle apprécie beaucoup.

Je poursuis, en glissant, comme si de rien n'était, sur la remarque de mon rejeton, décidément très en forme.

— C'est étrange, cette histoire de moteur. Qui serait sorti de nuit ?

— Quelqu'un qui avait un rendez-vous galant ?

Un rendez-vous galant ?

Je résume : Finlay n'a pas le profil du mec qui trompe sa femme, Kate est enceinte (qui, dans la salle, a crié, *et alors ?),* George a dû raccrocher depuis longtemps sa panoplie du parfait dragueur (d'ailleurs, l'a-t-il utilisée un jour ?), Ruby ne sait pas conduire, le personnel n'a pas le droit d'emprunter le véhicule (James compris, sauf quand il emmène Suzy, qui elle non plus, n'a plus le permis… j'ai bien dit… plus).

Reste Suzy.

Lorsque je prononce son nom, tout le monde rigole. Surtout Lachlan.

— Je sais que Granny a eu, durant sa jeunesse, la cuisse légère… mais à 83 printemps ? N'exagérons pas !

J'objecte :

— On peut aussi sortir la nuit pour autre chose que la bagatelle.

Pour tuer par exemple.

Alors que cette pensée diffuse son venin dans mon esprit, je me lève en criant un :

— Je reviens !

Je les laisse avec leur assiette bien remplie et, après avoir enfilé l'imperméable de George qui pend dans l'entrée, je me dirige vers le garage.

Il est assez vaste pour accueillir trois véhicules. Il a été installé loin du manoir, à l'emplacement des anciennes écuries à chevaux et du hangar à charrettes. Finlay y range sa voiture de sport un tantinet bling-bling, Kate sa Mini (oui, on est en plein cliché), reste la Bentley familiale pour laquelle James sert aussi de chauffeur.

J'ai bien dit trois... Didou n'y a pas eu de place.

Je claque la portière de la première. Pas concluant ! Celle de la Mini ne correspond pas au bruit de cette nuit. C'était plus... feutré.

Alors que ce mot me vient pour qualifier ce que j'ai entendu, je me dirige vers le gros véhicule anglais qui a toujours fait la fierté de mon beau-père.

Clac !

C'est doux. Amorti. Et pourtant suffisamment sec pour être perçu de loin.

Bon sang ! C'est elle !

Je recommence, le sourire aux lèvres. Puis je finis par lorgner à l'intérieur, et pénètre dans l'habitacle. À l'avant, vers la pédale d'accélération, là où la semelle de la chaussure frotte le plus, je découvre un peu de terre. Je l'égrène entre mes doigts. Elle est noire et humide.

Comme celle...

Si James n'a pas pu nettoyer – ce qui n'est pas son genre –, c'est que le temps lui a manqué. J'en conclus donc que ces traces sont récentes.

Cette nuit ?

Je me glisse à l'arrière. Suzy aime s'asseoir à gauche, pour ne pas avoir la vue sur la route gênée par la tête de son chauffeur. J'ausculte le tapis de sol.

Ma joie est tellement grande, que j'ai du mal à ne pas crier.

La même terre !

Cela signifie donc que passager et conducteur se sont rendus au même endroit… au même moment.

Ensemble.

Une terre noire et humide comme celle…

J'ose enfin dire le mot qui manque.

Comme celle de la cave, au sous-sol du pub d'Eliott !

De surprise, je me laisse tomber sur la banquette.

Que sont-ils allés faire, tous les deux, chez Eliott, en pleine nuit ?

Suzy ? James ?

La réponse est si évidente qu'elle a du mal à franchir mon cerveau.

Suzy ! James !

Alors que tout devient transparent, j'en frissonne autant de satisfaction que de déplaisir.

*

— Pourquoi Suzy, et pas George ? Et pourquoi pas quelqu'un d'autre ? Quelles seraient leurs motivations ?

Alors que Léo me parle, l'œil sombre, je pense au réveillon de Noël.

Bêtement.

J'imagine les policiers emmenant ma belle-mère, menottes aux poignets, et ce brave James, imperturbable.

J'ai appelé Tattooed Man avec mon téléphone. Il est arrivé sur place en quelques secondes, abandonnant ses nouveaux acolytes, surpris par son départ précipité.

Les motivations de Suzy ? Eh ben ! J'n'en sais fichtrement rien !

— Viens ! lui dis-je.

Nous regagnons le manoir, non sans avoir, auparavant, pris des photos et recueilli un peu de terre. Il me suit dans les méandres des couloirs, vers une aile méconnue de lui. Le décor est plus sobre. Les lames du plancher taillées dans un bois moins noble que dans le reste de la maison. Au bout du long corridor, un escalier tout simple plonge vers le bas, au niveau de la cuisine.

— Où allaient se nicher les différences de castes ? remarque Léo en regardant les détails autour de lui.

— Nous sommes chez les domestiques.

Je ris et j'explique :

— Beaucoup de chambres vides depuis que les charges sont venues grever le salaire de base. Les riches ont dû dégraisser de ce côté-là, en un siècle. Moins de personnel !

J'ouvre une petite porte à la peinture usée. Une odeur entêtante de cire d'abeille et d'essence de térébenthine nous saute violemment aux narines. Derrière se niche le placard à chaussures familial. Des étagères remplies de paires en tout genre et, devant la fenêtre, à côté d'un évier, une table sur laquelle se mêlent brosses à reluire, chiffons, cirages.

— C'est quoi ?

— L'endroit où James nettoie les godasses.

— Hein ?

Léo n'en revient pas et je tourne vers lui un regard amusé.

— Eh oui, mon cher ! Le standing, c'est le standing. Pas question de marcher avec des chaussures crottées ! Il les ramasse, le soir, devant la porte des chambres, et les range ici lorsqu'elles sont propres. Les propriétaires viennent les reprendre, suivant leur besoin.

— Mazette !

— Tu l'as dit.

Un coup d'œil vers la table. Des derbys à lacets, des bottes, des escarpins à petits talons, des mocassins confortables.

Des mocassins confortables.

— Ils n'ont pas été encore faits !

Je jubile à l'idée que James a du retard dans son travail. Et pour cause ! À son âge, s'il a passé la nuit dehors, il ne peut pas être au four et au moulin ! Alors que Léo se penche, je les retourne.

— Bingo !

Les traces ne sont pas évidentes, mais on remarque bien quelques traînées noires sur le pourtour de la chaussure, au niveau de la semelle. Il saisit un des sacs en plastique pliés dans un coin, et dépose la paire à l'intérieur.

— Pièce à conviction, annonce-t-il. Reste à trouver le mobile.

Quand je ressors du cagibi, un poids énorme s'abat sur moi. Est-ce l'odeur forte ou l'identité de la coupable ? Facile de mettre un nom sur le responsable de meurtres, mais beaucoup plus difficile d'assumer ce nom, lorsqu'il s'agit de celui de sa belle-mère.

— Mais pourquoi Suzy aurait-elle fait ça ? Ce doit être une coïncidence.

Une étrange coïncidence, tout de même, sur laquelle viennent se coller pas mal de preuves évidentes, comme des mouches sur un ruban de glue. Suzy ? Je n'en reviens pas. Et près de moi, je dois admettre que mon Commandant sans nom n'en mène pas large non plus. Une vieille personne de 83 ans, excentrique à souhait, pas désagréable, bien que très blasée, suffisamment alerte pour être tenue responsable de quatre homicides, dont trois assassinats avérés ? Impossible ! Même si nous considérons que James est son complice – il n'a jamais rien su lui refuser –, il n'en reste pas moins surprenant que ce soit elle la coupable.

Et la cause ? Quelle est-elle ?

— Il convient de mettre en place un plan. Nous ne pouvons pas agir à la légère, quelques heures avant le réveillon.

Léo a raison.

— Nous devons nous taire. Ne rien dire. Par respect pour la famille, et pour Suzy.

Tout en prononçant ces belles paroles, je pense à mes amis décédés qui passeront Noël, allongés sur le métal froid d'une table d'autopsie ou dans un tiroir de la morgue. Leur a-t-on donné le choix ? Un frisson me glace. Comprenant mon malaise, d'instinct, mon Commandant sans nom me serre dans ses bras.

— Courage… me glisse-t-il à l'oreille.

Du courage, il va nous en falloir pour appeler la police au moment des fêtes, et livrer, poings liés, une vieille dame.

— Je propose que nous attendions demain. J'ai renoncé à organiser mon anniversaire en grande pompe, depuis qu'Eliott nous a quittés. Il était au nombre de mes invités. Je soufflerai mes bougies en toute intimité. Qu'en dis-tu ?

Léo acquiesce, me lâche et me prend par la main.

— Viens, retournons rejoindre les autres.

19

Joyeux Noël à Glenmoray

La mine grise, nous décidons de consacrer les dernières heures qu'il nous reste avant le soir à préparer la fête. Lachlan et Ruby ne sont pas dupes et nous cuisinent pour connaître la raison de notre inquiétude. Mais nous résistons. Enfin, Léo résiste. Moi, je me tais. C'est le meilleur moyen que j'ai trouvé pour ne rien lâcher.

La bonne nouvelle, c'est qu'Angus a pu sortir de l'hôpital, après une journée en observation. L'équipe ne lui a découvert qu'une simple bosse sur la tête. Soit, cette dernière lui a fait perdre connaissance, le temps que ses agresseurs l'enterrent dans la cave. Mais pas de séquelle, sinon la plus grande frousse de sa vie !

Nous en profitons pour l'inviter, avec sa sœur Fiona, tout juste remise de ses émotions, elle aussi. Mais n'est-ce pas jeter le pauvre *lapin roux* dans la gueule du loup que de l'attirer ici ? Nous décidons de ne pas le lâcher d'une semelle, quitte à ce qu'il nous trouve collants. En même temps, cela nous permettra d'épier à loisir Suzy et son présumé complice, James. Comment vont-ils réagir face à quelqu'un qu'ils ont, quelques heures auparavant, essayé de tuer ?

Pour me distraire, je passe en revue les cadeaux que j'ai prévus, tout en roulant de la pâte sablée pour en faire des *shortbread*. Pendant que Bonnie dresse la table du soir dans la grande salle à manger – celle des jours de fête –, nous avons tous envahi la cuisine. C'est une tradition. Et on ne déroge pas aux traditions, chez les MacLitha !

Sur des airs de Noël qu'un CD diffuse en boucle, chacun y va de ses créations plus ou moins réussies.

Pour ma part, tout en me concentrant sur mes biscuits et sur la liste de mes cadeaux, j'avoue avoir du mal à ne pas jeter des coups d'œil en biais à ma belle-mère, qui fait rôtir des carottes et des panais dans du miel et des herbes. Par respect pour les morts – ce sont ses paroles –, elle est décemment vêtue. Une fois n'est pas coutume. Je me rassure en me disant que si elle intercepte un de mes regards, elle pensera que c'est ce dernier point qui m'interpelle.

L'odeur de la dinde qui mijote dans le four envahit la maison. George l'a farcie avec des oignons et du pain, et l'arrose copieusement d'un bouillon au whisky, bien plus que la bestiole le nécessite. C'est son job ! Il ne le laisserait à personne et entend le poursuivre jusqu'à son ultime souffle. En réalité, le whisky remplace de plus en plus le bouillon, mais personne ne s'en plaint. La chair n'en sera que plus moelleuse !

— Tu as emballé tous tes cadeaux ? me chuchote à l'oreille Léo, chargé, pour l'occasion, d'éplucher les châtaignes et de nettoyer les choux de Bruxelles qui accompagneront la volaille.

— Oui, et toi ?

Nous avons beaucoup de mal à faire semblant, mais, avec effort, nous y arrivons. Je parviens même à plaisanter, alors que je brûle de poser des questions à Suzy.

— J'espère que tu vas aimer ce que je t'offre.

— Il n'y a pas de raison !

— Tu veux que je te dise ce que c'est ?

— Ah non !

Je ris tout en me tournant vers Ruby qui prépare des *cranachans,* avec l'aide de son père. Lorsqu'elle sort les framboises du congélateur surgit l'image d'Eliott, heureux de me proposer mon dessert préféré.

Sans que je puisse le contrôler, mon sang bouillonne et une bouffée de chaleur me fait chanceler. Je fixe Suzy, qui sent mon regard froid sur elle. Elle se retourne doucement et me dévisage. Et à cet instant présent, je me dis qu'elle a compris. Je glisse sur ses mains tachetées de brun, à la peau fine comme du papier à rouler. Ses doigts garnis de bagues imposantes et ses ongles manucurés, peints en rouge à l'occasion de Noël.

Je m'ébroue et lui souris. Bonne joueuse, elle me rend mon sourire.

— Il est l'heure de boire ! crie soudain Lachlan, au bout d'une longue heure de préparatifs.

Un brouhaha s'ensuit. Tout le monde se bouscule et je suis le groupe avec l'étrange impression de flotter. Un peu comme si je vivais dans une autre dimension. En train d'accomplir des actes que je ne maîtrise pas.

Dans le hall, nous rejoignons Fiona et Angus pour prendre l'apéritif. Suzy les embrasse. Tous félicitent Angus de s'en sortir si bien.

— Tu l'as échappé de justesse, dit Finlay en lui tendant un verre.

— Léo a le rythme dans la peau !

Tout le monde rit à se souvenant de la chanson sur laquelle mon Commandant sans nom a fait son massage cardiaque. Angus l'a échappé de justesse, en effet. Mais si nous relâchons notre surveillance, rien ne dit que tout se déroulera bien, la prochaine fois.

Fiona me remercie. Elle me confirme qu'elle ne m'a jamais espionnée et que les photos ne sont pas d'elle. On a dû lui emprunter son portable. Je hausse les épaules, fataliste, et lui assure que tout cela n'a plus d'importance. Bien entendu, je ne lui confie pas que je sais maintenant d'où vient le piège que l'on tisse autour de moi, petit à petit.

Comme une mygale tentant d'enfermer la mouche que je suis dans sa funeste toile.

Mais pourquoi moi ? Suzy m'a toujours soutenue.

La question me bouleverse. Heureusement, à cet instant, je croise le regard de Ruby. Je me réjouis de la voir si joyeuse. Cela fait trois Noëls que je ne suis pas rentrée. C'est bien que je sois là pour elle, aujourd'hui. Je sens qu'elle clôt les fêtes de son enfance pour entrer dans une autre période de sa vie. Dans un an, ce sera une femme qui m'accueillera si je reviens au manoir.

Mais vais-je revenir si Suzy est inculpée ?

Une angoisse froide remplace la bouffée de chaleur précédente. Je n'y comprends rien et ne peux admettre la réalité.

Ma belle-mère ? Ma propre belle-mère qui tue mes amis, sans raison apparente. Pour me nuire ?

Léo voit mon trouble et se rapproche de moi.

— Tu es en beauté dans cette robe rouge. Tout ira bien. Ne t'en fais pas.

Pour le rassurer, je hoche la tête. Mais tout peut-il bien se passer, quand on réunit la victime et le bourreau sous le même toit ? Comment la fête peut-elle être agréable, lorsque la propre mère de mon mari est mise en cause ?

Plaidera-t-elle la démence sénile ?

Où est-elle, d'ailleurs ? Là. Tout de suite. Je la cherche du regard et lorsque je la découvre en train de rire avec Lachlan, mon sang se glace. Si je montais sur les premières marches de l'escalier et annonçais à tous que Suzy a commis plusieurs meurtres avec aplomb, sans fléchir, n'est-ce pas moi que l'on taxerait de folle ?

Je prends une coupe sur une table et la vide d'un trait.

— Doucement... me souffle le même Léo, qui me surveille tout autant que j'épie ma belle-mère.

L'alcool fait son effet et me détend un peu.

La tradition veut que les métayers du domaine soient là, avec leur famille, pour le cocktail de Noël, dans le hall. D'autres personnes se joignent à eux. Des amis, des connaissances. Ils ne resteront pas pour le repas, mais viennent présenter leurs vœux. En échange, on leur glisse un verre dans la main !

Ah! Les traditions des MacLitha! Un bien ou un mal?

Allan Junior arrive à son tour. Il ne peut pas décliner l'invitation et le sait bien. Le temps n'est pas au beau fixe avec Finlay, et son arrestation a entaché son image, mais il se tient là, le menton haut, prêt à assumer toutes les remarques et toutes les critiques. C'est le moment que choisit mon fils pour me surprendre. Il prend son rôle de lord très au sérieux. Il s'approche de l'homme et lui serre la main avec chaleur. L'éleveur sourit. Je pense que la trêve de Noël vient de toucher le frère de Wallace. Je me penche vers Léo, toujours près de moi, et murmure :

— À mon avis, Finlay a passé l'éponge sur sa dette et a annulé son expulsion.

Malmenée par les événements, mon humeur oscille entre le chaud et le froid d'une manière incontrôlable. Une bouffée d'amour m'envahit soudain. Je me dis que personne n'est blanc, personne n'est noir. Mon fils est en train de le prouver. Il propose un verre à son employé et ensemble ils trinquent, alors que de nouveaux arrivants entrent.

James vient de s'effacer devant le chef de la police, accompagné de sa famille. Le hall commence à ressembler à une agréable kermesse où les enfants courent autour du gigantesque sapin qui trône au pied de l'escalier et où les touristes, conviés eux aussi, écarquillent les yeux de plaisir. Kate, en parfaite maîtresse de maison, offre à chacun d'entre eux un petit présent.

— J'apprécie cette communion autour d'une fête, me glisse mon Commandant sans nom.

Je m'étonne :

— Vraiment ?

Décidément, si mon esprit n'était pas focalisé sur Suzy, j'irais de surprise en surprise. Et quelque chose me dit que tout cela n'est pas fini.

Finlay, encore lui, a quitté Allan pour le chef de la police locale. Ils se congratulent, se parlent à l'oreille et se resserrent la main. Mon fils grimpe soudain cinq marches de l'escalier monumental pour s'en servir d'estrade. Très *lord*, il frappe contre son verre avec une cuillère, pour demander le silence.

Je sens James frémir pour son précieux cristal.

James. Suzy.

Bonnie and Clyde ?

— J'ai une nouvelle à vous annoncer. Elle va vous rassurer. Elle a pour but de vous faire passer de très bonnes fêtes, l'esprit serein.

Au fait !

— Voilà, je viens d'apprendre à l'instant, du chef du poste de police locale, ici présent, une information capitale. Elle clôt cette terrible affaire de meurtres qui a endeuillé notre petite ville.

Grouille-toi, Finlay !

— Les résultats des analyses ADN du premier corps découvert dans la distillerie en flammes sont tombés. J'ai le droit de vous les révéler.

Suzy reste calme et le visage de James est serein.

— La dépouille calcinée n'est pas celle de Tommy Stewart.

Un mouvement de foule et un brouhaha étonné accompagnent l'annonce, alors que je croise le regard goguenard de ma belle-mère. Elle lève son verre dans ma direction et me sourit.

— Cette personne est inconnue des services de ma police. Une autopsie vient d'être ordonnée, afin de permettre une possible identification. La victime aurait été assommée et sans doute traînée chez Ronald, juste avant que le feu soit mis aux locaux. Les enquêteurs pensent qu'il pourrait s'agir d'un SDF ou d'un étranger. L'instruction suit son cours. On n'a pas de nouvelles de Tommy Stewart. La supposition la plus logique serait que ce dernier, dépressif depuis des années, ait éliminé tous ses camarades de jeunesse. Pourquoi ? On ne peut encore le dire. Une ancienne affaire mettant en cause le décès prématuré de Wallace Wilson pourrait en être la raison.

Tout en baissant un instant les yeux, il reprend son souffle et poursuit :

— En cette veille de Noël, je vous propose de rendre un hommage vibrant à nos amis disparus, puis de marquer une minute de silence. Nos plus affectueuses pensées s'envolent vers eux et vers les membres de leur famille.

Des applaudissements fusent, puis, tout aussi brusquement qu'ils ont commencé, cessent. James éteint le grand lustre. Ne restent plus que les bougies allumées et le sapin de Noël qui clignote.

L'émotion me gagne et des larmes coulent sur mes joues. Léo, mon Léo, l'ami des jours heureux et malheureux, passe son bras autour de mes épaules.

— L'affaire est close.

Eliott. Ronald. Morts pour rien.

Tout ça pour ça ! Quel gâchis !

— Et Suzy ?

— Même si c'est elle la meurtrière, je n'imagine personne prêt à jeter une vieille lady en prison. S'il n'est pas mort, Tommy a disparu. Cela suffit à faire de lui un coupable idéal.

— Je vois…

Ainsi, Suzy gardera secrètes ses motivations intimes ?

Rapidement, comme j'aime le faire souvent, je réécris l'histoire.

Eliott, présent ce soir, qui m'offre un verre. Léo accompagne Fiona. Il a compris qu'entre lui et moi, ce ne serait qu'une énorme amitié. N'est-ce pas ce qu'il y a de plus beau ? De plus indéfectible ?

Eliott me dit :

— Ne fais pas comme il y a presque quatre ans, lorsque tu as fui après avoir aidé Duncan à mourir. Cette fois-ci reste, Mary. Avec moi.

Léo me donne l'absolution. Eliott m'embrasse. Fiona est heureuse. Suzy sourit.

— Tu as empoisonné ton mari, scande-t-elle. Je te condamne donc à vivre éternellement ici et à tenir le bar du Cerf d'Or.

— Nooooon !!!

— Mary ? Que t'arrive-t-il ?

Je suis allée trop loin dans mes pensées. Léo me serre toujours contre lui.

On me dira plus tard que j'étais blême. Tous les yeux sont braqués sur moi. Ruby se rue à la rescousse de

Tattooed Man et me soutient de l'autre côté. Ensemble, ils me conduisent vers le petit salon et m'allongent sur le canapé, alors que je lance un ultime regard à Suzy. Elle sait que je viens de comprendre ce qui a justifié sa vendetta sanglante.

— C'est d'apprendre le nom du coupable qui t'a mise dans un tel état ? me demande ingénument ma petite-fille.

Léo ne dit rien, mais dans ses yeux je lis que lui aussi a fait le lien.

*

Remise de mes émotions, l'alcool aidant, j'ai pu profiter du repas du réveillon de Noël. En fin de soirée, j'ai perdu Léo au quatrième verre – traître, très traître – de *Hot Toddy*. Cette boisson réchauffe, mais elle assomme aussi. Il faut s'appeler George pour siffler ça comme du petit lait !

À mon tour, après mûre réflexion, je me suis éclipsée, mais pour une tout autre raison.

C'est donc un ami, les yeux plissés et la bouche pâteuse, qui me tend un cadeau emballé dans un papier doré, le lendemain matin. Je le sens bizarre, mais j'attribue cet état à la conséquence d'une fête un peu trop arrosée.

Je l'ouvre avec frénésie, tout en lui offrant le mien.

— Oh !

— Tu n'aimes pas ?

— Si… si… beaucoup.

En fait, je reste sans voix. Alors que je viens de déchirer le paquet, comme une gosse qui ne peut pas patienter, je découvre un très beau livre relié, accompagné d'une énorme boîte en bois, qui se défait sur plusieurs niveaux.

— Tu vas voir, ça va te détendre et t'aider à surmonter les périodes de stress.

Je le dévisage, incrédule.

— Du coloriage et des feutres ?

Je m'attendais à… à quoi m'attendais-je, d'ailleurs, de la part de Léo ? Une bague. Un livre. Un parfum. Une paire de menottes !

Je pouffe sur la paire de menottes, que j'imagine, bien entendu, en peluche rose fuchsia.

— Et toi ? Tu aimes ?

Sans un mot, il détaille le pêle-mêle sur lequel j'ai regroupé les photos qui ont marqué notre année d'amitié. Nous au restaurant, au bord du lac de Pannecière. Sur le pont du *Divin Horus,* en Égypte. Devant le sapin, ici, avec Ruby. Dans mon salon, avec Rosalie. Lui avec Arsène, mon chat, sur les genoux…

— Tu pourras l'accrocher chez toi et te souvenir de nos bons moments. Plus d'un an ? Tu te rends compte de ça ? J'ai l'impression de te connaître depuis toujours.

Ruby interrompt notre échange impromptu, en sautant dans les bras de mon acolyte.

— C'est toi, le parfum français ? Dis, c'est toi ?

Il a un modeste hochement de tête.

— Oh ! Je suis ravie ! Sens, Granny, comme il sent bon !

Je jette un coup d'œil vers l'étiquette fleurie, très juvénile, d'une eau de toilette au prénom féminin.

— Comme il te convient bien !

Non, ne me faites pas dire ce que je ne veux pas dire... ou penser... c'est pareil. J'ADORE mon cadeau! Découvrir le coloriage va être pour moi une expérience... enrichissante. C'est le mot! En-ri-chis-san-te!

Je contemple l'urne en bronze doré que m'a offerte Suzy et là encore, je suis perplexe.

Où est-elle passée, d'ailleurs?

— Où est Suzy? s'étonne Léo comme s'il pouvait lire dans mes pensées. Il ne reste que ses paquets au pied du sapin de Noël. Quelqu'un l'a vue?

Nous échangeons tous des coups d'œil, tout autant embarrassés que surpris.

— Elle doit dormir encore. Elle a un peu abusé du champagne français, durant la soirée.

Ça aussi, c'est une attention de Léo pour la famille : quelques bouteilles de champagne, bien planquées dans sa grosse valise.

— Laissons Suzy se reposer! propose Kate. À son âge, elle en a bien le droit. Et après tout, ses cadeaux ne vont pas s'envoler.

Suzy.

Je songe à l'énorme livre illustré, sur les origines du naturisme, que je lui ai offert. C'est certain, celui-là, il ne risque pas de disparaître!

Épilogue

Qui cache sa colère assure sa vengeance

À toutes celles et tous ceux que je chéris,

Comme il est dit très souvent dans les films, si vous lisez cette lettre, c'est que je ne suis plus.

Oh ! Séchez vos larmes !

Je n'aime pas les épanchements lacrymaux, et encore moins les jérémiades. Au contraire, vous devriez être heureux, car j'ai adoré ma vie.

Bien sûr, George peut rivaliser avec le Cerf d'Or, tout aussi bien par la quantité de whisky qu'il est capable d'ingurgiter (je parle ici du pub), que pour les cornes (référence à l'animal). Mais il peut être certain que je l'aime. D'un étrange amour, dénué de passion, mais respectueux. Nos familles nous ont mariés alors que nous n'étions encore que des enfants. Il fallait bien que jeunesse se passe... du moins dans mon cas.

J'ai fait tout ce que je rêvais de faire. Je ne me suis rien interdit.

J'ai continué d'agir ainsi ces derniers jours, tout comme ce soir, après une ultime fête joyeuse et bien arrosée, durant laquelle je me suis dit que j'allais vous quitter.

La vie, toute la vie, est jalonnée d'enseignements. Je viens de le comprendre en prenant ma décision.

J'ai cru venger mon fils adoré, Duncan, en assassinant les membres de son ancien groupe d'amis. Mon but était que l'on accuse celle que je jugeais responsable de sa mort, et qui revenait parmi nous, après quatre longues années d'absence.

Elle avait fui tellement vite ! Qu'elle n'assiste pas à son enterrement avait été pour moi un déchirement. Elle signait sa culpabilité !

Alors, j'ai fomenté mes représailles. Éliminer, un à un, leurs amis communs. Comme s'ils avaient découvert son forfait, et qu'elle devait les faire disparaître pour qu'ils se taisent.

Tout ce projet s'est échafaudé à la suite d'un étrange concours de circonstances.

Tommy, qui avait confiance en moi, est venu me parler de Wallace et de son décès dans le souterrain. Il m'a raconté que la culpabilité le rongeait. Au fil du temps, il interprétait l'échec complet de sa vie comme une punition de Dieu. Les fêtes de fin d'année le rendaient dépressif. Il se sentait seul. Il désirait en finir.

Revoir Mary a été un choc. Tous les souvenirs qui le hantaient sont remontés à la surface. Il s'est rappelé Duncan et ce qui s'était passé dans la crypte. Il a pris la fuite en me laissant une lettre d'adieu, dans laquelle il expliquait son suicide.

Au même moment, Ronald, acculé avec sa distillerie d'un autre âge qu'il voulait transformer en musée, a eu la bonne idée d'engager un escroc, pour créer un court-circuit et mettre le feu au local. L'électricité était tellement vétuste que ce dernier a dû prendre un coup de jus et est mort dans l'incendie.

Quelle opportunité pour moi ! Il y a, parfois, des périodes où les planètes s'alignent et vous ouvrent une voie royale en vous laissant croire que tout sera simple.

Ma cible qui revenait, Tommy qui disparaissait, et un corps retrouvé grillé comme un marshmallow oublié dans un feu de camp, chez Ronald !

What'else ?

Je ruminais ma riposte depuis près de quatre ans, et là, la bonne fortune m'indiquait le chemin. J'ai pensé que c'était un signe et qu'il me fallait agir.

Ce chemin pavé d'étoiles que le destin me désignait, je l'ai suivi, certaine que tel était le bon vouloir de Dieu. Quoi de plus logique ?

Alors, j'ai porté ma colère dans la direction que me montrait le doigt de la vengeance. Si quelqu'un était arrêté, je commettais à nouveau un meurtre, histoire de détourner les soupçons. On pensait avoir découvert Tommy chez Ronald, j'ai attiré Eliott chez Tommy. Donner rendez-vous à Ronald et traîner son corps chez Angus n'a pas été difficile. Ils me connaissaient tous. Ils avaient tous confiance en moi.

Et chaque fois, je m'arrangeais pour que ma cible soit sur les lieux pour que la police la suspecte.

Jusqu'à Angus, qui a été sauvé.

Voilà ! Voilà mon péché.

La personne à qui je désirais faire du tort, vous l'aurez reconnue, est ma belle-fille Mary. Je souhaitais ardemment qu'on la juge coupable et qu'on la condamne. Que sa vie soit gâchée comme elle avait gâché la mienne.

Je voulais qu'elle paie, car pour moi elle avait précipité mon fils unique et adoré dans la tombe. Alors que les médecins parlaient d'un mieux, quelques heures après, il mourait en s'étouffant.

Quant à elle, elle fuyait vers la France, son pays d'origine, sans un adieu, sans un mot, le jour même.

Quelle autre preuve me fallait-il pour croire qu'elle avait tué Duncan ? Elle qui connaissait si bien les plantes, et qui, d'après moi, avait empoisonné mon enfant ?

Elle devait payer ! Et si la justice des hommes ne pouvait rien démontrer, moi, je le vengerais.

J'ai la certitude, à présent, qu'elle n'a rien fait.

Cette nuit, elle est venue me parler. M'a raconté qu'elle savait que j'étais celle qui avait ôté la vie à ses amis. Qu'elle avait réuni toutes les preuves, mais qu'elle ne dirait rien ! Car elle connaissait l'étendue de ma douleur, ayant éprouvé la même en perdant Duncan.

J'ai compris que sa fuite n'était pas due à la culpabilité, mais à la souffrance. Elle ne pouvait plus résider là où Duncan avait passé son existence. Il fallait que sa blessure cicatrise, avant de revenir au manoir. Comme un animal aux abois, elle avait préféré se terrer, durant près de quatre ans, pour mieux se reconstruire.

Elle aimait Duncan, et moi, je croyais le contraire !

Imaginez mon état d'esprit lorsque j'ai compris que j'étais devenue une meurtrière pour rien.

Tous ces hommes que je connaissais depuis leur naissance, qui étaient innocents et que j'avais sacrifiés par colère ! Par bêtise. Par refus de voir la réalité en face. Par douleur, aussi...

Je sais bien que tout cela est vain, mais je présente mes excuses à toutes celles et à tous ceux que j'ai touchés, de près ou de loin, par irresponsabilité. J'ai toujours eu l'habitude de n'en faire qu'à ma tête. J'ai continué ces derniers jours, sans réflexion, sans aucune jugeote.

Par instinct.

Le pire instinct qui soit, alimenté par une folle vengeance : l'instinct maternel.

Même si elle sort de chez moi, n'incriminez surtout pas Mary, en la rendant coupable de mon passage à l'acte. Elle a assez souffert par ma faute ! Le poison que j'ai absorbé, je me le suis procuré seule. Mon jardin d'hiver regorge de plantes exotiques, aussi dangereuses que belles.

De la même manière, ne me cherchez pas un complice. Je vous entends, de là où je suis, faire la remarque qu'avec ma peau sur les os et mes 83 balais, je n'aurais jamais réussi à commettre, sans aide, les forfaits auxquels je me suis livrée.

Si ! Je vous le jure ! Vivre, la plupart du temps, nue m'a endurcie.

De plus, la violence anime et permet tout.

Il est temps maintenant que je vous dise adieu.

J'ai bien ri. J'ai bien aimé faire la fête. Hier encore, je me suis amusée. J'ai adoré la vie que j'ai menée. J'ai seulement été très cruelle sur la fin de mon existence. Aveuglée par une rancœur que je voulais croire salvatrice, alors qu'elle n'était que destructrice.

N'excusez pas mon grand âge, il n'absout pas tout. Je suis indéfendable.

Ah ! Une dernière chose. Pas de fleurs ni de couronne. Pas de messe, non plus. Je suis une meurtrière. Dieu me punira, là-haut, s'il le souhaite.

De plus, je désire être incinérée pour ne pas avoir de tombe.

Et, s'il vous plaît, jetez mes cendres aux pieds de mes plantes, dans mon jardin d'hiver. Si elles ne crèvent pas par la faute de mon venin, elles profiteront de mon trépas.

Votre servante,
Suzanne Moïra Simple MacLitha,
Saine de corps et d'esprit.

Excipit

Tout est bien… qui finit… (point)

— Alors, comme ça, ta belle-mère pensait que tu avais aidé ton mari à mourir, il y a quatre ans ? Et que c'est pour cette raison que tu étais revenue ici et n'étais jamais retournée en Écosse ?

Je hoche la tête tout en contemplant l'urne que Suzy m'a offerte.

— C'est honorable, poursuit Rosalie. Je suis pour l'euthanasie et le droit de finir dans la dignité.

— Moi aussi. Mais pas elle. Et c'est logique. C'était son fils unique.

— Mais de là à tuer des hommes bien portants pour te faire accuser… C'est énorme !

— Oui, mais elle l'a fait. Démence sénile, aurait dit le juge, si elle avait eu un procès.

— Heureusement que les policiers locaux avaient plus que *deux sous de bon sens*, ce qui vous a permis de déjouer ses plans avant que tu te retrouves au trou.

— C'est aussi elle qui a glissé les photos dans le portable de Fiona, le jour où elle est allée chez elle.

— Machiavélique !

Une pause. Mon amie déballe le cadeau que je lui ai ramené. Un kilt pour femme aux couleurs du clan MacLitha, avec son plaid assorti, et la dernière boîte de *shortbread* de Tommy, que j'avais gardée pour elle. Rosalie s'occupe de mon chat Arsène et de mes poules chaque fois que je m'absente. Elle mérite bien cette attention !

Toujours exubérante, la voilà qui bondit de joie en découvrant le contenu du paquet, m'embrasse, puis reprend plus doucement, après s'être éclairci la voix :

— Et… et tu l'as vraiment fait ?

Je couve ma voisine d'un regard bienveillant, puis glisse vers Léo qui me dévisage avec un air énigmatique. Espère-t-il, lui aussi, une réponse franche après ce qu'il m'a dit en Écosse ?

— Je pense que je vais rapatrier l'urne funéraire de Duncan et la mettre dans le vase que m'a offert sa mère. Ce sera un peu comme si je bouclais la boucle.

Rosalie fait une moue sceptique :

— Je ne sais pas si c'est une bonne idée. As-tu besoin de t'encombrer de symboles qui vont constamment éveiller tes souvenirs ?

— Pourquoi pas ? Toute cette histoire a été… tellement…

— Dingue ? D'ailleurs, en abordant le sujet de Duncan… glisse Léo, qui met des points de suspension en espérant que je vais me livrer au sujet du décès de mon mari.

Je le regarde. Léo, mon ami. La personne en qui j'ai le plus confiance. Celui avec qui je me déciderai, peut-être, à partager ma vie.

Un sourire équivoque flotte sur mon visage et je lance :

— On passe le réveillon du jour de l'an ensemble ?

— Mary ! Tu ne réponds pas à ma question !

— Parce que tu en as posé une ?

J'éclate de rire, alors que mon Commandant sans nom croise les bras, hoche la tête puis se marre à son tour :

— Je récupère mon fils le 30, dit-il, comme si de rien n'était.

— Amène-le avec toi ! On pourrait se faire une petite fête sympa, loin des meurtres et des vengeances absconses.

Rosalie a compris qu'elle n'obtiendrait rien de moi pour l'instant, c'est pourquoi elle jubile en entendant l'idée que je propose.

— Je ne vais plus vous laisser partir, tous les deux. Vous revenez chaque fois avec des morts plein les poches. Alors, oui ! Je suis OK pour le réveillon.

Léo me questionne du regard. Il sait que notre séjour en Écosse m'a épuisée.

— Est-ce que ça ira pour toi ? Tu as été très bousculée, ces derniers temps.

— Si nous ne sommes que tous les trois avec Tim, je suis d'accord.

Je vois mon Léo, soudain gêné, qui rougit comme un écolier interrogé par son institutrice.

Très embarrassé, tout à coup, Tattooed Man ?

— Je peux inviter quelqu'un ? dit-il d'une voix évasive.

Rosalie et moi échangeons un coup d'œil surpris.

— Homme ou femme ? glousse notre amie commune.

— Femme.

Une pique sournoise se plante dans mon cœur, alors qu'il s'empourpre de plus belle, cette fois-ci comme un ado boutonneux annonçant qu'il a une petite copine.

— On la connaît ? poursuit Rosalie, toute guillerette d'apprendre qu'il y a peut-être *anguille sous roche*.

— Pas toi. Mais Mary, oui.

Moi ?

Soudain, je crains le pire, et le prénom de Ruby s'inscrit en lettres de feu dans ma tête.

Non, pas Ruby ! C'est une enfant !

Je revois leur complicité. Les rires échangés.

Ne la tenait-il pas trop souvent contre lui ?

Je hoquette en silence.

Si c'est elle sa surprise, je l'atomise, je le réduis en poudre et je le jette dans le lac pour nourrir les poissons ! C'est dit.

Et puis, une pensée en pousse une autre. Je me souviens que mon Commandant sans nom n'aime que les vieilles.

— Fiona.

J'ai bien entendu ? Il a dit Fiona ?

Cette fois-ci, je m'étouffe pour de bon. Rosalie, toujours serviable, me propose aussitôt un verre d'eau que j'ingurgite comme si je venais de traverser le Sahel à pied.

— Tu couches avec Fiona ?

C'est parti tout seul ! En face de moi, Léo rigole.

— Je ne suis pas un moine.

Je répète bêtement :

— Fiona…

Alors que Rosalie, très excitée, demande plus de détails.

Ah ! Ils ont bien caché leur jeu, tous les deux !

Je me sens trahie. Opprimée. Abandonnée. Je deviens une épouse trompée. Une amie délaissée. Une vierge martyre sacrifiée au pilori de la débauche.

Léo avec Fiona ? Le couple me paraît tellement improbable que mon cerveau décide de nier.

— Pas possible !

— Ben, si !

— Depuis quand ?

— Depuis la nuit du réveillon de Noël.

— Non !

— Si ! Le *Hot Toddy* m'avait achevé, et toi tu avais disparu *je ne sais où.* J'ai voulu aller me coucher. Fiona, par charité, m'a soutenu et m'a aidé à trouver la porte de ma chambre.

Et même le lit ! grince une voix perfide dans ma tête.

Je déglutis. Pendant que je jouais ma survie dans la chambre de Suzy, monsieur folâtrait avec Fiona.

Ah ! Il a bien dû se rincer l'œil, le fantôme du vieil Angus !

Comprenant que l'instant est grave, Rosalie s'éclipse sur la pointe des pieds dans le jardin, nous laissant régler nos comptes.

— Elle peut venir ?

— Nooon !

— Tant pis.

— Tant pis, quoi ?

— Je passerai le réveillon avec elle.

— Et Tim ?

— Oui, avec Tim.

Je suis outrée ! Tim, cet angelot naïf, dans l'antre du vice et de la luxure.

Oh ! Mais c'est qu'il s'est vite consolé de moi, le petit Léo Chériiiii !

OK, il faut que je me calme.

— Elle vient pour toi ?

— Pour moi. Pour toi, aussi. Elle est heureuse, par avance, de découvrir l'endroit où tu vis, en France.

La traîtresse !

— Tu es jalouse ?

— Certainement pas !

— Donc tout va bien ? On peut faire la fête ensemble ?

— Oui.

— Parfait.

Il pose, pour me remercier, une bise sur ma joue.

— Je savais que je pouvais compter sur ton amitié.

Je déglutis, alors qu'un démon fourbe me susurre que je l'ai bien cherché et que Léo m'avait prévenue.

Ce dernier se dirige vers la cuisine pour se faire un café, mais se ravise.

— Au fait, Rosalie m'a dit que tu avais reçu du courrier pendant notre absence. Une carte de vœux. Elle n'est pas signée. Le décor ressemble à un paysage de Glenmoray.

En maugréant contre ma stupidité, je saisis ce qu'il me tend. Un dessin sur une feuille cartonnée, avec des enfants qui glissent sur un lac gelé, des montagnes au loin et un bonhomme de neige en premier plan. En lettres scintillantes, on peut lire *Meilleurs Vœux*.

— Qui envoie encore ce genre de truc à notre époque ? glousse-t-il en s'éloignant. On se le demande !

Je retourne la carte.

Oui, on se le demande…

Au dos, pas un mot. Il y a seulement, dans un angle, un quart de QR code imprimé.

Un vertige me prend et je murmure :

— *Jules.*

Jules, qui vient de me faire parvenir un nouvel indice.

Encore une carte, et je pourrai reconstituer le QR Code et savoir ce qu'il ouvre.

Jules !

— Tout va bien ? me lance Léo en revenant vers moi avec son café dans une main et une tasse dans l'autre.

— Oui, oui ! Une pub, très certainement.

Jules…

— Je t'ai fait un thé.

Je bredouille un *merci* rapide et soupire :

— Je sors une minute.

Je le laisse, un peu penaud, avec son mug entre les doigts, et range la lettre dans ma poche. Puis je me précipite sur la terrasse, histoire de prendre l'air.

Entre une troisième carte de Jules et l'arrivée prochaine de Fiona, j'en ai vraiment besoin !

Tempête dans un encrier

COLINE GATEL

Mary Simple (à prononcer Simepeul) frise la soixantaine, mais n'a rien d'une retraitée pépère. Elle joue de la cornemuse (du Centre), est flexitarienne et boit du vin rouge (bio)... Depuis qu'elle a quitté l'Écosse pour s'installer en France, dans le Morvan, elle écrit des livres sur les plantes qu'elle vend autour d'elle.
Un week-end, alors qu'elle participe à un salon du livre, elle tombe nez à nez avec le cadavre d'un écrivain, une plume plantée dans l'œil. La victime est un vieil acariâtre que personne ne supportait. Et l'arme du crime appartient à un auteur un peu trop prétentieux...
Ni une ni deux : Mary décide de mener l'enquête et de démasquer le coupable avec l'aide d'un fringant auteur de polars et d'un étrange policier, amateur de sexagénaires en goguette... Et quand Mary Simple prend les choses en main, rien ne lui résiste !

La première enquête de Mary Simple :
un cosy mystery exquis et drôle.

Crocodile Dandy

COLINE GATEL

Bonnets chauds, pulls jacquard et grosses chaussettes. Mary Simple est fin prête pour le petit séjour en Autriche auquel elle a été invitée par Léo, son beau ténébreux et accessoirement son policier préféré. Elle se réjouit à l'idée des balades dans la neige et des raclettes au coin du feu.
Mais par un malheureux concours de circonstances, Mary se retrouve à Louxor pour une croisière sur le Nil ! Heureusement, l'Égypte finit par la conquérir et tout serait parfait si une jeune influenceuse ne se faisait pas dévorer par un crocodile…
Un crocodile dans cette partie du Nil ? Tout le monde lui avait pourtant juré qu'il n'y en avait plus ! Alors que faisait celui-là près du bateau sur lequel ils ont embarqué ? Notre sexagénaire de choc, intrépide et fouineuse, reprend du service bien malgré elle et mène l'enquête avant que quelqu'un d'autre ne finisse entre les crocs d'un autre croco…

La deuxième enquête de Marie Simple : un cosy mystery exquis et drôle.

city-editions.com

Retrouvez-nous sur les réseaux sociaux :

City Éditions

www.city-editions.com
@cityeditions
www.facebook.com/cityeditions/
@CityEditions
@cityeditions

Achevé d'imprimer en octobre 2024
sur les presses de la Nouvelle Imprimerie Laballery
58500 Clamecy
Numéro d'impression : 410123

Imprimé en France

La Nouvelle Imprimerie Laballery est titulaire de la marque Imprim'Vert®